横浜ネイバーズ

岩井圭也

ハルキ文庫

JN122603

角川春樹事務所

CONTENTS

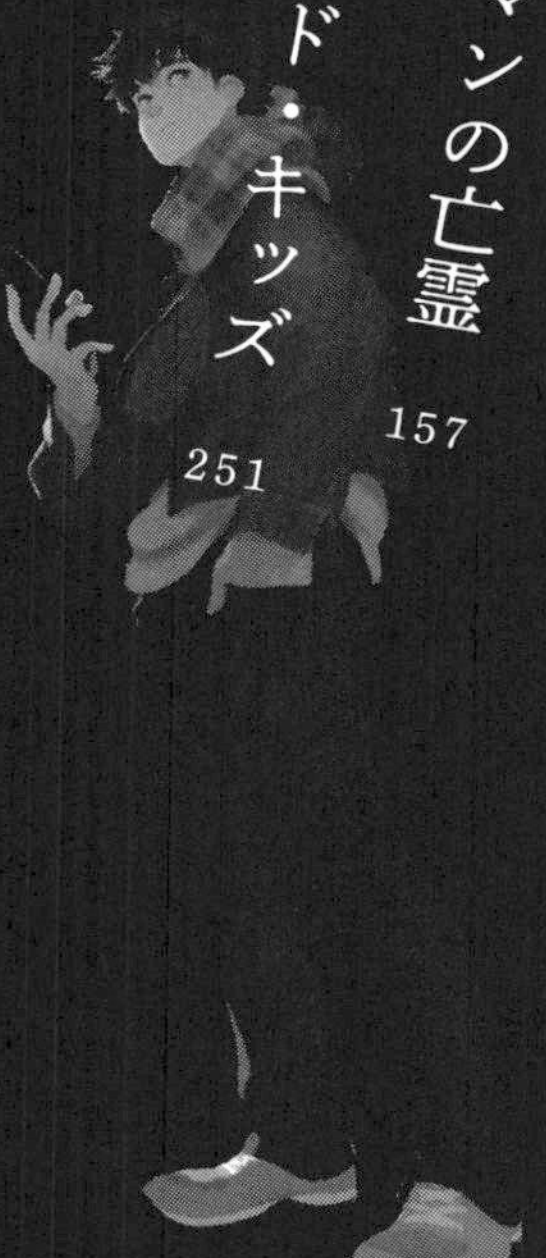

本書はハルキ文庫の書き下ろし作品です。

「親仁善隣《しんじんぜんりん》」

横浜《よこはま》中華街のシンボル的存在である「善隣門」の裏側には、この言葉が記された扁額《へんがく》が掲げられている。中国の歴史書『春秋左氏伝』に由来する言葉で、「隣国や隣家と仲良くすること」を意味する。

1. 墜落少女

地上九階から見える横浜の夜景は、まるで星空だった。

SNSにそう書こうとして、スマホを取り出したけどやめた。言葉にするとすごく安っぽく感じたから。誰《だれ》かに茶化されたらむかつくし、どうしても発信したいって内容でもないから、おとなしく心にしまっておく。

手元のロング缶に口をつけて、一気に中身を流し込む。アルコール度数九パーセント。いわゆる「ストロング系」のチューハイだ。持っているのは一番好きなライチ味。レモン系はあんまり好きじゃないのに、コンビニにあるのはなぜかレモンばっかりでいやになる。

ここは雑居ビルの外階段の踊り場。九階のフロアに入っているのは聞いたこともない会社のオフィスだけで、昼も夜も人がいるのを見たことがなかった。こういう場所はこの辺でたむろするキッズに見つかって溜《た》まり場になりがちだけど、なぜかここは知られていない。おかげでわたしにとってのいい休憩場所になっている。

「かすみちゃん、どうかした？」

隣にいるヒビトがにやついた顔で尋ねてくる。こいつは第三のビールを飲んでいる。ビールって苦くて、何がおいしいのか全然わからない。

「なんか、星空みたいだと思って」

「確かに。超綺麗」

薄っぺらい笑い声。

ヒビトのことはよく知らない。歳《とし》は二十代後半。金髪で若干太りぎみ。メイクは一応してるけど、あんまりうまくない。ベッドの上でも上手じゃなかった。もっとも、こっちだって語れるほど経験があるわけじゃない。

別に好きじゃないけど、ご飯はおごってくれるし、お金は貸してくれるし、泊まれる場所も紹介してくれる。見返りにこっちの身体《からだ》を求めてくるのも許容範囲だ。たまにそういう文脈の読めない子がいてトラブルになっているけれど、わたしは違う。こいつをうまく利用している。

十七歳のわたしは、この界隈《かいわい》では若いとは言えないけど、おばさんと言われるほどでもない。一番多いのは中学生とかで、多少先輩っぽくふるまっても許されるくらいの年齢。そしてヒビトが狙《ねら》うのも、わたしくらいの年齢ばかり。若すぎると色々問題があるんだろう。法的にというより、口が軽いって意味で。

「あー、なんか、やばいかも」

目の前が、靄《もや》がかかったみたいにかすんでくる。まずい。昼に飲んだ咳止《せきど》め薬の効果がなくなってきたみたいだ。急に身体が重くなってくる。そういえば、この薬をくれたのはヒビトだった。

「どしたん？」

「もらった薬、切れてきたかも。もう持ってない？」

「ああ。俺《おれ》も今、手元にないんだよね。すぐほしい？」

「ちょうだい。お願い」

手すりに背中を預けて、ずるずると座りこむ。心臓がバクバク鳴っている。こうなるとダメだ。鼓動がやたら速いのに、身体は全然動かない。暴れだしたいのに、その元気が一向に湧《わ》いてこない。

「焦るわぁ」

「でも、そんなすぐに調達できないかも」

「なんでもいいから。普通の市販薬でいい」

「金、あんまり持ってないんだよね」

ヒビトは渋っていた。何らかの見返りを欲しがっている。

「またやらしてほしいの？」

「違う。涼花《すずか》ちゃん、紹介してくれない？」

「涼花はダメ」

前々からこいつが涼花を狙っているのは知っていた。でもあの子はダメだ。わたしと違って、涼花はまともな子だ。ヒビトなんかに紹介してやらない。代わりに他の子の名前を出すと、「じゃあそれで」と言った。

踊り場から出ていくバカの背中を見送り、首だけ動かして夜景を見る。やっぱり星空みたいだ。どこまでいっても終わりのない、綺麗な夜。空と地面がさかさまになったみたいだった。

ずん、と心が重くなって、その瞬間に何かが吹っ切れた。

「もう、どうでもいいかも」

チューハイを一気にあおって、中身を空にした。脳みそがぎゅっと絞られるような感じがして、喉《のど》の奥から熱が上がってくる。なけなしの体力を使って、手すりにつかまり立ちする。足が震える。赤ちゃんみたいだ。

「よいしょ」

勢いをつけて手すりの上に立った。意外とバランスが取れる。いつだったか、ビブレで買ったスニーカー。どうせ死ぬんだったら、新品の洋服とか盗んで、それ着て死んだほうがまだましかも。そう思ったけど今さらやめるのも面倒だった。

右側から風が吹いて、持ちこたえようとしたら右足がずるっと滑った。自分のタイミングで行きたくて、せめてもの抵抗に、左足で手すりを蹴《け》った。

ふわっ、と身体が浮いて、一、二秒したら今度は落ちていく。

今まで感じたことのない覚醒《かくせい》。身体が落ちていく最中、脳汁がドバッと出た感じがする。地面に到着するまでのほんのわずかな時間で思い出したのは、なぜか両親でも友達でもなく、姉の言葉だった。

――あんたも生きたいように生きればいい。

姉の声が短い時間のうちに何度も反響する。悔しいとかむかつくとかいろんな感情が一気に押し寄せてくる。そうか。これが、生きてるってことなのか。これが、生きたいって感情なのか。

ミスったかもなあ、と思ったけど、時間を巻き戻せるわけもなく、わたしは頭からコンクリートの地面へと落ちていった。

＊

「また昼からゴロゴロしてんのか」

リビングのソファに寝転んで、テレビ神奈川《かながわ》の釣り番組を眺めていたロンの耳に、祖父である良三郎《りょうざぶろう》の声が降ってきた。無視していたらいつまでも説教をしてくるので、仕方なくロンは起き上がる。

「自分ちでゴロゴロして何が悪いんだよ」

「目障りだ。外で働いてこい」

「仕事ならやってるじゃん。今は休憩中」

「週三日のアルバイトなんか仕事のうちに入るか。だいたい休憩は、たまにやるから休憩なんだろうが。毎日寝転んでるやつに休憩なんかいらねえ。さっさと外に出ろ！」

良三郎に蹴飛ばされ、ロンは渋々自宅を出た。

玄関を出て、外階段で二階から一階まで降りる。幅一メートルにも満たない安物の門扉を押し開けて一歩踏み出せば、そこは中華街の真っただ中である。

横浜市中区山下町《やましたちょう》、横浜中華街。

街のシンボルとして知られる善隣門から徒歩数分の場所に、四川《しせん》料理の名店「翠玉楼《すいぎょくろう》」はある。

週末のランチタイムとあって、一階の店舗は満席だった。店の前には行列ができている。高級志向の店はこの数年苦戦を強いられているが、「翠玉楼」は別だ。創業当初から変わらず、中華街有数の繁盛店として知られている。

ロンは賑《にぎ》わいを横目で見ながら、ため息を吐《つ》いた。

——こんな繁盛店潰《つぶ》すなんて、もったいないなぁ。

同じことを何度、良三郎に伝えたかわからない。しかしどれだけ言ってもオーナーの決意は変わらなかった。ロンの実家であり、いずれオーナーの座を継ぐつもりであった「翠玉楼」は、来月いっぱいで閉店を迎える。

とりあえず家は出たものの、行く当てがあるわけではない。ロンはジーンズに両手を突っ込み、自分の庭も同然の中華街をぶらぶらと歩きはじめた。

小柳龍一《こやなぎりゅういち》――通称ロン。

「龍」の字の中国語読みから派生したそのあだ名は、幼いころに誰からか呼ばれ、いつの間にか定着した。中華街の知り合いで、龍一のことをロンと呼ばない人間はほとんどいない。二十歳《はたち》になった今でも、老華僑《かきょう》のじいさんばあさんが「ロンちゃん、ロンちゃん」と子どものように呼ぶのはくすぐったい気分だが、表立って拒否するのもそれはそれで子どもじみている気がした。

脇道《わきみち》から中華街大通りに出ると、どっと人出が増えた。

高校生や大学生くらいの、若い連中の姿が目立つ。そこに家族連れや、もう少し大人のカップルが混ざっている。店頭に立つ客引きは、観光客たちを食べ放題に引き込んだり、天津甘栗《てんしんあまぐり》を売りつけたりしている。

どの店が良心的でどの店がぼったくりか、この街で育ったロンはよく理解していた。若い男女が悪名高い店に吸い込まれていくのを見て、心のなかで合掌《がっしょう》した。かわいそうに。

そこの店の酢豚は一度食ったら二日は胸やけが収まらないぞ。

厚顔無恥な客引きたちも、ロンには声をかけてこようとしない。少しでも中華街で働いたことのある人間なら、彼が「翠玉楼」店主の孫だと知っている。

目の前に溢《あふ》れる人、人、人。

左右に建ち並ぶのは中華料理の店が多いが、中華料理と言ってもその内訳はさまざまである。北京《ペキン》、広東《カントン》、上海《シャンハイ》、四川、福建《ふっけん》。各地域によってメニューや味付けが異なる。台湾《たいわん》料理や湖南《こなん》料理の店もある。粥《かゆ》や火鍋《ひなべ》、点心の専門店も人気だ。喫茶や土産物屋、雑貨屋、整体も忘れてはいけない。

最近勢いを増しているのが、激安の食べ放題と占いである。特に食べ放題の店は林立していて、質さえ問わなければ一時間千円台で食べさせる店がごまんとある。チーズハットグなどの韓国《かんこく》料理を売る店、チェーンの居酒屋や焼肉店もあり、もはや中華の域を超えた独特の商業地域と化している。

このカオスぶりが、ロンは嫌いではなかった。

みなとみらいの整備された街区や、江の島の風情ある町並みも悪くない。だがやはり、エネルギー溢れる中華街の空気を吸うとほっとする。そういう人間は多数派ではないと自覚しているが、ロンには誇らしかった。

ぶらぶらしているうちに、腹が減ってきた。

知り合いの店で適当に昼食を済ませようと決める。ロンをかわいがっている店主なら、タダで飯を食わせてくれるかもしれない。だが午後一時を過ぎても、目当ての店の前の行列はなくならなかった。

仕方がないので、いつもの店で食べることにする。関帝廟《かんていびょう》へ向かう途中で脇道に入る。狭い路地に面した食堂の看板には「洋洋飯店《ようようはんてん》」と記されていた。店は混雑していたが、外で待っている客はいない。

テーブル席が六つに、カウンター席が八つ。奥の厨房《ちゅうぼう》では店主が汗を流しながら中華鍋を振るっている。勝手知ったる顔でカウンターに着くと、中年の女性が注文を取りに来た。

「なんだ、ロンか」というのが第一声だった。

「一応お客なんだけど」

「タダ飯なら帰りな」

「そんなこと言わないでよ。賄いでいいからさ」

「賄いだって、空気からできてるわけじゃないんだよ」

そう言いながらも、女性は厨房に向かって何か指示を出した。じき、若い男が炒飯《チャーハン》と中華スープが載ったお盆を両手に持って運んでくる。

「お待たせいたしましたぁ」

坊主頭の男は、自分の前にもお盆を置いて隣に座った。大柄な体格より、さらに一回り大きめのトレーナーに身を包んでいる。身のこなしを見るだけで、服の下に強靱《きょうじん》な肉体が潜んでいるのがわかる。

「……マツかよ」

運んできたのは趙松雄《ジャオ・ソンシオン》だった。「洋洋飯店」店主夫妻の息子にして、ロンの友人。

「お前家にいたの？」

「ゲームしてた」

「働けよ」

「そっちこそ」

不毛なやり取りをしながら、レンゲで炒飯をすくっては口に運ぶ。

ロンとマツは、保育園からの付き合いだった。友人と呼ぶのも気恥ずかしくなるほど、互いのことはよく知っている。そして現在、二人そろってフリーターである。先ほど注文を取りに来た中年女性はマツの母親、厨房で鍋を振っているのはマツの父親だった。

食べなれた味の炒飯を平らげ、ロンは我が物顔でグラスに冷水を注《つ》ぐ。

「いい年した男が、土曜の昼間にヒマ持て余してるんじゃないよ」

空になった皿を下げながら、マツの母親が小言を言う。二人の男たちは「はいはい」と聞き流した。

「なんか面白いことねえかなあ」

ロンがつぶやくと、マツが「面白くはないけど」と断ってから言った。

「山県《やまがた》あずさって覚えてる？」

「高校の？」

聞き覚えのある名前だった。ロンたちが通っていた高校の同級生だ。ロンとは同じクラスになったこともある。

「あいつの妹、ヨコ西で自殺したんだって」

ロンはしばらく宙を見つめて、「そうか」とだけ言った。

知り合いの家族が自殺したなんて話を聞くのは、初めてのことではない。二十年生きていればそれくらいは耳にする。それでも、人の死について聞けば明るい気分にはなれない。

山県あずさの顔を思い出す。目尻《めじり》は吊《つ》りぎみで、黒目がちだった。顔は整っていたが、無口で愛想《あいそ》が悪く、一部の仲間としかつるんでいなかった記憶がある。確か、校外で音楽活動をやっていて、ヒップホップクルーの一員だったはずだ。女性《フイメール》ラッパーとしての名前も聞いたことがある。卒業してからどうしているのかは知らない。

「ヨコ西って何？」

「横浜駅西口界隈。略してヨコ西。最近、十代の子らがたむろしてるらしい。家出して、行くところない子とか。聞いたことない？」

「俺、若者文化に疎いから」

二十歳らしからぬセリフを吐き、ロンはグラスの水を飲みほした。

「じゃあ山県の妹も、そのヨコ西に出入りしてたんだ？」

「たぶん。ビルからの飛び降りだったんだって。現場付近はやばかったらしい。血とかいろいろ、ばーっと飛び散ってて。臭《にお》いも凄《すご》かったって」

「飛び降りかぁ」

ロンは今まで、死のうと思ったことは一度もなかった。自殺したい人間の気持ちはかけらも理解できない。でも、飛べるような気がしてふらっと空へ身を投げてみた、というのならわかる気がした。

「それ、山県から聞いたの？」

「いや。道場の後輩。そいつも高校同じだから」

マッツは中学一年から、地元の柔術道場に通っている。持て余した時間と体力を柔術に費やした結果が、トレーナーの下にある鋼の肉体だった。

「そいつが言うには、姉ちゃんが――つまり山県あずさが、自殺する時に妹と一緒にいたやつを血眼《ちまなこ》になって探してるらしい」

「なに、男女の揉《も》め事的なこと？」

マッツはそれには答えず、「これ勘なんだけど」と言った。

「たぶん、そのうちロンのところにも話がいくと思う」

「なんでよ」

「決まってるだろ」

マツは首筋をぼりぼり掻《か》きながら、にやりと笑った。

「お前、〈山下町の名探偵〉なんだから」


三年前——ロンたちが高校二年の時に起こった「山手《やまて》心中事件」は、今でも当時の同級生たちの間で語り草になっている。

ロンの通った高校は山下町にあった。山下町には中華街をはじめ、山下埠頭《ふとう》やマリンタワーといった観光地、高級ホテルも多く含まれる。

一方、山下町から目と鼻の距離にある山手地区も港の見える丘公園や外国人墓地、居留地時代の洋館が並ぶ観光地であり、高級住宅地としても知られる。そして、横浜御三家と呼ばれる女子校の所在地でもある。

騒動の発端は、ロンの同級生である中村《なかむら》という男子生徒が無断欠席したことだった。家庭が荒れていたせいもあってか、担任教師は一日無断欠席しただけでは異変だと考えなかった。生徒たちも、まあそんな日もあるか、と思う程度だった。

無断欠席が二日目になり、三日目になったところで、さすがに誰もがおかしいと感じた。担任教師が家庭に連絡を取ると、長らく帰宅していないという。もともと家出癖のある男子生徒で、むしろ親のほうが心配していなかった。

「放《ほう》っておけばいいんですよ。そのうち帰ってきますから」

両親にそう言われた手前、それ以上学校として介入することもできず、当面は「様子見」となった。しかし仲の良かった同級生の一人が中村からメッセージを受け取ったことで、事態は急変する。

〈これから山手の子と死ぬ。今までありがとう〉

メッセージにはスマートフォンで撮った画像が添付されていた。男っぽい骨ばった手と、細い女性らしき手が絡み合っている。どちらも薬指に揃《そろ》いのリングがはめられ、女性と思《おぼ》しき手の爪《つめ》には藍色《あいいろ》のネイルが塗られていた。建物の外壁だろうか、背景には濡《ぬ》れた褐《かっ》色《しょく》の壁が写りこんでいた。

「これ、心中ってやつ？」

中村からのメッセージを受け取った同級生は返信を送ったが、反応はなかった。教師たちにも知らせたが、すぐに動こうとはせず「様子見」を継続した。中村が山手のお嬢様学校の生徒と付き合っていたことに、場違いな驚きを示す生徒もいた。

「でも、マジで死んだらどうする？」

「メッセージ送ってくるってことは、なんだかんだ助けてほしいのかな？」

「俺らで何とかするしかないでしょ」

クラスの一部の生徒が率先して、事件解決に向けて動きだした。ただし、この時点でもまともに取り合っている生徒はほんの一部だった。皆、退屈な日常へのアクセント程度にしか思っていなかった。

教室で膝《ひざ》を突き合わせたクラスメイトたちは、メッセージや画像をヒントに二人の居場所を推測する意見を好き勝手に口にした。しかしいずれも説得力に乏しく、すぐに行き詰まった。スマホで撮影した画像なら位置情報が埋め込まれているかもしれない、と気付いた生徒もいた。少しだけ盛り上がったが、その画像に位置情報が記録されていないとわかると静まり返った。

「やっぱり、警察とかじゃないと無理じゃね?」

誰かがそう言い出し、解決に向けた機運は急速に萎《しぼ》んでいった。なかば解散しかかったころ、ぽつりと発言したのが輪の外にいたロンだった。

「そのリングって、ブランド物?」

即答できる生徒はいなかった。ロンはみずから、画像を元町《もとまち》の買い取り専門店業者に転送した。中華街に隣接する元町にも知り合いは多い。返信はすぐにあり、若者向けブランドの製品だとわかった。

「このブランドって、横浜だとみなとみらいにしか店舗ないらしいよ。店員に聞けば、中村たちのこと覚えてるかも」

ロンの発言を聞いた生徒が、すぐに飛び出した。店舗の店員は数日前にリングを購入した若いカップルを記憶していて、リングに刻んだ彼女のイニシャルが「M・M」であることも覚えていた。

ロンの追及はそれだけで終わらなかった。

「女子のネイル。ところどころ剝《は》がれてるから、たぶん普段からやってるんだと思うんだよね。山手の女子校でネイルOKの学校って、どこ？」

推測を受けて、クラスメイトたちが情報を出し合う。情報を総合すると、普段からネイルをつけていても許されるであろう女子校は一つしかなかった。

「あと、後ろの壁が濡れてるのって、雨のせいじゃないか。今日は晴れだけど、昨日は昼まで雨だったよね。この画像を撮ったのはたぶん雨上がりの直後、昨日の昼過ぎだと思う。だとしたら、相手の女子も昨日から行方不明になっている可能性が高い」

「じゃあ……これ結構、マジってこと？」

「わからないけど」

生徒の一人が、女子の通学先と思しき学校に連絡を取った。最初は邪険に扱われたが、イニシャル「M・M」の生徒が昨日から行方不明になっているはずだと伝えると、学校側の対応が変わった。

結局、この連絡がきっかけで、警察が捜索に本腰を入れはじめた。行方不明になっただけなら数多《あまた》ある家出の届出と変わらないが、心中を匂《にお》わせているとなれば話は別だ。

数時間後、現在は使われていない山手の洋館裏で二人は保護された。荷物には梱包《こんぽう》用のロープが二本入っており、まさに心中を決行する寸前だった。お嬢様学校に通う「M・M」は、中村との交際を両親に反対され、悲嘆にくれた二人は一緒に死ぬことを選んだ……というのが真相だった。

騒動は収まった。その手柄が誰のものか、同級生たちの意見は一致していた。

「ロンがいなかったら、二人とも死んでたよね」

当のロン自身は、そう言われることをひどく嫌がった。考えたり動いたりしたのは他のみんなで、自分は何もしていない、と主張した。しかし本人が嫌がるほど、不思議と周囲はロンを持ち上げたがった。

「もはや〈山下町の名探偵〉でしょ」

誰かがそう言い出したのを機に、卒業までロンはそのあだ名を背負うことになった。いや、卒業後の今でも、当時の同級生は顔を合わせればそう呼ぶ。ロンからすれば、名探偵なんてあまりにもダサい称号だし、褒められている気もしなかった。周りも本人がいやがっているのを承知で呼んでいる節がある。

実際のところロンは、心から労働を嫌悪するただの怠け者でしかなかった。

山県あずさからアプリ経由でメッセージがあったのは、「洋洋飯店」で昼食を食べた二日後だった。メッセージを読む前から、用件の推測はついた。

〈小柳に相談したいことがある。急で悪いんだけど、今週どこかで会えない？〉

小柳、という呼び名に、高校時代からの距離感がそのまま反映されている。学生のころ遊んだ記憶はない。当然、二人きりで会うのも初めてだった。仲が良いわけではないが、相談したいと言われて断るほど薄情でもないし、忙しくもなかった。

週末、関内《かんない》駅前のカフェで山県あずさと落ち合った。

ロンのほうが遅れて店に入ったが、グリーンのTシャツにデニムのジャケット、赤のパンツという出《い》で立《た》ちは店内でも異彩を放っていた。

「待たせてごめん」

「大丈夫。こっちが早すぎただけだから」

首にヘッドフォンをかけた彼女は鷹揚《おうよう》に言った。低めのハスキーボイスが印象的だ。目つきは高校生だったころよりも鋭くなっている気がする。ブレンドを手にしたロンは向かいの席に腰を下ろす。

「山県に呼ばれるとは思ってなかった」

「ごめん。凪《なぎ》って呼んでもらったほうが楽かも」

——そうだった。

ラッパーとしての山県あずさは、〈凪〉という名前で活動している。高校時代に親しくなかったロンはその名で呼んだことがないが、同級生の一部は当時から彼女のことを凪と呼んでいたし、本人もそう呼ばれることを望んでいた。

「じゃあ俺のことも、ロンでいい？　そのほうが慣れてる」

「わかった」

しばらくは世間話が続いた。ロンは中華街の知り合いの店で、週三日だけ働いていることを話した。凪は卒業後、デザイン事務所で働きながらラッパーとしての活動を続けていた。ロンは音楽には疎いが、地元ではそれなりに人気があるらしい。

凪は「本題なんだけど」と言ってアイスコーヒーを飲みほした。

「私の妹のことって聞いてる？」

「噂《うわさ》でちょろっと」

「じゃあちゃんと話す」

それから凪は、亡くなった彼女の妹について語りはじめた。

凪の三歳下の妹——山県かすみは、中学三年まで優等生だった。十代前半でクラブに出入りし、ろくに勉強もしなかった姉とは違って、かすみは問題行動を起こすこともなく、成績も優秀だったという。

しかし高校受験で第一志望に落ちたことから、生活が乱れていく。

放課後には横浜駅周辺に入り浸るようになり、帰宅する時刻も徐々に遅くなっていった。高校一年の夏休みに入ると、無断外泊をするようになった。ヨコ西と呼ばれる、行き場のない若者たちの溜まり場に出入りしていることもわかった。親の注意はほとんど効果がなかったという。

高二に進級してからは授業もサボるようになり、日中から横浜駅周辺で遊び歩く姿を目撃されるようになった。自宅にはたまにしか顔を出さず、しかも酒に酔っているようだったという。

「うちの親はあんまりうるさく言うのが好きじゃない主義なんだよ。だから私もクラブに通ってても怒られなかったし、そこは感謝してるけど」

親の話になると、凪の口調は歯切れが悪くなる。おそらく、かすみが死に至る前に止めてほしかったと思う一方で、その育児方針に感謝している面もあるのだろう。いずれにせよ、両親に対する怒りは感じられない。

そこからはマツに聞いた通りだった。かすみはヨコ西の雑居ビルから飛び降りて、亡くなった。

「俺もよく知らないんだけど、ヨコ西ってどういう集まり?」

「集まりって言うか……横浜駅西口周辺の、南幸《みなみさいわい》あたりがそう呼ばれてるらしい。行き場のない十代の子たちがそこに集まるうちに、グループっぽくなってるみたい。単なるヒマつぶしだと思うけど」

凪の目には軽蔑《けいべつ》が浮かんでいた。妹の死とヨコ西に関係があるのなら、そういう感情を抱くのも無理はない。

「だいたいわかったけど、俺に相談したいことって？」

「かすみが死ぬ前に、一緒にいた男を探してほしい」

――来た、来た。

マツが話していた通りだ。

「お通夜の弔問客に一人だけ、ヨコ西でかすみと知り合ったっていう女の子がいたの。名前もわからないんだけど。その子が言うには、死んだ日の夜、かすみと一緒に年上の男が行動してたらしい。飛び降りた時も一緒にいたかもしれない」

凪は前のめりになって言う。

「かすみはたしかに非行少女だったけど、自殺するような人間じゃなかった。一緒にいた男が殺したとまでは思わないけど、もしかしたら自殺の理由を知ってるかもしれない。せめて、死ぬ前のかすみがどんなだったのか、それくらいは知る権利あると思わない？」

ロンは両手を突き出して、凪を制する。

「……それはわかったけど、なんで俺なんだよ」

「小柳――ロンは高校のときに心中未遂の件、解決してたじゃん。中村が退学するきっかけになった。覚えてるでしょ？」

「覚えてはいるけど」

「あんた、そういうの得意なんでしょう。探してよ。名探偵」

「誰が名探偵だよ」

ロンは即答した。冗談じゃない。そんな、からかい半分の二つ名で喜ぶほど子どもじゃない。だが凪は真顔だった。

「お願い。もう他に頼れる相手がいない」

「よくわかんないけど、そういうのって警察の仕事じゃないの」

「かすみは自殺ってことでけりがついてる。警察はこれ以上動いてくれない。私の知り合いに機転が利くやつもいないし、解決してくれそうな人はもうロンくらいしか思いつかないんだって」

「本気かよ……」

内心、ロンはげんなりしていた。予想はしていたが、人探しなんてやったこともないし、自分にその能力があるとも思えない。

「本当に俺でいいの？」

ロンが問い返したのを渋ったと勘違いしたのか、凪は整えられた眉《まゆ》をひそめ、すがるように「そっちにもメリットがあるようにするから」と言った。

「仕事、紹介する。すごい楽でちゃんと給料もらえる職場。フリーターなんでしょ？」

「いや、仕事っていうか」

「とにかくお願い。うちの親も疲れ果てて、見てられないの。私だって、かすみがなんで死んだのか知りたい。でも私だけじゃ全然たどりつけない。だから、ちょっとでいいから協力してほしい」

凪はテーブルに両手をついて頭を下げた。

――しょうがねえなあ……

まったく知らない相手というわけでもない。事情も事情だ。ここまで真摯《しんし》に頼まれて、断れるわけがなかった。ロンはブレンドをすすり、苦味に顔をしかめながら「わかった」と応じた。

「どこまでやれるかわからないけど、調べるだけ……」

「ありがとう！」

顔を上げた凪は、店内に反響するほどの大声で感謝を述べた。他の客がぎょっとした顔で振り向くのも無視して、ロンの手を取る。

「絶対そう言ってくれると思ってた。いや、仲が良かったとか言うつもりはないけど、なんとなくロンなら協力してくれる気がしてた。マジで感謝する。ありがとう」

凪の両目は潤み、口元には笑みが浮かんでいる。本心から喜んでいるのが伝わってきた。

ロンは自分の頬《ほお》が緩むのを感じ、照れ隠しに「力になれるかわからないけど」と視線を逸《そ》らした。

下心が皆無かと言えば、まあ、それは嘘《うそ》になる。

「翠玉楼」の上階は、オーナーの小柳良三郎とその孫であるロンの居住スペースとなっている。かつては店で雇っている料理人を住まわせていたそうだが、ロンの記憶にある限り、家族以外の誰かが住んでいたことはない。

「……そういうわけで、山県かすみと一緒にいた男を探すことになったんだけど」

その夜、自室として使っている六畳の洋室で、ロンはノートパソコン越しに話しかけていた。ディスプレイにはウェブ会議ツールで会話している相手の顔が映し出されていた。

長い黒髪の女性は、肌色が透き通るように白く、一見してマネキンじみた印象を受ける。フリルのついた黒いブラウスを着て、顔には濃いメイクを施していた。切れ長の目に通った鼻筋、顔には微笑がたたえられている。しかし、その目尻《めじり》はかすかに痙攣《けいれん》していた。

「それで？」

「いや、それで、って……」

「ロンちゃんは仲良くもなかった美形のフィメールラッパーに頼まれて、断りきれずに無茶な人探しを引き受けたってこと？　あわよくば、これがきっかけでいい感じの関係になれないかな、とか期待してる？」

「別に美形とは言ってないけど……」

「今、検索した。凪って結構有名な人なんだね。ライブのフライヤーとかたくさん出てきた。でもロンちゃん、こういう人がタイプだとは意外だなぁ。もっと清楚《せいそ》っていうか、堅実な人のほうが似合うと思ってたんだけどなぁ」

「待て、待て。いろいろ誤解があるから」

ディスプレイのなかの女性が首をかしげる。動揺するロンに、彼女は容赦なかった。

「別に文句言うつもりはないよ。でも、わたしのお願いなんて聞いてもらった覚えないのに、美人ラッパーのお願いはあっさり聞いてあげるんだな、って」

「おい、ヒナ」

ウェブ会議ツールで会話している相手は、菊地《きくち》妃奈子《ひなこ》。自宅は中華街から少し外れたマンションだが、やはり山下町内である。彼女もマツと同じく保育園からの付き合いで、同じ小学校、同じ中学校に進学した。

転機は高校進学だった。ロンやマツよりはるかに勉強ができたヒナは、少し離れた私立の進学校に通いはじめた。しかし高校生活が肌に合わなかったせいか、ヒナはじきに自宅へ引きこもるようになった。高校は中退。その後も山下町の自宅から一歩も出ることなく、生活している。

ヒナの両親はずいぶん心配しているが、当のヒナは「外に出られない以外は普通」と断言している。しかも、株取引で並のサラリーマンくらいは稼いでいるというから、見方によっては半端なフリーターのロンよりよほど生活力がある。

彼女が話す相手は、親族の他には数人の幼馴染《おさななじ》みに限られる。なかでも、ウェブ会議ツールで定期的に話をするのはロンだけだった。

「ロンちゃん最近、忙しそうだもんね。今日だって三週間ぶりでしょ。前は週に一回は絶対連絡くれたのに。でもそうだよね、ロンちゃんには外の世界があるもんね。ラッパーだけじゃなくて、女友達もたくさんいるもんね。家に引きこもってSNSと株取引に熱中してる女なんて相手にしたくないよね……」

ヒナはロンの言葉に耳を貸さず、一人で恨み言をつぶやいている。

「わたしなんて一緒にいても楽しくないし、そもそも引きこもりだから一緒にいられないし、生きてる価値ないっていうか……」

「ヒナ、聞いてくれ。頼みたいことがある」

永遠に続くかと思われた独り言が、ぴたりと止まった。

幼馴染みのロンはよく知っている。ヒナは昔から、誰かに頼られると弱い。彼女の特性を利用しているようで心苦しいが、ヒナが頼りがいのある相手であることも間違いなかった。

「……頼み？　わたしに？」

「そう。ＳＮＳ経由で、ヨコ西界隈からその男に関する情報を集められないかな」

ロンの言葉に、ヒナは不満げに頬をふくらませる。

「もしかして、今日話そうって言ってきたのも頼みごとのため？」

「一番はヒナが気になったから。頼みたかったのもあるけど」

嘘はついていない。実際、引きこもりのヒナは誰かが気にかけてやらなければいけないし、その役目を幼馴染みの自分が担うのは当然だとロンは思っている。黙って返答を待っていたが、やがてヒナは「はぁ」と大仰にため息を吐いた。

「……いいけど。ロンちゃんのお願いだし」

「助かる」

「元をたどれば美人ラッパーの依頼っていうのが、なんかシャクだけどなぁ」

腑《ふ》に落ちないようだが、とにかく頼みは聞いてくれるようだ。ロンはひとまず安堵《あんど》した。

もし断られれば、あとはひたすら自力でヨコ西を歩き回るくらいしか手がない。画面の向こうのヒナはスマートフォンをいじっている。

「どのアカウントを使ってほしいとか、希望ある？」

「任せる。ＳＮＳはわからないから」

「今時珍しいよねぇ」

ロンもツイッターやインスタグラムを覗《のぞ》いたことくらいはある。だが自分のアカウントで定期的に発信する習慣はなかった。発信する内容も、相手もいない。しかし同世代の連中の大半は、そう思わないらしい。ほとんど動かしていなくても、一つか二つはSNSのアカウントを持っているのが常識だという。

そしてヒナが保有しているアカウントは、一つや二つどころではなかった。

「今、アカウントいくつ持ってんの？」

「ツイッターで十三、インスタグラムで五、ティックトックで二。それ以外は管理が面倒でやめちゃった」

スマホの画面上に高速で指を走らせながら、ヒナは答える。全部で二十もあれば十分管理は面倒だと思うが、余計なことは言わない。だいたい、SNSをやらないロンには管理というのが具体的にどんな作業を指すのかもわからない。

――SNS多重人格。

ヒナはそう自称している。

「じゃあさ、とりあえずツイッターのアカウントで探ってみるわ。ペルソナは十七歳、女性、フリーター。商業高校を中退して、チェーンのファストフード店で働いてる。家庭に取り立てて問題はないけど、中退がきっかけで親とは揉めていて、実家にはあんまり帰っていない。どう？　山県かすみちゃんと、かなり近い設定じゃない？」

「今作ったのか?」

「まさか。一年前から運用してる。他にも、男子高校生とか女子中学生のアカウントもあるけど?」

菊地妃奈子は、SNSアカウントの数だけ人格を持っている。その事実を知っているのは、幼馴染みのなかでもロンやマツといった数名だけだった。おそらく彼女の両親ですら、娘がSNS上でまったくの別人を演じていることは知らない。

何がきっかけなのか、何の意味があるのか、ロンは知らないし知る必要もないと思っている。唯一わかっているのは、高校中退と前後してヒナがSNS多重人格になったことだけだった。

「とりあえず、このアカウント動かしてみるね。ヨコ西に興味を持って、出入りしている人たちと連絡を取りたがってるってことで。ハッシュタグ付きでつぶやいてる人もいるし、コンタクトはすぐ取れると思う。他のアカウントも軽く覗いてみる」

「ありがとう。やり方は任せる」

何のかんのと言いながら、ヒナは張り切っているようだった。

実は、ヒナがSNS多重人格を利用して情報収集を行うのは初めてではなかった。警察官である地元の先輩に頼まれて、捜査に協力したことが何度かある。それを知っていたからこそ、かすみの件もヒナに頼むことを思いついたのだ。

「厄介なことに巻き込んで、悪いとは思ってる」

「いいよ、そこまで言わなくても。正直、嬉《うれ》しくもあるから。ロンちゃんに頼られて悪い気はしないし」

ディスプレイのなかでヒナが笑う。幼馴染みの善意を利用しているようで、胸が痛んだ。

黙っているロンを見て、ヒナが呆《あき》れたように言う。

「お人好《ひとよ》しだよね、ロンちゃんも。わたしもわかってるよ。相手が美人だとか、仕事を紹介してあげるとか、そういうのが一番の動機じゃないことくらい。昔から、困ってる人見ると放《ほう》っておけない性格だから」

「……そうかな」

「そうだよ。だから、周りも苦労するんだけど」

ヒナはすぐに「冗談」と付け足した。

オンラインでの会話が終わってからも、ロンは仰向《あおむ》けになったまま動けなかった。

——俺は、お人好しなのか？

これまで同じことを幾度も言われた気がするが、まじめに考えたのは初めてだった。

横浜駅西口は、埃《ほこり》っぽい匂いがした。

数日後、平日の昼下がり。休日に比べれば賑わっているというほどではないが、それなりに人出はある。大股《おおまた》で目的地に向かう通行人がいれば、所在なさそうにスマホをいじっている男女もいる。

石川町から横浜まで、根岸《ねぎし》線でたった三駅。十分もかからない。

横浜にはよく来るが、西口周辺を歩くのは久しぶりだった。中学生のころはよくビブレへ遊びに来たが、ここ数年は足を運んだ記憶がない。最後にこの辺りを歩いたのは、二年前、家電量販店にドライヤーを買いに来た時だった。

ロンはビブレの方角に向かって、細い道を歩く。

両側に居並ぶのはファミレス、カラオケ、ゲームセンター、コンビニ、パチンコ屋、カフェ、居酒屋などなど。言われてみれば、若者が長居するのに好都合な店ばかりが一帯に凝縮されている。

ロンはたむろしている若者たちを探しながら、ぶらぶらと歩く。

凪からは、追加情報をいくつか入手していた。

彼女もクラブの人脈を使って多少調べたらしく、探している男は「ヨコ西の管理人」と呼ばれている人物の可能性が高いらしい。「管理人」はヨコ西に出没する二十代後半の男で、行き場のない若者を見つけると自分から声をかけ、宿泊場所をあてがったり、他のヨコ西メンバーを紹介するという。

――そいつ、女子には特に優しいらしくて。お気に入りの子は食事に連れていったりするんだって。ホテルに誘われたって噂もある。

電話口で、凪は吐き捨てるように語った。どんなコミュニティでも、私欲を満たそうとする身勝手な大人は必ずいるものだ。

ちなみに、かすみの遺品であるスマホはＰＩＮコードでロックされており、解除不可能だったらしい。待ち受け画面は繁華街の夜景だったという。たぶんヨコ西で撮ったんだと思う、と凪は言っていた。

今日もこの後、凪と合流することになっている。ロンに頼んだ手前、彼女もできることは最大限やろうとしているようだ。

西口五番街の近辺をうろついたが、若者の集団は見つからなかった。内海橋《うつみばし》を渡ってビブレの周辺をぐるりと見て回るが、やはりそれらしきグループは見当たらない。平日より、休日に来るべきだったか。

出直すべきかと考えながら、ビブレ裏手のちょっとした広場を覗いてみると、十代なかばと思しき少女が四人、段差に腰かけていた。ジャージやパーカー、制服など、服装はまちまちだった。共通点と言えばアイメイクの濃さと、けだるそうにスマホを覗き込んでいるところくらいだ。

ロンは正面から近づき、四人の視線が自分に向けられてから口を開いた。

「ヨコ西の管理人って人、探してるんだけど。知らない？」

四人組は沈黙する。前列にいた制服の女子が、おずおずと応じた。

「……誰ですか？」

怪訝《けげん》そうな視線がロンに向けられている。もっともな疑問だった。

「二週間前に、この界隈で飛び降り自殺があったんだけど」

「……あっちであったやつだよね？」

後列のジャージを着た女子が、隣の仲間に小声で尋ねるのが聞こえた。あっち、と言いながら視線を向けたのは、少し先にある交差点だ。そういえば、山県かすみが飛び降りた現場をまだ見ていない。

「俺は飛び降りた子の身内の知り合い。その子、ヨコ西の管理人と面識あったらしくて。どんなやつか、知ってたら教えてほしい」

四人の視線が交わされ、小声で相談がはじまる。よく聞こえないが、ロンへの不信感だけは伝わってきた。制服の女子がまた口を開く。

「おにいさんって、警察の人？」

「だから違うって」

「だって普通の人が、平日の昼間にこんなところうろついてなくない？」

お前らが言うな、という言葉を飲み込む。

「フリーター。別にどうでもいいんだって、俺は。管理人のこと、知らない？」

「たぶん、一回会ったことあるけど……」

本題を話そうとしはじめた矢先、少女の口が閉ざされた。おや、と思う間もなく、ロンの肩に腕が回される。

「どーしちゃったの、おにーさん！」

耳の横で怒鳴り声が響く。思わず顔を離した。鼻にピアスをつけた赤い髪の男と、至近距離で目が合った。歳は十代後半といったところか。ロンの反応を楽しむように、赤髪男はにやにやと笑っている。

「その子ら中学生っしょ。ヤバいよ、未成年ナンパしちゃ」

「聞きたいことがあっただけだ」

「またまた。エロいことばっかり考えてるくせに」

「ダメよ、未成年買春なんかやっちゃ」

背後から別の男の声がした。色黒な小太りの男が近づいてくる。黒の上下を着て、首には太い銀色のチェーンを巻いていた。

「おにいさん、警察行こっか」

「は？」

「P活でしょ。あっちに交番あるから。連れてってあげるよ」

ロンは思わず苦笑した。こいつらは何を言っているのか。

「俺は管理人って呼ばれてる男を探してて……」

「いやいやいや。ダメだって、この状況。やっちゃってんだもん」

色黒の男は意図的に声を張り上げているようだった。通行人がちらちらとロンの顔を見ているのがわかる。ロンはこの男たちの魂胆を理解した。だが、無理やり振り切るのも得策ではなさそうだ。もう少し付き合うことにした。

「警察がいやだったら、迷惑料置いてってよ。この子たちのためにさ」

――やっぱりな。

少女たちの顔には戸惑いが浮かんでいる。グルではなさそうだ。おそらく二人組の男が金をせびるため、突発的に仕掛けてきたのだ。そして自信満々な態度から察するに、過去に同じ手を使って金を取ることに成功したのだろう。その時の被害者は、本当にヨコ西の少女に売買春を迫っていたのかもしれない。

ため息が出る。

「金はないし、警察に突き出されることもしていない」

「おにいさん、あのね。強要未遂も犯罪になるんだよ。これ豆知識ね」

「いや、だから……」

「いい加減にしろや、買春野郎！」

今度は一際大きな声だった。通行人が一斉に振り向く。気弱な被害者なら、凄まれた段階で恐怖と気まずさに心が折れ、金を払ってしまうかもしれない。

ただただ面倒だった。ロンには、適当にかわしていればそのうち痺《しび》れを切らして男たちが去るだろうとわかっていた。だがその間に少女たちまでいなくなってしまう。せっかく管理人についての情報を得られそうだったのに。

ロンが男たちをあしらっていると、じきにどこからか人影が現れた。

「何やってんの?」

振り向けば、コーデュロイのジャケットを着た凪が立っていた。

一人ではない。両隣には、ボディガードよろしく二人の男がいた。一人は身長百九十センチに達しようかという大男で、両腕にはトライバルのタトゥーがびっしりと入っている。もう一人は小柄なスキンヘッドの男。眉を剃《そ》り落とし、こちらは首筋に和柄の獅子《しし》の刺青《いれずみ》が入っていた。

言いようのない殺気が漂っていた。身のこなしや視線から、只者《ただもの》ではない空気を放っている。ケンカになったら瞬殺されるな、とロンはなぜか冷静に思った。

チンピラ二人組は、突然不穏な空気の男たちが登場したことで呆気《あっけ》にとられていた。ひとまずロンは「よくわかんないんだけど」と凪に応じる。

「話聞こうとしたら、いちゃもんつけられちゃって」

「どういうこと?」

凪が一瞥《いちべつ》すると、男たちも剣呑《けんのん》な視線を向けた。もしかすると本職だろうか、と疑いたくなるほどの威圧感だった。赤髪に鼻ピアスの男が「あ、いや」と後ずさる。

「なんでもないんで。本当に。勘違いっていうか」

銀チェーンの男は、言い訳を口にするより先に逃げ出していた。赤髪が後を追うように小走りで去っていく。十メートルほど離れた場所で合流した二人は、ロンのほうをうかがいながらどこかへ消えていった。

腕組みをした凪がからかうように近づいてくる。

「いい歳して、絡まれてたの？」

「善良な市民に見えたってことだろ。一人じゃなかったのか？」

凪の両側に立つ男たちは、無表情でロンを見ている。品定めをしているようでもあった。ただ立っているだけでも迫力がある。

「二人ともクルーの仲間。聞き込みするなら、人は多いほうがいいと思って。見た目はいかついけど、いいやつらだから」

こんな威圧感あるやつらじゃ、逆効果だろ。ロンは胸のうちで独り言を吐いた。

四人の少女たちはまだその場に留《とど》まっていた。何が起こっているのか理解できない様子だが、凪の連れてきた強面《こわもて》たちに怯《おび》えているのはわかる。ロンはあらためて、できるだけ柔らかい口ぶりで話しかける。

「ごめん、さっきの続きだけど。ヨコ西の管理人について、知ってることがあれば教えてほしい。噂でもなんでもいいから」

四人はしばし黙っていたが、やがて制服の女子が代表するように口を開いた。

「話したら、もう行っていいですか……？」

いつの間にか敬語になっている。彼女たちの視線は殺気を放つ二人の男たちに注がれていた。凪のクルーがいいやつらかどうかロンは知らないが、聞き込み相手の口を開かせる効果はありそうだった。


一度しか会ったことがない割に、少女たちは「ヨコ西の管理人」についてよく記憶していた。

年齢は二十代後半くらい。髪の色は頻繁に変わるが、最近は白に近い金色に染めている。身長は百七十センチ程度で、軽く腹が出ている。顔は少女たちいわく「イケメン風」。ファンデーションで隠しているが、顔にはニキビ痕《あと》がある。服装は黒のセットアップ。

名前はわからないが、「ヒビトさん」と呼ばれているのを聞いたらしい。

「ヒビトっていうのは、本名？　名字は？」

「わかんないです。ちょっと話しただけなんで」

「会ったのはいつ？」

「一か月前くらい……夜、この辺で動画撮ってたら話しかけられて」

「変なこと言われなかった？」

我慢できなくなったのか、それまで黙っていた凪が割り込んできた。制服の女子が「変、って？」と問い返す。さすがに直接的なことは言えず、凪は「ホテル行こう、とか」とごまかした。

「そういう系のことはなかったかな。いい人って感じでした。食べるものも配ってたし」

後ろにいたジャージの女子が話す。ロンが「食べるもの？」と問う。

「そこの店で買ってきたポテトとか、スナック菓子とか。ヨコ西にいる人って、全然ご飯食べてない子も結構いるんです。ヒビトさんにもらったご飯が今日の一食目とか、そういう子もいて」

「だから管理人って呼ばれてるんだと思う。清掃活動とかもしてるらしいし」

少女たちいわく、管理人ことヒビトはヨコ西に集まる子どもたちを相手にボランティア活動をしていたらしい。食事を配り、話を聞き、時には周辺の清掃をしていた。そういうヒビトに共感する人は他にもいて、最近では毎晩のように誰かしら大人がいるという。

「最近、ヒビトは来てない？」

「わかんないです。私たち、週に一回くらいしか来ないから」

三十分ほどで少女たちの知っていることはおおむね聞き出せた。礼を言って、ロンたちは広場を離れる。

「なあ。俺ら、帰っていいか？」

それまで黙っていた強面のうち、長身のほうが言った。

「あんまり役に立ってない気がするんだけど。怖がられてたし」

「俺もバイトあるし、行くわ」

スキンヘッドの男はすでに帰ることを決めているようだった。凪はまだ名残《なご》り惜しそうだったが、二人の強面たちはあっさり去っていった。昼下がりの路上に、ロンと凪が取り残される。

「次、どうする？」

凪はまだまだ、帰るつもりはなさそうだった。「飛び降りの現場が見たい」とロンが答えると、先に立って歩き出した。

現場はパルナード通りの西端にある交差点からほど近い、雑居ビル裏の路地だった。日中だというのに、建物の影に覆われて薄暗い。路上にはわずかにくすんだ跡が残っていたが、それがかすみの血痕《けっこん》かどうかは判別できなかった。

見上げれば、ビル裏手の壁には室外機がびっしりと張り付いている。外階段は十階まで続いていた。手すりはついているが腰までの高さしかなく、その気になれば簡単に乗り越えられる。

「かすみが落ちたのは、九階」

凪はジャケットのポケットに両手を突っ込んで言った。

「午後十時半。一階に入ってる居酒屋の店員が、落下した音を聞いて外に出てみたら、そこでかすみが寝そべってた。慌てて救急車呼んでくれたけど、落ちた時にはもう死んでたみたい」

凪はまるで他人事《ひとごと》のように淡々と語る。だが、本心まで知ることはできない。彼女は人前で感情を乱さないよう、あえて突き放した話し方をしている。ロンはそう受け取った。

「なんで九階ってわかる？」

「九階の踊り場にかすみのバッグがあった。チューハイの空き缶も」

「未成年なのに飲酒してたのか」

「今さら、そこを責める？」

凪は苦笑したが、ロンは真剣だった。

「責めてるわけじゃない。アルコールは冷静な判断力を失わせる」

「……言われてみれば、酔ってたのも原因かもね。でもアルコールはあくまでブースターっていうか、その奥に本当の理由があると思う。ヒビトってやつが一緒にいたなら、そういう話をしていてもおかしくない」

路地の空気がいっそう湿っぽくなる。

「受験で失敗したのが、妹の非行の原因だっけ?」

「たぶんね。確認したことないけど」

「真剣に受験勉強したことないから、わからないけどさ。高校受験で第一志望に落ちるのって、そんなにヘコむもんかね。落ちたっていっても、滑り止めには合格したんだろ」

「挫折《ざせつ》を知らない子だったから」

二階の室外機から、ごうっ、と音がした。凪は一瞥をくれる。

「私は昔から勉強できなかったし、スポーツもうまくない、愛嬌《あいきよう》があるわけでもない。唯一、人よりましなのが歌だった。だから最初から私には歌しかなかったんだよ。その分、迷いがなかった。ヒップホップに行きつくまでは、寄り道したけど」

「最初はラップじゃなかったんだ」

「昔はR&Bばっかり聞いてたし、歌ってた。あんまり向いてなかったけどね。でも中学の時にヒップホップと出会って、これで生きていくんだって決心できた」

ロンはまだ凪の音源をチェックしていないことを思い出した。帰ったら忘れず聞いてみよう。

「でも、かすみは何でもそつなくこなした。成績よかったし、運動神経もよかった。鉄棒も登り棒も上手だったから……でもやっぱり、勉強かな。学年で十位以内に入ったりしてたらしい」

「俺きょうだいいないからわかんないけど、優秀な妹って誇らしい？」

尋ねてから、無神経だったかな、と思った。凪はぎこちなく口元をゆがめた。

「ううん。むしろ嫌いだった」

——地雷、踏んだかも。

後悔したが、一度発した言葉は撤回できない。凪は語り続けた。

「親って、その気がなくても無意識のうちに子どもを比較してるんだよ。うちの親もそうだった。姉妹で平等に接してるつもりでも、やっぱり微妙に差があった。これ、別に怒ってるんじゃないから。たぶん比べずにはいられないんだと思う。実際、私とかすみじゃ、進むべき道が違ったし」

「ごめん。変なこと聞いた」

「いいの。そこは避けて通れないから」

凪はまだ話し足りないようだった。

「ぶっちゃけると、かすみが第一志望の高校に落ちた時、いい気味だ、って私思ったんだよね。それまで挫折なんかしたことなかったから、これで少しは人生の厳しさを味わっただろうって。最低だよね、姉として。というか人として」

ロンは答えるべき言葉を持っていなかった。路地にぬるい風が吹く。

「……でもまさか、こんなことになるなんてねぇ」

いなくなったかすみへ呼びかけるように、凪は言った。

凪が妹の死んだ理由を知りたがっているのは、後悔のせいかもしれない。密《ひそ》かに嘲笑《ちょうしょう》し、手を差し伸べようともしなかったことへの後悔。あの時真剣に妹を思いやっていれば、結末は違ったかもしれないという後悔。凪は悔いの重さから逃れようと、苦しみ、もがいている。

ロンはそう考えたが、一言も口にすることはなかった。


その後もロンはヨコ西に通い、聞き込みを続けた。

夜が近づくにつれて、界隈の人口密度は増していく。飲みに来たサラリーマンや買い物客の姿が目立つが、なかには北幸《きたさいわい》のホテル街へ向かうカップルもいる。そして、ロンの目当てである十代の若者——キッズたちも。

ビブレ裏の広場で様子をうかがってみると、常連と思しきキッズは数人でつるんで騒いだり、スマホのカメラを向けあったりしている。チューハイやビール類の缶を手にしていたり、堂々と煙草《たばこ》を吸っている子どももいた。トラブル防止のため、そういう輩《やから》は避ける。

会話に応じてくれる子どもたちに管理人ことヒビトについて尋ねたが、新しい情報は得られなかった。ただし、二週間前から——つまりかすみが飛び降りてから——ヨコ西では姿を見ていない、という点は共通していた。

大半の子どもは神奈川県内から来ていたが、なかには都内から足を運んだ中学生もいた。

「ヨコ西、最近有名ですよ。ここで自殺した子がいるんですよね。怖いっていうより、逆に、自殺するくらい追い詰められた子が来る、本物の場所なんだと思って」

かすみの飛び降りは、ヨコ西から子どもたちを遠ざけるどころか、家出した少年少女のメッカにしてしまっていた。午後八時を過ぎると、広場には二十名以上の子どもたちが集まった。地べたに座りこんでスマホを見たり、踊っているところを動画で撮ったりしている。無秩序としか言いようがない。

聞き込みをはじめて三日目、今日はこれで終わりにしようと決めて、男子の二人組に声をかけた。彼らはビニール袋から、飲料水と一緒に小さな紙箱を取り出しているところだった。

「なに、それ?」

気になって、本題より先に箱について尋ねていた。

男子の一人が「咳止め」と答え、紙箱をロンに見せた。確かに、薬局やドラッグストアで市販されている薬だ。ロンも以前、服用した記憶がある。

「風邪《かぜ》ひいてんの?」

「違う。一気に飲むとキマるから」

紙箱から小瓶を取り出した男子は、大きく口を開け、瓶のなかに入っていた数十粒の錠剤を一気に口のなかへ放り込んだ。啞然（あぜん）としているロンの目の前で、ぽりぽりと錠剤を嚙（か）み砕き、ペットボトルの飲料水で飲み下す。確認するまでもなく、定められた用量を超えていた。

「ふうー……」

穏やかな表情で、彼は息を吐いた。もう一人の男子は羨《うらや》ましそうにそれを眺めている。

ロンは以前、中華街にある老舗の薬局店主から聞いた話を思い出していた。幼いころから通っている薬局で、ロンにとっては親戚《しんせき》のおじさんのような相手だ。その店主の言によれば、最近、市販の咳止めを濫用《らんよう》する若者がいるという。

——エフェドリンとかコデインを含む咳止めは、覚醒作用をもたらすかわりに依存性があるんだよ。効き目は覚醒剤に比べれば低いんだろうけど……

一度に大量に服用することで、覚醒作用を得ようとする例が後を絶たないらしい。その薬局でも咳止めは複数個売らないようにする、などの対策を取っていたが、ドラッグストアをはしごすればある程度は購入できてしまう。

かといって、規制すれば本来の用途で薬を使っている人にとって大きな不利益になる。咳止めはポピュラーな薬だけに、対策が悩ましい。

そしてどうやら、目の前にいる少年も咳止め薬の依存者らしい。ロンはできるだけさりげなく聞こえるよう、問いかけた。

「その咳止め、いつも飲んでるの？」

「うん。本当はシロップがいいんだけど、ない時は錠剤」

「効果あるんだ？」

「効果っていうか、飲んでない時がひどい。ぼんやりして、うまく考えられない感じになる。でもこれを飲んでからしばらくは、大丈夫」

それは立派な依存症ではないか。ひとまず説教は脇《わき》に置いておく。

「危なくないの？」

「わかんない。けどこの辺の人、結構やってるよ」

「ヒビトさんとか？」

試しに鎌《かま》をかけてみる。もう一人の少年が「ヒビトさん探してるの？」と応じた。

「うん。何か知ってる？」

「あの人こそヤバいよ。しょっちゅう咳止め飲んでるから。お気に入りの子には自分で配ってるし。噂だけどね」

ロンは新情報を頭に叩《たた》き込み、話を続ける。

「管理人って呼ばれて、食事とか寝る場所とか紹介してるって聞いたけど」

「いい人らしいけどね。でも、まともな大人じゃないって感じはする」

「薬を飲んでるから？」

「それもそうだし、お気に入りの女の子をホテルに呼んだりとかするらしい」

「俺も呼ばれた子いるって、聞いたことある」

咳止めを一気飲みした少年が会話に加わってきた。

「むしろご飯とか薬とか欲しさに、自分からやりに行く子もいるって聞いたけど。どうせ泊まるところもないし、一石二鳥じゃない？」

そう言って下品な笑い声を上げる。

ロンは質問を続けたが、関係を持ったと噂される少女が誰なのかはわからなかった。とにかく、ヒビトという男がただの善意のボランティアでないことは確実そうだ。

ロンがその場を去った後も、少年の笑い声は広場にこだましていた。


ヒナから調査の進捗《しんちょく》を聞かされたのは、相談した日から一週間後だった。

「だいたいわかってきた。ヨコ西の管理人のこと」

「もうわかったの？」

「もちろん」

ディスプレイ越しにヒナが胸を張る。この一週間、「十七歳女子」という設定のアカウントを駆使して、ヨコ西界隈に出入りするキッズたちと交流したらしい。メッセージやコメントのやり取りをした相手は、総勢十三名。

「なかには、子どものふりした大人っぽいアカウントも混ざってたけどね。ＳＮＳ上でも女ってだけで舐《な》められるんだから、つくづく性別なんて邪魔なだけ。まあ女の子たちが心を開いてくれやすいから、その点は助かるけど」

ぶつくさ言いながら、ヒナはウェブ会議ツールで文書ファイルを共有する。彼女なりの調査結果がまとめられた、簡単なレポートだった。

「ヒナ、探偵になれるんじゃない？」

「トレーダーより稼げるなら、考えてもいいかな」

マネキンのような顔立ちに、得意げな微笑が浮かぶ。褒められることには弱い。

ロンが入手した情報の大半は、ヒナのレポートにも記載されていた。ヨコ西の管理人がヒビトという名であること、風貌《ふうぼう》や行動パターン、そして買春疑惑。ヒナは一転して、うんざりした顔つきになった。

「わたしの感触だけど、未成年買春に関してはほぼほぼクロ。ホテルに誘われたって証言した女の子もいた。あくまで自己申告だけど、具体的すぎる」

レポートによれば、ヒビトはヨコ西に入り浸っている少女のうち、お気に入りの子を「勉強を教える」などの名目で北幸のラブホテルに誘うらしい。ヒナが話を聞いた少女は警戒して断ったらしいが、「管理人」としてキッズの面倒を見ているヒビトを信じ、付いて行ってしまう子もいるという。

「もっと露骨に、食事とか酒とか、薬で釣ることもあるみたい」

「薬って、咳止め？」

「そうそう。あの界隈、覚醒剤代わりに咳止め服用するのが流行《はや》ってるみたいね。薬局で買えるって言っても、大量に買えばそれなりに値段するじゃない？　どうやって確保してるのかと思ったら、女の子にはヒビトが配ってるんだって。狙っている子を咳止め依存にさせておいて、追加の薬が欲しければ身体を提供しろって迫るみたい」

「クズだな」

そうとしか言いようがなかった。ヒナも同調する。

「まあ、最低だよ。界隈にはまじめなボランティアの大人もいるらしいけど、子どもを食い物にしようとするやつらも少なくないみたい。どの集団にも、決まって狡賢《ずるがしこ》い大人がいるもんだね」

山県かすみもそんな大人の食い物にされたのだろうか。

腹の底から沸々と怒りが湧いてくる。もしかすると、かすみも薬の常習者だったのだろうか。だとすれば、飛び降りとの間に関係がないとは言い切れない。それを勧めたのがヒビトなら、彼にも責任の一端はある。

「確度はわからないけど、薬と関連して気になる証言があった」

ヒナが文書ファイルの映っている画面をスクロールする。

「まだあるのかよ」

「まだあるの。どうも、ヒビトの配っている薬には、特別な成分が混ざっているんじゃないかって噂がある。それはMDMAだっていう子もいたし、大麻だっていう子もいた」

「普通の咳止めに、もっとヤバい薬を混ぜてるってこと？」

「真偽はわからないけど、事実なら相当悪質だね」

　市販の咳止めをキッズたちに配るのが犯罪になるのか、ロンには判断がつかない。だがそこに違法な薬物が混ざっていたとなれば話は別だ。覚醒剤取締法や、麻薬及び向精神薬取締法の存在は、素人のロンですら知っている。

　しかし、仮に事実だとして何のために無償でそんなものを配るのか。ヒナにも理由はつかめていないようだった。後ほど、例の警察官の先輩に意見を聞いてみることにする。

「ヒビトの居場所は？」

「それが、わからないんだよね。かすみさんが飛び降りて以後、ヨコ西には現れてないみたい。かなり頻繁に出入りしている子にも話を聞いたけど、やっぱりここ最近はヒビトを見ていないって」

「自宅とか知ってる人いなかった？」

「誰も。その辺は身元がばれないように注意してるのかもしれない。普段の仕事や本名も、知っている子はいなかった」

「SNSは？」

「こういう大人にしては珍しく、やってないの。何かあった時に逃げやすくするため、できるだけ痕跡を残さないようにしていたのかな」

――最初から確信犯だったってことか。

ロンは胸のむかつきを覚え、顔をしかめた。かすみの飛び降りと、ヒビトが現れなくなったタイミングが一致しているのは偶然とは思えない。ヒビトはかすみの死に関連して後ろめたいことがあり、姿を消したのではないか。

ただ、その正体がまだ見えない。

「もう一つ伝えたいことがあって。涼花さんって子と知り合ったんだけど」

ヒナが話題を変えた。

涼花は高校一年生。家庭の事情が複雑で、二、三か月前からヨコ西によく来ているらしいが、彼女は生前の山県かすみと面識があったという。

「かすみさんのほうが年上だし、ヨコ西にいる歴も長いから、ゆるい先輩後輩みたいな関係だったって。一人でヨコ西に来た涼花さんに、あそこでの過ごし方とか、気を付けたほうがいい大人とか、いろいろ教えてあげてたみたい」

初耳だった。おそらく、姉である凪も知らないだろう。

「彼女、かすみさんのお通夜にも行ったたって。わざわざ警察まで行って、葬儀社経由で日程まで調べて」

「それって……」

凪が言っていた。通夜の弔問客に一人だけ、ヨコ西の知り合いがいたと。その少女の証言で、かすみが飛び降りの直前、男と一緒にいたとわかったのだ。涼花に話を聞けば詳しい事情がわかるかもしれない。

「その涼花と会ってみてくれないか」

「うーん……対面はいやがりそう。涼花さんも、かすみさんが亡くなってからはヨコ西に行っていないし、無理やり引きずり出すのは違う気がする。それに実物のわたしとは会えない」

ヒナは十七歳女子というSNS上の人格を利用して涼花たちから情報を得ているが、本当の彼女は二十歳の引きこもりだ。そもそも、家から出られないヒナに涼花との面会は荷が重すぎる。

「涼花さんにも罪悪感はあるみたい。仲のいい先輩が飛び降りる前に、できることがなかったのか後悔してる。だからこそお通夜にも参列したんだと思う」

また、後悔だ。

凪も涼花も、生前のかすみに対してできることがあったはずだと悔いている。飛び降りは当人の命を奪うだけでなく、周囲の人間も傷つける。

「なら、何らかの形で協力してもらえないか」

「メッセージのやり取りをしている感じ、気分の浮き沈みが激しい。不安定な印象を受けるの。あまりしつこく接触せずに、今はそっとしておいたほうがいい」

「……そう言うなら」

「ロンちゃん。わたしたちが心の傷をえぐるような真似《まね》だけは、しちゃいけないと思う。涼花さんの気が向くのを待とうよ」

「わかった」

ひとまず、この件は凪には黙っておくことにした。言えば、無理やりにでも涼花に協力を求めるかもしれない。新しいことがわかり次第連絡しあうと約束して、ヒナとのオンライン会議を終えた。

「さて」

忘れないうちに、警察の知り合いに連絡を取ることにした。ロンはスマートフォンを操作し、〈欽《きん》ちゃん先輩〉と登録している番号に電話をかける。相手は三コール目で出た。

「……はい、岩清水《いわしみず》」

「お久しぶり、欽ちゃん」

「なんだよ、ロンか。仮眠取ってたのに邪魔すんなよ」

電話の相手は地元の先輩だった。

岩清水欽太《きんた》、二十九歳。所属は神奈川県警刑事部捜査一課。彼の実家も中華街にあり、高校を卒業するまでは一帯の兄貴分のような存在だった。一人っ子のロンやマツにとっては兄同然の間柄でもある。

ぼさぼさの頭に眠そうな一重の彼は、後輩からも〈欽ちゃん〉と呼ばれ、慕われていた。そこに若干の侮りがないかと言われれば、否定はできないが。

「聞きたいことがあって」

「なんだよ」

「欽ちゃんって、まだヒナのこと好きなの？」

「おい！」

本気の怒鳴り声が耳に飛び込んでくる。

ロンはどうしても、欽ちゃんと話すたびにこの件に触れずにはいられない。本人は否定しているが、昔からその恋心は周囲にばれていた。ロンは内心で応援しているのだが、肝心のヒナに振り向く気配がないため、成就する見込みは薄い。

欽ちゃんは、ヒナがSNS多重人格だと知っている数少ない人間の一人である。最近、ヒナがたびたび警察の捜査に協力しているのも欽ちゃんの手引きだった。

「しかし九歳下の女子に真剣に恋するのは、どうかなぁ」

「もう向こうも二十歳なんだから、いいだろ……いやいや、別にそういうんじゃないから。

ヒナはお前らと同じ後輩だから」

「ごめん。本題はそっちじゃなくて」

「さっさと言えよ」

「少し厄介なことに首突っ込んじゃって」

ロンはヒビトにまつわる噂について、手短に話した。咳止め薬を子どもたちに配っていること、そのなかに麻薬や覚醒剤が混入している可能性があること。欽ちゃんは相槌《あいづち》を打ちながら、真剣に耳を傾けた。

「……なるほどな。ヨコ西のことは生活安全部のほうが詳しいだろうけど、俺も多少は知ってる。窃盗や傷害が事件化したこともある」

「たむろしてる子どもたちの仕業？」

「そう。ヨコ西キッズ、ってやつだな。定期的に声掛けや補導はやってると思うが、出入りしている大人のことは知らなかった」

「ヒビトにとって、違法薬物をタダで配るメリットってある？」

欽ちゃんは少しうなって「いろいろ考えられる」と言った。

「薬物依存の入口は、すでに依存症になっている知り合いが多い。いきなり売人のところに行って、売ってくれなんてやつはそういない。友達から分けてもらったとか、そういうところからはじまることが多いんだよ」

「ヒビトは意図的に薬物依存を作ろうとしてたってこと？」

「たとえば、ヒビトってやつは販売ルートとつながっていて、依存者を紹介するたびに懐に金が入る仕組みになっているのかもしれない。咳止めだと嘘をついて薬を渡していたのが巧妙だ。相手はすでに咳止め薬の依存になりかかっているから、一般人に比べて麻薬や覚醒剤への抵抗が薄い。しかも知らず知らずのうちに摂取しているから、本人の意思とは無関係に、薬物依存にさせられる」

欽ちゃんは「もちろん、全部想像だけどな」と付け加えるのも忘れなかった。

ロンは背筋に悪寒が走るのを感じた。すべてはまだ噂に過ぎないし、根拠もない。だがそれが事実だとすれば、ヒビトという男の悪意は想像をはるかに超えていた。事はかすみの飛び降りに留まらない。

「警察に動いてもらえないかな」

「全部噂なんだよな？　悪いけど現時点では何もできない。お前もわかってるだろ」

わずかに気まずさを漂わせて、欽ちゃんは言った。裏も取れていないのに、警察が派手に動くことはできない。その点はロンも理解している。

「生活安全部には話しておく。特にヒビトってやつには注意するよう伝える」

「……わかった。ありがとう」

ヒビトの目的が推測できただけでも、欽ちゃんに相談した甲斐《かい》はある。警察も今後はヨコ西の動向に注意を払ってくれるかもしれない。ただ、肝心のヒビト本人に接触する術《すべ》がないのがもどかしかった。

「近づいてはいるけど、しっぽがつかめない」

午後五時。ヨコ西のファミレスで、凪は眉間《みけん》に皺《しわ》を寄せていた。テーブルにはドリンクバーのコーラが二人分。ロンは薄い味のコーラで口を湿らせて、「そんな感じだな」と応じる。ついさっき、ロンやヒナが集めた情報を共有したところだった。

凪は紫色のウインドブレーカーに両手を入れ、天井を仰いだ。

「協力してくれてありがとう。感謝してる」

「……なに、終わりみたいな空気出してるんだよ」

「もう限界じゃない？」

凪の顔には疲れが滲《にじ》んでいた。

「ロンだけじゃなくて、友達も動いてくれてるんでしょ？　大したお礼もできないのに、これ以上付き合わせるのも申し訳ない。ヒビトは最低のやつかもしれないけど、かすみが死んだことと本当に関係あるかもわからないし。ヨコ西から消えちゃったっていうんなら、もう探しようがない」

「言い出しっぺだろ。弱気になるなよ」

「弱気にもなるよ」

凪は両目を閉じた。よく見れば、ややメイクが荒れている。

「もうすぐかすみが死んで一か月。そのうち四十九日になる。両親もつらいけど、立ち直って前向こうとしてる。生きている間ろくに話もしなかった私だけが、いつまでもムキになってるのっておかしくない？」

「でも知りたいんだろ。死んだ理由」

沈黙が流れた。凪は目を閉じたままだ。

「もし終わりにしてほしいって言うなら、俺は終わってもいい。でも、本当にこれでいいのか。凪の妹は、わけわかんない男に咳止めだか麻薬だか、飲まされたかもしれないんだぞ。飛び降りたのは、その影響だって……」

「疲れたんだよ」

凪はうっすらと瞼《まぶた》を開いていた。

「あの日からずっと後悔してばっかり。後悔って、本当にしんどいんだよ。自分はなんて無力でダメなやつなんだって突き付けられるから。自傷行為なんだよ。私はこの一か月、延々と自傷行為を続けてきた。きついよ、いいかげん」

ロンは口をつぐんだ。そこまで言われて、無理強いはできない。元はと言えば凪がはじめたことだ。凪が限界だというなら、従うしかない。

——中止かな。

しばし、お互いに黙ってドリンクを飲み続けた。腹のなかが水分で一杯になっても、ロンは帰ろうとは言わなかった。せめて、今日は凪のタイミングで帰らせてやりたい。それまでは何時間でも付き合うつもりだった。

コーラからメロンソーダに変え、その味にも飽きてきたころ、ロンのスマートフォンが震動した。ヒナの番号から着信だ。凪に視線で合図をすると、「いいよ」と返ってきた。座席に座ったまま電話に出る。

「ロンちゃん？」

「ちょうどよかった。あのな……」

「今、どこにいる？　すぐ動ける？」

ヒナの口調は切羽詰まっていた。

「ヨコ西にいるけど」

「さっきツイッターで涼花さんから連絡があった。これからヒビトに会うって。連絡先、知ってたみたい」

「なんで今さら」

ファミレスの店内であることも忘れて、大声で聞き返す。凪が怪訝そうな顔をした。

「やっぱり、かすみさんが死んだことを気に病んでいるんだと思う。だから事情を知っていそうなヒビトを、直接問いただそうとしているんじゃないかな。涼花さんからのメッセージに〈二十四時間以内に連絡がなかったら警察に通報して〉って書いてある」

「行き先とかわからないのか」

ロンはすでに座席から腰を浮かせていた。それを見た凪が会計に向かう。

「何も書いてないけど、二人が会うとしたらヨコ西しかないよ。なんとかして探し出してくれない？」

「顔写真とかないか？」

「外見につながるものは何もない。お通夜には来たはずだから、凪さんならわかるんじゃない？　さっき早まらないでってメッセージ送ったんだけど、返信もない。涼花さん、何か危ないことをしようとしてる。無茶なのはわかってるけど、どうにか見つけて」

ヒナの声は悲鳴に近くなっていた。

通話を切ったロンは、事情を説明しながらファミレスを後にした。見る間に凪の顔色が変わっていく。涼花のことを話すのは初めてだった。路上で立ち止まった凪は人目もはばからず、「もっと早く言ってよ！」と叫んだ。

「言ってたら、なんなんだよ。凪は無理にでも聞き出そうとしただろう」

「当たり前じゃない。その子、かすみの友達なんでしょう」

「それじゃダメなんだよ。本人の気持ちを尊重しろよ」

「尊重した結果、その子がヤケになっちゃったんじゃないの？」

唾《つば》を飛ばして怒鳴りあう二人を通行人が眺めている。じきに、こんなことをしている場合ではないと気付いた。

「とにかく、涼花とヒビトはヨコ西で会う可能性が高い。何とかして見つける」

「ヨコ西のどこで会うかもわからないのに、一人で探すつもり？」

凪は「待って」とロンを遮り、どこかに電話をかけはじめた。通話はすぐに終わった。

「うちのクルーに声かけたから。すぐに来る」

「この間のいかつい二人か？」

「文句あんの？　あんたも動けそうな知り合いがいるなら、声かけなよ」

ロンは知り合いの顔を思い浮かべる。ヒナは家から出られないし、欽ちゃんは仕事中だろう。平日の夕方、すぐに来てくれそうな知り合いなど……

「一人いた」

目当ての番号に電話をかけると、最初のコールで相手が出た。「はいよ」という、聞きなれたマツの声だった。

「至急、横浜駅西口に来て。後で説明するから」

「は？」

ロンは「よろしく」と言い残して一方的に切った。話している時間が惜しい。

その場で凪と役割を分担した。ロンとマツはビブレ裏の広場を巡回しつつ聞き込み。凪とその仲間二人は、南幸の飲食店やカラオケを捜索する。それらしき年齢の男女二人組は片端からチェックすることにした。凪が記憶している外見の特徴だけでは、特定が難しそうだ。

別れ際、凪は「まさかと思うけど」と言った。

「涼花って子、自分も死のうとか思ってないよね？」

ヒナに送られたという、メッセージの文面が脳裏をよぎる。二十四時間以内に連絡がなかったら警察に通報して——

「まさか、だろ」

そう答えるのが精一杯だった。ロンは焦りを抱えて、薄暮の大通りを走った。

＊

生きていて楽しいことなんて、一つもなかった。

涼花という名前を考えたのはお父さんらしい。物心がつくずっと前に離婚していなくなったから、顔も知らない。私はどちらかといえばお父さん似らしいから、自分の顔から想像するしかない。

お母さんが男を取り替えるたび、私の生活リズムも変わった。夜勤の男と付き合っている時は昼間から喘《あえ》ぎ声が聞こえるし、会社員と付き合っている時は夜家に帰るのが怖かった。

お母さんは男といる時、男のことしか考えない。私のことは空気どころか、いるだけ邪魔な存在だと思っている。中学生になったころからは、明らかに私を敵視するようになってきた。男を取られるんじゃないかと心配しているみたいだ。

ばかばかしい。あまりにも。

私は正直、男が怖い。絶対、私のことを大事にしてくれる男にしか身体を許さない。そう決めている。

ヨコ西のことを知ったのは、高校に入ってすぐだった。子どもだけで集まって、好き勝手に過ごせる場所があると聞いた。大人に振り回されるのはもうたくさんだった。

夏休み前、初めてヨコ西に行ってみた。一人でオドオドしていた私に最初に声をかけてくれたのが、かすみさんだった。

「ここ、初めて？　怖くない？」

少し話しただけで、優しくて頭のいい人だとわかった。

かすみさんはヨコ西での過ごし方を教えてくれた。どのグループが話しやすくて、どのグループが危ないか。まともな人と、要注意人物の見分け方。どれだけ長居しても怒られないファミレス。

おかげで、ヨコ西では楽しく過ごせた。踊ったり、ゲームしたり、やってることは正直どうでもいい内容だけど、同世代の友達とはしゃげるのが楽しかった。家でお母さんや男の気配に怯えるよりずっとよかった。

かすみさんは去年の夏くらいから、ヨコ西に通っているらしかった。

「とにかく他人に期待しない。同世代も、大人も。ここはただのヒマつぶしの場所。依存しちゃダメだからね。適当に距離置きながら、楽しくやれれば十分」

私はかすみさんの言葉を忠実に守った。おかげでケンカに巻き込まれなかったし、万引き騒動があった時もとばっちりを食らわずに済んだ。一緒に遊んで楽しい人はたくさんいたけど、信頼しているのはかすみさんだけだった。

ヨコ西に慣れてきたころ、かすみさんがキャラもののキーホルダーをくれた。

「ゲーセンで取ったけど、同じの持ってるから。あげる」

手のひらくらいの大きさの、三頭身のぬいぐるみがついていた。知らないキャラだったけど、嬉しくてカバンにつけるようになった。かすみさんも同じキーホルダーをつけていた。おそろいの持ち物があるだけで、自分が特別な存在になったような気がした。

ヒビトとは、ヨコ西でちょくちょく顔を合わせていた。

「涼花ちゃん、元気？　ご飯食べてる？」

顔を合わせるたびにそう尋ねてくるのがお決まりだった。

最初に会った時から、生理的に無理だと思った。うまく言えないけど、視線がいやらしい。明らかに一部の女の子と話す時だけ目つきが変わる。ご飯やお酒を餌《えさ》にして、ヨコ西の子たちをひっかけているという噂も聞いた。

そういう輩だったから、かすみさんが時おり一緒にいるのは意外だった。二人でどこかに消えていくのを、何度か見かけた。

「ヒビトと仲いいんですか？」

ある夜、思い切って質問したことがある。かすみさんは「えー」と言いながらも、答えてくれた。

「仲いいっていうか、こっちが利用してるだけ」

「おごってもらってる、とか？」

「まあね。お酒とか、薬とか」

私はやってなかったけど、かすみさんはお酒も咳止めも飲んでいた。それをどうこう言うつもりはないし、誰かにおごってもらうのもかすみさんの勝手だと思う。それでもこの時、私は止めるべきだったんだと思う。

あんなやつとつるむの、やめたほうがいいですよ。

そう言っていれば、もしかしたらその後も違っていたかもしれない。

あの日、私もヨコ西にいた。かすみさんがヒビトと一緒にどこかへ歩いていくのを見かけた。またつるんでる、と思ったけど声はかけなかった。ヒビトと関《かか》わるのがいやだったから。

かすみさんが死んだのはその数時間後だった。

あの日から、ヒビトは現れなくなった。

ヨコ西にいるのは、一度は死にたいと思ったことがある、または現在進行形で思っている子ばかりじゃないだろうか。かすみさんだってたぶん死ぬ理由なんていくらでもあったと思う。

ただ、実際にはほとんどの子が自殺を選ばない。死にたい死にたいと思いながら、だらだら生きている。私を含めて。

でもかすみさんは飛んだ。

私にはどうもピンとこなかった。なぜ、かすみさんは飛ぼうと思ったのだろう。お酒か、薬か、他の何かのせいか。

かすみさんのことが、頭のなかをぐるぐる回って離れなくなった。自殺ってことになっているけど、本当にそうなのか。もしかしたら、ヒビトが絡んでるんじゃないか。そんなことを考えていたら、夜も眠れなくなった。

手元には、前にヒビトから押し付けられた名刺があった。「ヨコ西の管理人」というダサい肩書きの下に、カタカナで「ヒビト」。そして電話番号。

何日も何日も悩んで、ついに電話をかけた。

つながらないかと思ったけど、相手は出た。「もしもし?」というだみ声が返ってきた。

「あの、涼花ですけど」

「涼花ちゃん?　わざわざ連絡してくれたの?」

電話口のヒビトは喜んでいた。

「かすみさん、亡くなったじゃないですか」

「ああ、うん……悲しい事故だったね」

事故、という言葉をやけに強調しているように聞こえた。

「事故なんですかね」

「……どういう意味?」

「ヒビトさん、あの日一緒にいたんですよね」

証拠があったわけじゃない。でもヒビトはまんまと引っかかった。ひゅっと息を吸う音がして、「知ってるの?」と言われた。後に引けなくなった私は、ハッタリで押し切ることにした。

「かすみさんからいろいろ聞いてます。まだ警察には言ってませんけど」

ヒビトは「勘弁してよ」と言った。薄気味悪い、半笑いの表情が浮かぶ。その答えでなんとなくわかった。やっぱりヒビトは、かすみさんの自殺と絡んでいる。

「一回、会いませんか。聞きたいこともあるんで」

「うん……いいよ。今日、これから来れる？」

ヒビトの指定した場所は、正直あまり行きたくなかった。でも周りに話を聞かれる心配もないし、仕方なくオーケーした。

「じゃあ、JRの北改札前で待ち合わせしよう。七時くらいに来て」

ヒビトと二人きりで会うんだと思うと、急に怖くなってきた。家で身支度をしながら、どんどん恐怖が増していった。台所にあった包丁をタオルでくるんで、カバンのなかに忍ばせた。使うつもりはない。あくまで護身用。

念のため、最近ツイッターで知り合った子にメッセージを送った。二十四時間以内に連絡がなかったら、通報してもらうよう伝えた。すぐに返信があったけど読んでない。読めば、決意が揺らぎそうだった。

家を出る時に、ふと思った。

私はちょっとだけ、かすみさんに入れこみ過ぎたのかもしれない。依存しちゃダメだって言われたのに。

捜索をはじめて一時間以上が経過した。時刻は午後七時を過ぎている。

ロンはマツと手分けして、広場にたむろする少年少女をつかまえては、涼花とヒビトを見なかったか尋ねた。二人と知り合いだという証言は得られたが、その姿を見た者はいなかった。

＊

「結構、無茶なことしてるよね」

マツは徒労感を隠さずに言った。

手がかりが少なすぎることくらい、ロンにもわかっている。そもそも二人がヨコ西で会うかどうかも不確かだ。それでも探さなければならない。これ以上、誰かの後悔を積み重ねたくはなかった。

二人で計五十人に話を聞いたころ、充電の少なくなったロンのスマホが震えた。かけてきたのは凪だった。

「見つけたかも。サングラスした男と、女の子の二人組。北幸に向かって歩いてる」

荒い呼吸が耳に飛びこんでくる。

「確かなのか？」

「顔見てすぐわかった。かすみの通夜に来た子。絶対そう。追いついて、声かけてみる。そっちは北幸に先回りしておいて」

隣で会話を聞いていたマツは、すでに走り出す準備をしていた。

「行こう！」

ビブレ裏から出て内海橋を渡り、北へと走る。彫刻通《ちょうこくどお》りにぶつかったところで再びスマホが震えた。

「……逃げられた。声をかけたら、男のほうが泡食って走り出した」

凪の声は暗かった。しかし、まだ北幸の周辺にいるはずだ。

「彫刻通りまで来た。この辺で合流して……」

ふと、車道の向こうにいる一組のカップルが目に付いた。街灯の下、小走りに移動している。サングラスをかけた男が女の子の手を引いていた。

「見つけた」

次の瞬間、ロンは車道へと飛び出していた。走っていたセダンが一メートル手前で急停止する。対向車線のタクシーも、唐突に現れた人影に急減速した。一気に車道を横切り、歩道へ入る。

「ぶち殺すぞ！」

運転手の罵声《ばせい》を背中に浴びながら、ロンは夜の街を走る。追いつくより先に、カップルは一軒のラブホテルへと入っていった。ネオンの目立つ五階建てのホテル。

ロンがエントランスへ駆けこんだ時、二人は有人の受付でキーを受け取ったところだった。

「涼花さん」

通路の奥でエレベーターを待っているカップルの背に叫んだ。女の子がはっとした表情で振り向く。メイクをしているが、幼さの残る顔はまだ十代なかばに見える。隣の男は髪を金色に染め、黒の上下を着ている。ヒビトに違いない。聞こえないふりをしているのか、顔を向けようともしない。

「その子、未成年だよ。あんた捕まるぞ」

ブザーが鳴り、エレベーターの扉が開いた。サングラスをかけたヒビトがロンを一瞥したが、すぐに視線を逸らし、涼花の手を引いた。ロンが駆け寄り、閉まりかけた扉に無理やり身体を挟んだ。

「待てこら！」

「うるせえよ」

ヒビトは右足でロンの下腹部を勢いよく蹴り上げた。とがった靴の先がみぞおちにめりこみ、思わず身体を折る。目の前でエレベーターの扉が閉まった。

「おい、待て！」

「やめなさい。警察呼ぶよ」

気づけば、背後に制服を着たホテルのスタッフが立っていた。その後ろからマツが現れる。ようやく追いついた。ロンとスタッフの間に立ったマツが、とっさに愛想笑いをつくる。

「すみません。こいつ、酔ってて」

「……頼むよ」

ロンは視界の端でエレベーターの階数表示を見ていた。涼花とヒビトを乗せた箱は最上階、五階で止まった。去りかけたスタッフの背に、ロンは「あの」と呼びかける。

「カップルなら、利用していいんですよね」

「そりゃまあ、結構だけど……悪いけどうち、男性カップルは遠慮してるよ」

「違います。もうすぐ女性が来るんで」

ロンは凪に電話をかけ、ホテルの名前を告げた。

「今すぐ来てくれ。早く！」

ロンと凪は五階の部屋を選び、エレベーターに乗った。凪の仲間やマツは建物の外で待機している。異変を感じたら、迷わず警察に通報するよう頼んでおいた。

「……本当に見つかるの？」

上昇する箱のなかで、凪は不安げに言った。

「階数がわかれば十分」

「でも部屋番号、わからないんでしょう?」

「向こうから出てくる」

やがて五階に到着した。まっすぐな廊下の両側に、個室がざっと十部屋。このなかのどこかに涼花とヒビトがいるはずだ。ロンは廊下の壁に視線を走らせる。目当てのものはすぐに見つかった。

「あったぞ」

おもむろに、火災報知器の発信機の前に立った。赤い円の中心に「強く押す」と記された丸いボタンがある。凪が何かを悟ったように、「ちょっと」とつぶやく。ロンはいたずらっぽく笑った。

「一度、押してみたかったんだよ」

ボタンに人差し指をそっとあてがう。凪は先回りして、両手で耳を塞《ふさ》いだ。

指先に力を入れて、ボタンを強く押しこむ。

次の瞬間、けたたましいベルの音が廊下に響き渡った。凪は眉間に皺を寄せる。ロンは個室から人が出てくるのを見落とさないよう、注意深く廊下を観察した。ベルはそのうち、スタッフが止めてしまうだろう。ゆっくり待っている余裕はない。

廊下の中ほどにある個室のドアが開いた。上半身裸の男が顔を覗かせたが、ヒビトとは別人だった。続いて、エレベーターに近い部屋から服を着たカップルが出てくる。この二人も違う。戸惑っている利用客を無視して、ロンは閉まっている個室のドアを片端から叩いて回った。

「火事だぞ！　出てこい！」

横から凪が言う。

「誰か来る」

エレベーターの階数表示が、一階から徐々に上昇してくる。事態を察知したスタッフだろう。このままではホテルからつまみ出される。手元には、チェックインの際に渡されたキーがある。ひとまずこの部屋に入ってやり過ごすべきか。

階数表示が四階から五階へと移る瞬間、廊下の最奥にある個室のドアが開いた。顔を出したのは、金髪の黒いシャツを着た男だった。ヒビトだ。

ベルが鳴り響く廊下を、ロンは全速力で疾走した。ヒビトはあわててドアを閉めようとしたが、それより一瞬早く、ロンが隙間《すきま》にスニーカーをねじこむ。ドアに手をかけ、強引に身体を室内へと滑りこませた。すぐ後ろから凪も続く。

「お前ら、どういう……」

猛烈な勢いで怒るヒビトの下腹を、ロンは渾身《こんしん》の力で蹴りつけた。エレベーターでやられた分の仕返しだ。悶絶《もんぜつ》するヒビトを横目に、部屋の奥へ足を踏み入れる。

照明が絞られているせいで、妙に暗い。内装は普通のビジネスホテルとさほど変わりなく、窓も設《しつら》えられている。中央にはダブルベッドが据えられていた。ベッドの横で、カバンを胸に抱いた涼花が不安げにたたずんでいる。いつの間にか廊下のベルは鳴りやんでいた。スタッフが止めたのだろうか。

「変なことされてない？」

ロンが尋ねると、涼花は無言で首を縦に振った。目には涙が滲んでいる。

ベッドには咳止め薬の小瓶が転がっていた。なかには白い錠剤が詰められている。ロンは手のひらに中身を出して、一粒ずつ観察してみた。割線の入った楕円形の錠剤に、丸い錠剤が混ざっている。

うめき声をあげてヒビトが立ち上がった。部屋の奥にロンが、ドアの前に凪が立ち、前後を挟むような位置関係になっている。ヒビトに逃げ場はない。

「……誰だよ、お前ら」

ロンより先に凪が口を開く。

「山県かすみの姉」

かすかに、ヒビトの顔が引きつった。凪はせき止めていたものを解き放つように、一気にまくしたてる。

「あんたが死ぬ直前のかすみと一緒にいたことはわかってる。死んでから、ヨコ西に寄り付かなくなったことも。かすみとどういう関係だった？　薬配ってたっていうのは事実か？　答えろ」

立ち尽くしているヒビトに、凪は一歩一歩近づいていく。

「お前、そこにいる子に何しようとした？」

「……連絡してきたのはそっちだ」

「どうせ、ラブホテル指定したのはお前だろ。何が目当てだ？」

ヒビトは口を割ろうとしない。黙っていればやり過ごせると思っている。

——甘いねぇ。

「正直に言ってよ、管理人さん」

ロンが手のなかの小瓶を振ると、じゃらじゃらと音が鳴った。

「あんたの配ってるお薬、二種類の錠剤が混ざってる。市販薬に違法薬物を混ぜてるんだろう？　これ、警察に持っていったらあんた終わりだよ。どうするの。俺と一緒に警察行くか、ここで全部正直に話すか」

薄暗い室内でも、ヒビトが焦っているのはわかった。顔を流れる汗のせいでメイクが落ち、ニキビ痕が露《あら》わになっている。

「わかった。話すから。その薬、渡してくれ」

「話してから渡すに決まってんだろ。立場わきまえろ」

ロンが答えると、ヒビトは憎らしそうな視線を返した。凪が「早く言えよ」と肩を殴りつける。しばらく沈黙が流れた後、ようやくヒビトは語り出した。

「……俺はヨコ西で、かすみちゃんの面倒を見てた。いつも腹を空《す》かせてたから、しょっちゅう飯を食わせたし、酒代だって出してあげた。金貸してあげたことも一度じゃない。返ってきたことはなかったけど」

「やってたのか？」

凪の質問に、ヒビトは「想像に任せるよ」と薄笑いで応じた。

ロンは吐き気を覚えた。行き場のない未成年の少女に、食事や酒を与える代わりに身体を提供させた。それをたいした罪とも思わず、平然と笑ってみせる性根に虫酸《むしず》が走る。ビブレ裏の広場で男たちに絡まれた時のことを思い出す。未成年買春だなんだと脅すなら、こいつを脅せばよかったのに。

凪は氷のように冷たい視線でヒビトを見ていた。

「かすみにも、薬渡してた？」

「たまにね。気が向いたら」

ヒビトは開き直っていた。こういうやつはたまにいる。自分が悪人であることをひけらかし、そこに優越感を覚える人間が。

「かすみが飛び降りる前、何してた？」

「別に。酒飲んで話してただけだよ。夜景を見て、星空みたいって言ってたな。その後俺が席を外した一瞬で、飛び降りちゃって。あれは驚いたなぁ。本当、あの件は全然関係ないから」

両手をひらひらと振って、ヒビトは「もういいでしょ？」と言った。

このまま解放するわけにはいかない。おそらくこの男はまだ核心を話していない。ロンが横目で見ると、凪の顔にも焦りが浮かんでいた。ここからどうする。強面の仲間やマツにでも頼んで、力ずくで口を割らせるか？

「……ちゃんと話して」

沈黙を破ったのは涼花だった。

振り向けば、涼花は両手で包丁を握っていた。

「おい、やめとけ」

涼花はロンの言葉に耳を貸そうとしない。刃先をヒビトに向けたまま、一気に詰め寄る。意表を突かれたのかヒビトは後ずさった。後退しようとするヒビトの肩を背後から凪が押さえつける。それでも涼花は止まらない。

「あの日からヨコ西に来ていないのは、理由があるんだよね」

「わかった！　わかったから！」

　ヒビトは口から唾を飛ばした。

「あの日の昼、確かにかすみに薬を渡した。あれはダウナー系なんだ。キマってる間はいいが、効果が切れると一気に気分が落ちる。で、死にたくなる。ダルくて動くのも嫌になるけど、たまに、本当に実行しちゃうやつもいる。酒も飲んでたから、余計に死にたくなったかもしれない。高い場所で飲んでたのも運が悪かった」

「……かすみが飛んだのは、あんたが渡した薬のせいってこと？」

　凪がヒビトの背後から尋ねた。

「そう言われるのがいやだったから、ヨコ西には行ってなかったんだよ。万が一、誰かがかすみと俺のことを警察に垂れこんでたら、面倒くさいことになる」

　ヒビトが凪を突き飛ばして、ダブルベッドに飛び乗った。

「言ったぞ。これでいいだろ！」

　凪はショックで呆然《ぼうぜん》としたまま、床に倒れこんでいた。ロンが助け起こしている間に、ヒビトは窓際まで移動していた。ロンと凪、涼花の顔を順に見回して「お前ら、頭おかしいんじゃねえか」と叫んだ。

「死んだやつのこと調べて、何になるんだよ。だいたい、かすみが家に居場所ないっていうのも家族のせいだろ。家に居場所がないからヨコ西に来て、俺を頼ってくるんだろうが。姉だかなんだか知らねえけど、最初からお前がかすみの面倒見てれば、こんなことにならなかった。かすみが死んだのはお前のせいだろ！」

凪の顔は真っ白だった。さっきまでの怒りは消え、乾いた唇を閉じている。

張り詰めた空気を裂くように、部屋の電話機が鳴った。内線だ。誰も動こうとしないので、仕方なくロンが受話器を取った。待ち構えていたように、スタッフの不機嫌そうな声が聞こえてくる。

「今、警察が来てるんだけど。お客さんの部屋でしょう。何してるのかわからないけど、迷惑だからすぐに……」

「警察が来てる」

受話器から耳を離して、ロンが言った。外で待機しているマツたちが火災報知器のベルを聞いて通報したのかもしれない。

ヒビトは汗にまみれた顔をゆがめた。焦りと怯えが交錯する。

次の瞬間、ヒビトは背を向け、窓を開け放った。

「おい！」

ロンが駆け寄るが、それより早くヒビトは窓枠に足をかけ、勢いよく外へと身を投げ出した。ロンの右手が空をつかむ。空中でヒビトが、はっ、とあざけるように笑った。

その二秒後、鈍い音が五階まで届いた。

反射的に、死体となった男が血の海に横たわっている姿を連想する。

ロンは窓から身を乗り出し、眼下を見下ろした。植え込みに寝そべったヒビトが、痛みに絶叫しながら足を抱えている。骨折くらいはしたかもしれないが、命に別状はなさそうだ。すかさず駆け付けた三人の人影はマツたちだろう。

つい、安堵の息が漏れた。

「死んだ?」

おそるおそる問いかけてきたのは涼花だった。その手にはまだ包丁が握られている。

「生きてる。あと、それ片付けて」

包丁を指さすと、涼花は驚いたように自分の手元を見た。

凪は青白い顔で何かを考えこんでいるようだった。ヒビトの吐き捨てた暴言がこだましているのだろうか。

「気にするなよ」

ロンの言葉に凪はうなずいたが、その顔に生気が戻ることはなかった。

騒動の後始末は明け方までかかった。

ヒビトは両足を骨折して病院に運ばれ、ロンや凪、涼花は交番で事情聴取を受けた。事情が入り組んでいるため説明に苦労したが、欽ちゃんと連絡がついたことで警察の理解を得ることができた。

涼花が包丁を持ち出したことは不問にされたが、親元には警察から連絡がいった。すぐに母親が迎えに来たが、涼花はすんなり帰ろうとしない。

「あの家に帰るなら、ヨコ西に行く」

無理やり帰らせようとする母親に、涼花はそう答えた。立ち会った巡査は呆れたように二人のやり取りを眺めていた。

「ヨコ西じゃなくて中華街に来いよ」

その場に居合わせたロンは、気付けばそう言っていた。

「行き場がないならさ。あんなとこ、二度と行くなよ」

涼花が期待のこもる目で見返す。

「いいの？」

「翠玉楼って店にいるから。とりあえず、今日は家に帰ったら？」

「……わかった」

渋々といった雰囲気だが、それでも涼花は母親と連れ立って帰った。面倒な約束をしてしまった気もするが、深く考えないことにした。

――まあ、いいや。

無軌道な子どもたちとつるんだり、妙な大人たちの思惑に巻きこまれるよりは、中華街に遊びに来るほうがましだろう。たぶん。

ヒビトは怪我《けが》の手当てが終わり次第、警察が事情聴取をすることになった。違法薬物の所持と、未成年の買春。証言してくれそうなヨコ西キッズはいくらでもいる。対応した巡査は「裏が取れれば、実刑だろうな」と言った。

「営利目的での薬物所持は執行猶予付かないことが多いし、児童買春も重罪だから。両方やってたんだとしたらまず実刑だよ」

空が白みだしたころ、ようやくロンと凪は帰ることを許された。朝日の下で思いきり伸びをすると、重い身体が少しだけ覚醒する。早朝、人通りのまばらな横浜駅前を並んで歩いた。

一応、当初の目的は果たしたことになる。ヒビトの正体はつかんだし、かすみが死んだ経緯もわかった。

「どうすんの、これから」

ロンの問いに、凪は「どうしよっかな」と応じた。東から差す日の光に、眩《まぶ》しそうに目を細めている。

「なんか、ヒビトの言ってたことも一理あるなと思って」

「どこが?」

「かすみが死んだのは私のせいだ、ってところ」

「バカか」

ロンは即答した。

「凪の妹が死んだのは、ヒビトが渡した薬のせいだ。他は誰も悪くない。もちろん凪も」

足音が止まった。ロンが振り返ると、正面から朝日を浴びた凪が涙を流していた。唇を噛んで、嗚咽《おえつ》を我慢している。頬を流れた涙が雫《しずく》となって落ちていく一瞬、強いきらめきを放った。

「私、本当はわかってた……かすみが家に帰らなくなったのは、優等生でいられなくなったからだって。昔からそうだった……私が好き勝手やってる間も、かすみはまじめに生きようとしてた。私の分まで、二人分の期待を背負って……かすみがまともに生きてくれたから、私は音楽に打ちこめた。私のせいでかすみはプレッシャーに潰された。私が死なせたんだよ」

こらえきれず、凪はひっくひっくと肩を震わせた。ロンは目の前に立つ。大きな影が凪の身体を覆った。

「違うな。全然、違う」

凪が顔を上げ、視線がぶつかった。

「お前が憎むのは自分自身じゃない。我欲を満たそうとするわがままな大人だ。お前が自分を責めれば責めるほど、そういうやつらを助けることになるんだぞ。妹みたいな被害者をこれ以上出したくないなら、ベクトルを外に向けろ。変わるのはお前じゃない。クズみたいな連中のほうだ」

ロンは凪の涙が止まるのを待たず、踵《きびす》を返して横浜駅へと歩き出した。

「帰ろう。疲れた」

一人で歩くロンに、人影が追い付いた。どん、と背中にぶつかってくる。振り向くと、涙を拭いた凪がいた。

「私も中華街、行ってみようかな」

「おう。来い、来い。うちの実家は来月いっぱいで閉店するけどな」

「そうなの?」

「そうなのよ」

朝の横浜駅には、見知らぬ大勢の男女が集っていた。背広を着こなした若者。水商売風の中年女。煙草臭いジャンパーをまとった老人。すれ違い、追い越し、目の前を素通りすることで、ほんの一瞬、人生が交わる。

ロンは横浜にいる数百人と人生を交錯させながら、帰路についた。

関内駅からほど近い地下ライブハウスは、まずまずの客入りだった。

ステージでは男四人組のグループがパフォーマンスを披露している。ロンはジンジャーエールを片手に眺めていたが、防音ドアを抜けてバースペースへと戻る。紫煙が舞うなか、涼花とマツが談笑していた。

「そろそろ、あいつらの出番だ」

「いよいよか」

マツは手にしたハートランドの瓶を空にする。涼花がふと、ロンの手にしたプラスチックカップに目を留めた。

「ロンさんはお酒、飲まないんですか」

「飲めないんだよ」

横からマツが「意外だよね」と笑う。ロンは体質的にアルコールを飲めない。幾度かチャレンジしてみたが、酒を飲むとどうしても気分が悪くなる。

防音ドアが開き、ステージを見ていた観客たちが出てきた。先ほどのグループは持ち時間を終えたらしい。今日行われているのは、三組のヒップホップアーティストによる合同ライブだった。凪たちの出演は最後だ。

「行くか」

ロンとマツ、涼花はステージのすぐ前に陣取った。壇上では機材の入れ替え作業を行っている。待っている間に観客が増え、開演直前にはほとんど身動きも取れないほど、フロアが人で一杯になった。

「あいつら、本当に人気あるんだな」

感心したようにマツが言う。

もともと、今日のライブチケットを入手したのはマツだった。マツはヒビトを捕まえたあの夜、凪のいかつい仲間たちと、ホテルの外で待機している間に意気投合していた。彼らがマツを招待し、マツがロンと涼花を誘った。ロンは念のためヒナにも声をかけたが、「行くわけないでしょ」と断られた。

今日のライブを見に来ることは凪にも伝えている。彼女から返ってきたメッセージは一言だった。

〈惚《ほ》れないでね〉

「音源、聞いてきた？」

マツの今さらな問いに、ロンは「少しは」と答える。だが本当はかなり聞いていた。

——グッド・ネイバーズ

それが、凪のヒップホップクルーの名前だった。

軽い気持ちで聞きはじめたら、思いのほかハマってしまった。いくつかの楽曲はそらで歌えるくらいに聞きこみ、サブスクで聞けない楽曲はＣＤを取り寄せた。ただし凪やマツには言っていない。妙に気恥ずかしいから。

ライトが落とされ、前奏がかかり、観客たちの期待が徐々に高まる。歓声や指笛が渦巻くなか、ステージ上の照明が一斉に点灯した。マイクを握るＭＣは三人、背後にＤＪが一人。四人を目撃したフロアは一気に熱くなる。

ステージ中央に凪が立ち、その両側に二人の男が控えていた。街中で見ると威圧感しか覚えなかったが、ステージに立つ彼らは輝いて見えた。

凪が一歩前に出る。

「今日は新曲からはじめます」

マイクを通して響く凪の声は、普段の会話より低く、色気を漂わせていた。フロアがさらに熱を帯びる。MCたちは視線を交わし、凪が楽曲のタイトルを告げる。

「〈墜落少女〉」

身体の芯《しん》が痺れた。

その楽曲が誰に捧げられたものか、ロンには即座にわかった。

ステージは凪の独壇場だった。普段は三人のMCが交互にラップするスタイルだが、最初から凪が一人で歌い続けていた。孤独な心が朽ちる。底なしの夜に落ちる。血がアスファルトに満ちる――

一曲目からフロアは熱狂した。しかしそれ以上に、凪自身が熱くなっていた。

「あんたも、あんたも、あんたも、あんたも」

観客たちを指さし、全員に真剣なまなざしを向ける。数えきれないほどの視線を浴びながら、凪は絶叫する。

「生きたいように生きればいい」

それはあの夜、雑居ビルから飛んだ少女に手向けられた願いだった。

その一言が生前の彼女に届いていれば、何かが変わっていたかもしれない。あるいは、自己満足に終わっただろうか。いずれにせよ、現在の凪に言えることはそれだけだった。

生きたいように、生きてくれ。

隣では涼花が派手に泣いていた。嗚咽はサウンドと凪の声にかき消されているが、聞こえないはずの泣き声がロンの耳には届いた。

――大丈夫。ちゃんと、ここに聞いているやつがいる。

ロンはステージ上の凪を見上げた。頭を振り、汗をまき散らしながら、彼女はありったけのエネルギーを爆発させていた。どんなに遠くからでも声が聞こえるように。

この声が天国まで届くよう、ロンは真剣に祈った。

2. 課金にいたる病

どうしてこういう生き方を選んだんだろう、と後悔したことの一度や二度は誰《だれ》にでもあると思う。ぼくもそうだ。

自分で言うのもなんだが、傍《はた》から見れば恵まれた人生を歩んできた。

会社員の父と専業主婦の母の下で、何不自由なく育った。きょうだいは妹が一人。女子大を出て、就職から二年で結婚し、子どもを二人産んだ。妹は親の期待に見事に応《こた》えてみせた。

ぼくだって負けていない。

地域で一番の進学校に進み、都内の偏差値70を超える国立大に現役合格した。就職先は国内有数の大手保険会社。入社から十三年、営業畑で順調にキャリアを積んできた。歴代の上司からの評価だって悪くない。年収は少し前に一千万を超えた。

プライベートも充実している。

優理香《ゆりか》と結婚したのは三年前だ。彼女には十年以上前から片思いをしていた。一時は行《ゆく》方《え》がわからなくなったが、友人から横浜のデザイン会社に似た女性がいると聞いた。仕事のふりをして訪問してみると、確かに彼女だった。猛アプローチの末、交際に至り、結婚まですることができた。

実をいうと、彼女がぼくのどこを好きになったのか、今でもよくわからない。でも稼ぎがよかったことはプラス要因だったはずだ。ともかく、ぼくは長年の憧《あこが》れだった人と所帯を持つことができた。

みなとみらいのマンションで美しい妻と暮らしながら、高収入の大手企業で働く日々。一見、欠けるものなどないように見えるかもしれない。実際、生まれなおしたとしても、ここまでうまくはやれないだろう。

それだけに、どこで人生を踏み外したのか自分でもわからない。

今の職場に異動し、上司からパワハラ紛いのプレッシャーを与えられるようになったせいだろうか。同期たちが続々とマネージャーや課長に昇進するのを目の当たりにしたせいだろうか。子どもを欲しがっている妻との間に、かすかな溝ができたせいだろうか。

どれも合っていて、どれも違うように思える。

とにかく、いつからかぼくは心の平衡を失ってしまった。人生を後悔しはじめた。

誰にも相談はできない。妻には絶対に弱みを見せたくないし、腹を割って話せる友人もいない。両親などもってのほかだ。

ぼくには心の支えが必要だった。

そんな時、現れたのが彼女だった。彼女は暗い夜を進むための北極星だった。もはや、彼女のいない人生など考えられない。

彼女が望むなら、ぼくはなんだってするつもりだ。

*

「中華街一のゴクツブシが寝とるわ」

ソファで居眠りをしていたロンは、良三郎の怒声で飛び起きた。祖父は腕組みをして、寝ぼけた顔の孫を見下ろしている。

「……なんて?」

「働かざる者食うべからず、って知ってるか」

「知りません」

「なら、身をもって教えてやる」

良三郎はローテーブルの上に散らばっていた、食べかけのチョコレートを回収した。数日前、遊びに来た涼花がロンにくれた土産《みやげ》だった。

「それ、俺《おれ》がもらったお菓子なんだけど」

「食べたければ働け。それまでは俺のものだ」

その場で包装を解いた良三郎は、チョコレートを三粒まとめて口のなかに放《ほう》りこむ。咀《そ》嚼《しゃく》しながら「うまいな、これ」とつぶやいた。

「血糖値とか心配にならないの？」

「うるさい！　さっさと働いてこい！」

わき腹を蹴《け》られ、喉《のど》の奥からうめき声が漏れた。七十歳とは思えないほどの力強さに、「ストップ、ストップ」と声を上げる。ソファから飛び起きたロンは一目散に玄関へと走り、スニーカーを履いて外へと逃げた。

「なんで自分の家から逃げなきゃいけないんだよ」

ぶつくさと文句を言いながら、外階段を下りる。

一階の店舗は静まりかえっていた。老舗《しにせ》の高級料理店として知られた「翠玉楼」はすでに営業を終了している。先週までは駆け込み需要もあって、連日長い行列ができていた。今では店の前はおろか、店内にも人影はない。

——あれだけ元気なのに、なんで隠居するかな。

オーナーの良三郎が閉店を決意した理由はよくわからない。見たところ元気そうだが、健康への不安でもあるのだろうか。あるいは、いずれ跡を継ごうと甘いことを考えている孫、つまりロンを経済的に追い詰めるため——

「いやいやいや」

中華街の大通りを歩きながら、ロンは自ら否定した。いくらなんでも、そのためだけに半世紀近く続いた名店を閉めることはないだろう。いずれにせよ、数年間フリーターとして適当に過ごした後で店を継ぐ、というロンの将来設計は完全に崩れ去った。

十一月の昼下がり。目の前のテイクアウト専門店では、饅頭《まんじゅう》の蒸気が立ち上っている。空気が秋から冬へと変わった。

働かざる者食うべからず。良三郎の小言が耳に痛い。

昼下がりの中華街をぶらぶら歩いていると、スマートフォンが震えた。どうせ時間を持て余したマツあたりだろうと思ったが、画面には〈凪〉と表示されていた。

「ロン、今時間ある？」

凪のかすれた声が聞こえる。連絡を取るのはライブに足を運んで以来、ひと月ぶりだった。スマートフォンを耳にあて、歩きながら答える。

「ヒマもヒマだけど」

「急で悪いんだけど、今から私の職場に来れたりするかな。新横浜まで」

凪が普段、デザイン事務所で働いていることを思い出す。

「いいけど、なんで？」

「ほら……かすみのこと頼んだ時、ロンに仕事紹介するって言ったでしょ？　だいぶ遅くなって申し訳ないんだけど」

思わず足を止めた。すっかり忘れていたが、たしかにそんなことを言っていた。

——すごい楽でちゃんと給料もらえる職場。

もともと期待などしていなかったが、まさか勤め先のデザイン事務所を紹介してくれるのだろうか。渡りに船だった。首尾よく就職でも決まれば、良三郎に家を追い出されることもなくなるだろう。

「本当に紹介してくれるの？」

「条件は違うかもだけど……」

「行く、行く。新横浜ね。すぐに着くから。スーツとかじゃないんだけどいいかな」

家を追い出されたロンは、シミのついたパーカーに色落ちしたジーンズ、履き古したスニーカーという出《い》で立《た》ちだった。

「服はなんでもいい。じゃあ、三時に来てくれる？」

通話の直後、凪からウェブサイトのURLが送られてきた。デザイン事務所は、新横浜駅から徒歩十分のビルに入居していた。新横浜といえば、市内でも有数のオフィス街である。これから毎日オフィス街に通う姿を想像するとウキウキしてくる。

ただし、引っかかる点がなくはなかった。

——いったい、どういう仕事だろう？

当然ながらデザイン経験は皆無だ。だとすれば、経理などの事務作業だろうか。しかしながら、パソコンの操作自体得意とは言えない。ノートパソコンを持ってはいるが、ネット検索と動画の視聴、ヒナとのウェブ会議くらいでしか使ったことがなかった。

週三日、中華料理店でアルバイトをしているが、そこで培った技能が役立つとは思えない。デザイン事務所で注文を取ったり、料理を運んだりするわけがない。

とにかく行ってみるか。

考えても仕方がない。開き直ったロンは、軽やかな足取りで新横浜へと向かった。

約束の三時ちょうどに事務所を訪れた。

フロアの一角にある自動ドアの前で、凪が待ち構えていた。今日はライトグリーンのジャージに黒のロングスカートという服装である。目が合うと、軽く手を振った。

「ごめん。急に呼んで」

「いや、全然……サラリーマンっぽい格好してるのかと思ったけど、違うね」

「うちは服装も髪型も自由だから」

「いいね。助かる」

ロンは早くも社員気分で答えたが、凪は複雑な笑みを浮かべるだけだった。

自動ドアを抜けてすぐ左手に応接室があった。凪に案内されて足を踏み入れると、自宅のものとは比べ物にならないほど立派なソファセットが設《しつら》えられている。にわかに緊張が高まってきた。

「これから、面接ってことだよな?」

「面接っていうかね……とりあえず、待ってて。呼んでくるから」

誰を呼んでくるのか。事務所の代表だろうか。

いや、こういう時は人事担当者が対応するものだと何かで読んだ気がする。このデザイン事務所には三十人ほどが在籍しているとウェブサイトに記載があった。それだけ人数がいれば、人事の担当者がいるはずだ。

どこに座るべきか迷って、ドアから近い側のソファに腰を下ろした。そわそわした気分で待っていると、十分後、応接室のドアがノックされた。反射的に立ち上がる。

「はい」

まず、凪が部屋に入ってきた。その後ろにいるのは三十歳前後の女性だった。メイクは薄く、髪は後ろで一つに束ねている。どちらかと言えば地味な装いだが、その整ったルックスからは目が離せなかった。きめ細かい肌に、凹凸のはっきりした顔立ち。ぱっちりと開いた目に長い睫毛《まつげ》。かすかに開いた唇からは白い歯が覗《のぞ》いている。

ぼんやりしているロンに、凪は言った。

「こちら、ユリカさん。いつもお世話になっている先輩」

「はじめまして」

差し出された名刺には〈伊能《いのう》優理香〉と記されていた。肩書きは〈グラフィックデザイナー〉。代表でも、人事担当者でもなさそうだ。首をひねるロンの向かいに、凪と優理香は並んで腰を下ろした。

「小柳龍一さん？」

優理香が真剣な面持ちで問いかける。この時点でようやく、ロンはこれが普通の面接ではないことを察しはじめた。

「そうですが」

「山下町の名探偵、ですよね」

反射的に凪をにらむと、視線を逸《そ》らされた。

「……そのダサい呼び名、やめてください」

「かっこいいと思いますよ。だからこそ、小柳さんに依頼しようと決めたんですから」

依頼。いよいよ呼ばれた理由がわからない。満を持して、凪が口を開く。

「仕事っていうのは、優理香さんからの依頼のこと。謝礼は支払うし、目的を果たしてくれれば対価も上乗せするって言ってくれてる」

「待て、待て、待て！」

ロンは腰を浮かせて遮った。

「楽でちゃんと給料がもらえる職場、紹介してくれるんじゃなかったのか」

「この世にそんな職場あるわけないじゃん。だからといって、何も紹介しないのも申し訳ないなと思ったから、こうしてつないであげたんじゃない。言っとくけど、私の大事な先輩だからね」

やはり、うまい話はそうそう転がっていない。

不満を顔に出したまま、ロンは依頼人である優理香の様子をうかがった。彼女は黙って膝《ひざ》に手を置き、思い詰めた表情でうつむいている。

「……優理香さん、本当に困ってるから。話だけでも聞いてみてよ」

凪の押しに、ロンは折れた。そこまで言われて拒絶はできない。

「言っときますけど、俺、ただの素人ですよ。特殊スキルとか何もないですよ？」

「あるよ」

また、凪が口を挟んだ。

「自分では気付いてないかもしれないけど、あんたはネジが一本外れてる。誰が相手でもビビらない。平然と火災報知器のボタン押したり、薬をネタに脅したり。普通の人間なら越えられない一線を平気で越えていく」

「それが特殊スキル？」

「十分、特殊だと思うけど」

褒められているような、そうでもないような、不思議な感覚だった。少なくともロン自身は、他人と比べて特殊なところがあるとは思っていない。気まずい沈黙を破るように、ロンは「とりあえず」と言った。

「俺でよければ、話は聞きます」

優理香の目に、少しだけ希望が灯《とも》った。小さく咳払《せきばら》いをしてから語りはじめる。

「私、夫がいるんですが」

その一言に、ごくわずかだがロンは落胆を覚えた。

「……そうですか」

「参考までに、夫の名刺を持ってきました」

優理香が名刺入れから取り出したのは、先ほど受け取った本人のものとは違う名刺だった。〈友田《ともだ》克志《かつし》〉という氏名が記されている。ロンが名字の違いに気付くのと、優理香がコメントをするのは同時だった。

「仕事では旧姓の伊能を使っているんですけど、本名は友田です」

「なるほど」

友田の名刺には生命保険会社の社名が入っていた。テレビコマーシャルや街頭広告で目にしたことがある、大企業だった。〈首都圏営業本部営業開発室　主任〉という肩書きが添えられている。

「なんか……エリートって感じですね」

かろうじて絞り出した感想だったが、優理香は「そうでもないみたいです」と淡白に応じた。

「夫の最終学歴は都内の国立大学なんですが、同じ大学の同期には、すでにマネージャークラス——課長より上らしいです——に昇進した人もいるらしくて。よく自虐的に、出世レースからは脱落したなんて言ってます」

「はあ」

ロンには想像もつかない世界である。

「それで、夫のことなんですが……一、二年前から、休日に一人で出かけることが増えたんです。本人は趣味の釣りだなんて言ってますけど、釣り道具を持っていないこともあるし、どうも怪しいんです。平日はいつも残業で遅くなるんですけど、それも本当は嘘《うそ》なんじゃないかって思えてきて」

この時点で、ロンにも話の方向が見えてきた。

「浮気の疑いがある、ということですか」

率直に尋ねてみると、優理香は首を縦に振った。

「失礼ですが、お子さんは……」

「いません。私と夫の二人で、みなとみらいのマンションに住んでいます」

ロンはどこまでこの話を聞くべきか決めかねていた。はっきり言って、浮気調査を完遂する自信はない。そもそも、そういう目的なら素人の自分ではなく、専門の探偵業者に相談するべきではないか。

困惑するロンをよそに、優理香はどんどん話を進める。

「なんとかして尻尾《しっぽ》をつかみたいんですけど、夫は絶対にスマホを手放さないし、寝ている間に見てやろうと思っても、結局パスワードが解けなくて……それでも色々と調べているうちに、財布からこういうものが出てきたんです」

優理香はスマホをロンに見せた。仕方なく覗きこむと、カメラ機能で撮影された一枚の紙片だった。「契約番号」「利用可能額」「次回返済日」などの文言が躍っている。

「これは？」

「調べたところ、カードローンの明細書でした」

要は、妻に隠れて借金をしていたということか。「総返済予定額」の欄に記載された数字を見て、つい声が出た。

「七百万……」

「そうなんです。少なくとも、七百万円をカードローンで借りています」

大手企業に勤める会社員と言えど、簡単に返済できる金額ではないだろう。優理香はいっそう声のトーンを落とした。

「ひそかにこんな借金を作っていたのがショックで……夫は浪費するような人じゃなかったんです。ギャンブルもやらないし、外でお酒を飲むのも好きじゃないので。他にお金を使うあてが思いつかなくて」

「それで、やっぱり女に貢いでるんじゃないかと心配してるわけ」

もどかしくなってきたのか、凪が横から付け加えた。

「小柳さんには、夫の浮気の証拠をつかんでほしいんです。ただ問い詰めても、はぐらかされるに決まっています。言い逃れができないよう、確固とした証拠を突き付けてやりたいんです！」

ヒートアップしてきた優理香は、テーブルに拳《こぶし》をたたきつけた。ロンはどう答えるべきか悩んだ末に「質問、いいですか」と尋ねた。

「もちろん。どうぞ」

「あらためて、なんで俺に頼むんですか。尾行とかやったことないんですけど。プロに頼んだほうがいいんじゃないですか」

「山県さんの妹が亡くなった理由を突き止めたのは、小柳さんなんですよね？」

「いや……」

凪が真剣な顔つきをしているせいか、否定するのもためらわれた。

「その話聞いて、すごい、と素直に思いました。感動しました。プロとか素人とか、そんなのは本質的なことじゃないです。何としても目的を達成するんだって強い気持ちを持っているか。小柳さんにはそれがあると確信しています」

ロンは熱のこもった優理香の視線に気圧《けお》されていた。「いやいや」と愛想《あいそ》笑いで応じるのが精一杯だった。

――この人、ちょっと変わってるかも。

「もちろん、無償でとは言いません」

ロンの躊躇《ちゅうちょ》を打ち消すように、優理香は力強く言う。

「稼働日数、かかった経費に応じて、謝礼はお支払いします。大金ではないですが、普通のアルバイトより多少は色をつけます。証拠をつかんでくれたらボーナスも。デザイナーになる前にやっていた仕事のおかげで、少しは蓄えがありますし」

優理香の前職が何だったのかは気になるが、今はそれどころではない。

「やっぱり、俺じゃなくても……」

「もういいから」

及び腰のロンを一喝したのは凪だった。

「あんたはここまで聞いて、困ってる相手を見捨てられるような人間じゃない。私や涼花の件でよくわかった。最後にはどうせ受けるんだから、さっさと了承しなよ。それに、割のいい仕事だっていうのは事実でしょ？」

「それは、まあ」

「だったら四の五の言わずに引き受ける！」

実際、凪の指摘は当たっていた。もはや、断固拒否する意志は失《う》せている。この短い時間で、ロンは優理香の境遇に共感していた。夫が隠れて七百万円も借金をしていれば、誰だって途方に暮れる。優理香の性格には癖があるが、悪人というわけではない。凪の大事な先輩だというのなら、きっとまともな人なのだろう。

テーブル上に置かれた友田の名刺を手に取る。職場は東京、大手町《おおてまち》。横浜からであれば行けない距離ではない。長いため息を吐《つ》いて、ロンは言った。

「期待しないでくださいよ」

とたんに優理香の顔が明るくなる。

「よかった。よろしくお願いします！」

受けてしまった。絶対に面倒なことになるとわかっているのに。そういえば、凪からの依頼を受けた時も似たような流れだった、と遅まきながら思い出した。

ディスプレイの向こうにいるヒナは、仏頂面を向けていた。ロンの自室とヒナのいる部屋は、オンライン会議ツールでつながれている。

「ロンちゃんって便利屋になったの？」

表情を殺したまま、ヒナは言った。

「……なんていうか、なりゆきで」

「それと、私はいつから便利屋の一味になったの？」

パソコン越しでも、ヒナの発する不満のオーラは感じ取れた。

正直に言えば、怒られるとは思っていなかった。優理香からの報酬は等分に山分けするし、山県かすみの飛び降りについて調べるよりは負担も少ない。友田克志のＳＮＳアカウントを特定し、発信内容を共有する。ヒナに頼んだのはその一点だけだった。

「そんなに嫌か。そりゃ、株のトレードに比べれば稼げないかもしれないけど」

「ロンちゃんは、アカウントの特定がどれくらい難しいことなのかわかってないんだよ」

ヒナは待遇に不満があるのではなかった。依頼された作業そのものに怒っているのだ。

優理香からの情報によれば、友田がツイッターをやっているのは間違いない。会話のなかで「ツイッターで見たんだけど」と何度か言っていたが、アカウント名は教えられていないという。妻に教えていないアカウント上なら、借金の原因につながるような情報も発信しているのではないかと踏んでいた。

ＳＮＳに疎いロンは、素性さえわかっていれば容易にアカウントを突き止められると思っていた。素直に内心を吐き出すと、ヒナは「違う」と断じた。

「全然わかってない。むしろ逆」

物わかりの悪い生徒に教えるように、ヒナはゆっくりと語った。

「SNSには、自分の生活を発信している人が山ほどいる。匿名アカウントでも、顔写真を載せていれば当然誰か丸わかりだし、発信の内容から住んでいる場所、仕事、趣味嗜好《しこう》、家族構成、いろんなことがわかる。だから匿名といっても、SNSアカウントから個人を特定するのはそこまで難しくない。ネットの特定班ってすごいよ。瞳《ひとみ》に映ったものからアイドルの自宅特定したり、アップされた料理の共通点から芸能人の熱愛を暴いたり。そんなの朝飯前だから」

ヒナが繰り出す話にロンは圧倒されていた。芸能人ではないが、それでもSNSをやっていなくてよかったと心の底から思う。

「ロンちゃん、引いてるよね」

「なんかびっくりして」

「そういうわけで、アカウントから個人情報を引っ張る技術はたくさん存在する。でも、個人からアカウントを特定するのは意外と難しい。何らかの発信はしているんだろうけど、どの個人情報をぶつければたどりつけるのかがまずわからない。仮にそれっぽいアカウントを見つけたとしても、なかなか確信が持てない。複数候補があれば、そこから全部のアカウントに対して個人を特定しなおす手間がかかる。そもそも、鍵《かぎ》をかけられていたら他人には覗けないからね」

「鍵って？」

「許可したアカウント以外には、非公開にすること」

「ダメじゃん」

「そう、ダメなの。少しはわかってくれた？」

いい考えだと思ったが、ＳＮＳから攻めるのは予想外に難しいようだ。ロンは天井を仰ぎ、うなり声をあげてディスプレイに向き直った。

「……じゃあ、この線は諦《あきら》める」

「待ってよ。やらないなんて言ってないでしょ」

ロンはパソコンの前で思いきり首をかしげる。いったいどっちなのか。

「協力してくれんの？」

「今のは難しさを説明しただけ。自信ないけど、やるだけやってみる」

報酬はうまくいったらでいい、とヒナは言ったが、さすがにそれは申し訳ない。優理香から受け取った対価は二人で等分することにした。

「いつも付き合わせて悪いな」

「本当だよ」

ヒナは苦笑していた。その顔が一瞬、ドラマで見た女優と重なった。幼いころから見慣れているせいで気づいていなかったが、よく見れば、ヒナも優理香と同じくらい整った顔立ちをしている。異性として意識したことがないせいだろうか。

「ヒナって、綺麗《きれい》だよな」

考えていたことが、知らず知らずのうちに声に出ていた。それまでヒナがキーボードを叩《たた》く音が聞こえていたが、ぴたりと止まった。Wi-Fiの調子が悪くなったのかと思って「聞こえる?」と言ったが、やはり無音のままだった。

「おい。接続切れたか」

「……今の、どういうこと?」

ようやく聞こえてきたヒナの声は、どこか湿っぽい。

「なにが?」

「綺麗だよなって」

「思っただけだけど。客観的に見て」

ロンの発言を咀嚼するような間があり、やがてヒナは「そうですか」と言った。先ほどの湿りけは消え去り、妙に冷たい声音だった。キーボードを叩く音が再開する。

「今日は終わりでいいよね。進捗《しんちょく》があったら報告するから」

「えっ、もう?」

「じゃあ」

ヒナは一方的にウェブ会議から退出した。取り残されたロンの間抜けな顔がディスプレイに表示される。何が起こったのかわからないまま、パソコンの電源を切る。とりあえず、協力はしてもらえそうだ。

翌日の昼、ロンは賄いを食べに「洋洋飯店」へ行った。家でいつもの通りゲームをしていたマツと遭遇《そうぐう》し、一緒にレバニラ丼《どん》を食べながら、前日のヒナとのやり取りについて話した。話が最後の会話に差しかかると、マツは箸《はし》を止めた。

「……ヒナ、かわいそう」

「なんで？」

「言わすなよ。昔から思ってたけど、ロンって頭のネジ一本外れてるよな」

つい先日、凪から言われたのと同じセリフだった。やはり今回も、褒められている気はしなかった。

横浜みなとみらい21。

昭和五十八年に着工され、現在に至るまで開発が続く計画都市である。赤レンガ倉庫、ランドマークタワー、大《おお》さん橋、コスモワールドなど、数々の観光地を擁し、住民人口も年々増加している。

午前七時。

みなとみらいの一角に建つ高層マンションのエントランスから、一人の男が出てきた。

グレーのスーツに身を包み、セルフレームの眼鏡をかけている。ブリーフケースを手に颯《さつ》爽《そう》とみなとみらい駅を目指す姿は、いかにもビジネスマン然としている。

男の名は友田克志。大手町の職場まで自宅から一時間十五分。この数日で、出勤途中に寄り道をしたことは一度もない。

――隙《すき》がないねぇ。

街路樹に隠れて友田の様子をうかがっていたロンは、大きなあくびをした。駅へと歩いていく友田と距離を取りながら、ゆっくり後をつける。

尾行には早くも飽きていた。何しろ、友田の行動には怪しいところがまったくない。毎朝七時に家を出発して、八時十五分に大手町の職場へ到着。昼食は近隣の飲食店のランチか、コンビニの弁当で済ませる。だいたい八時ごろまで会社に残り、飲みにも行かずに帰宅。夜十時までには自宅に帰りつく。

尾行に気付かれた形跡はないが、代わりに収穫もない。女の影どころか遊びに行く気配すらなかった。

この数日でわかったことと言えば、ランチにはスマホの充電ができる店を選びがちなこと、コンビニに行くたびに特定のチョコレート菓子を買うこと、電車のなかではスマホゲームをやっていることくらいだった。

ゲームをやっているのがわかったのは、満員電車の車内で背後から画面を覗きこんだからだ。出勤途中に尾行されているとは想像もしていないであろう友田は、夢中で指先を動かしていた。画面に映し出された戦士や魔法使いはファンタジー世界を表現しているようだが、見覚えのないゲームだった。

後ほど記憶を頼りに調べてみると、有名なソーシャルゲームだとわかった。ダウンロード数は百万を超えているという。ゲームに興味がないロンにとっては縁遠い世界だった。

そのタイトルが有名な理由は、面白さだけではなかった。過去に、ランダムでアイテムを入手できる課金方式、いわゆる「ガチャ」の仕組みが社会的に問題になったのだ。

プレイヤーは欲しいアイテムを手に入れるため、ガチャを回す。それぞれのアイテムは一定の確率で出現するよう、プログラムされている。いわば有料のくじ引きである。出現確率の低いレアなアイテムを手に入れるためには、それだけ多くの回数、ガチャを回す必要がある。

この仕組みはプレイヤーの射幸心をいたずらにあおり、一人で数十万円、数百万円を浪費するプレイヤーまで現れた。

友田が遊んでいるタイトルは、ガチャへの課金に非難が集まり炎上騒動にまで発展した過去がある。その後一部の仕様は変更したものの、ガチャそのものはなくなっていない。

――ひょっとすると、借金は女じゃないのかも。

友田の十メートルほど後ろを歩きながら、ロンはそんなことを考えていた。

普通の女性と交際していて、七百万円を借金することはまずない。水商売の女性にねだられて高額な酒を飲むか、よほど高価なブランド物でも買わない限り、浮気での浪費というのは考えにくい。まだ数日ではあるが、友田に女の影はない。だとすれば、別の理由で借金をしていると考えるほうが自然だ。

その候補の一つが、ソーシャルゲームだった。

ネットにはその手の逸話が掃いて捨てるほど転がっている。なかにはゲームのために一千万円の借金をしたという者までいた。仮にそれが事実なら、七百万円のカードローンもあり得ない話ではない。

前方を歩いている友田は、みなとみらい駅の改札を抜けた。ロンも数秒後に同じ改札にICカードをかざす。大手町までの往復の交通費もバカにならないが、後日まとめて請求できると思えば気は楽だ。

同じ車両に乗り、少し離れた場所から観察する。けさも友田は吊《つ》り革につかまり、熱心にスマホの画面を見つめていた。

——ハマってるな。

横浜駅でJR東海道線に乗り換えてからも、友田は真剣に指先を動かし続けている。

ロンは優理香から聞いた、友田のプロフィールを頭に思い描く。年齢は三十五歳。年収は一千万円を少し上回る程度。仕事への不満はあるが、転職への希望を口にしたことはない。子どもは口では欲しいというが、実際はあまり協力的ではない。仕事は営業が長く、いくつかの支社を渡り歩いて五年前、都内に落ち着いた。

経済的には普通以上に恵まれている。そんな会社員が日々、熱心に取り組むのがスマホのソーシャルゲームというのは、ロンにはどこかいびつな印象だった。

その日も定刻、八時十五分に会社へ到着した友田を見送り、ロンはいったん休憩することにした。コンビニに入ると、チョコレート菓子が目についた。友田はいつもこの菓子を五つまとめて買う。よほど甘いものが好きなのだろう。見ているうちに小腹が減ってきた。

——これも調査の一環だ。

ロンは友田と同じようにチョコレートを五つ買った。キャンペーンの対象商品とかで、レジでスクラッチを渡され、その場で削ってみるとクリアファイルが当たった。「四《し》ノ宮《みや》クルリ」という、見たこともないキャラクターが印刷されている。目の前で捨てるわけにもいかず、ひとまずレジ袋に突っこんだ。

広場のベンチに腰かけて、買ったばかりのチョコレートを食べてみる。一袋食べたらもう飽きた。これをまとめて五つ購入する友田の気が知れない。それより……

——この尾行、いつまで続ければいいんだ？

ロンの疑問に答えてくれる者はいない。

目の前を通り過ぎるのはいかにもオフィスにいそうな格好をした男女ばかりだった。パーカーはおろか、スニーカーを履いている人間すらほとんどいない。中華街の猥雑《わいざつ》な空気が恋しかった。

虚《むな》しさを覚えはじめたころ、ロンのスマートフォンが震えた。凪からの電話だ。

「まじめにやってる？」

おどけたような口調だった。彼女なりに、ロンの不満を察しているのかもしれない。

「さっき、職場に出勤したのを見届けたところ」

「怪しいところあった？」

「さっぱり。女なんかいなそうだぞ」

「悪いけど、もう少し頑張ってよ」

優理香が納得するには、努力したという事実が必要だと言いたいのか。徒労感はあったが、取り立てて他にやることもない。あと一、二週間は続けることにした。

「凪はどう思う？」

何気なく尋ねると、「そうねえ」とハスキーボイスが返ってきた。

「客観的に言えば、正直、根拠は薄いよね。でも大事なのは、空想じゃなくてちゃんと調べたうえで結論を出すことだから。浮気の形跡がないならないで、そういう報告になっても仕方ないよ」

「じゃ、見た通りに報告させてもらうわ」

通話を終えると、手持ちぶさたになった。これからランチタイムまではやることがない。金を使わず、時間をつぶす方法はないだろうか。

——あるじゃん。

ベンチに腰かけなおしたロンは、スマホでアプリを検索した。友田が遊んでいたソーシャルゲームである。課金せずに遊ぶことも可能だったはずだ。

早速ダウンロードしたロンは、屋外のベンチで初めてのソーシャルゲームに没頭した。

ヒナから〈報告事項あり〉というメッセージを受けた日の夜、いつものようにオンライン会議を開いた。

「眠そうだね」

ロンの顔が映るなりヒナはそう言った。実際、眠かった。油断すると勝手に瞼《まぶた》が落ちてくる。夕食を食べた直後だったので、余計に眠気が強かった。

「ちょっと、スマホのゲームにハマって……」

「ソシャゲなんかやるタイプだっけ？」

「調査の一環」

ふーん、とヒナが言い、この話題はいったん終わった。

「報告事項って？」

「そうそう。いくつか、友田克志かもしれないアカウントを見つけた。特定まではほど遠いけど、耳に入れておこうと思って」

ヒナは以前と同じように、文書ファイルでレポートを作成していた。頼んだ以上の仕事をしてくれるヒナには頭が下がる。レポートには＠からはじまる九つのアカウントが列記されていた。

「このなかに正解があるかどうかは不明。でも、大まかなプロフィールは友田克志と一致していると思う。年齢とか、仕事とか、住んでいる場所とか」

いずれのアカウントも顔写真はなし。

「公開されている投稿記録を全部まとめておくから、依頼者の優理香さんに見せてもらえるかな。たぶん、優理香さんなら絞りこめる情報もあると思う。たとえば一番上のアカウント。奥さんの愚痴をたくさん投稿している。私にはわからないけど、優理香さんなら自分のことかどうか判別できるんじゃない？」

自分のことかもしれない愚痴に目を通すのは不快だろうが、優理香ならやると言いそうだった。

「他のアカウントも、何月何日に釣りに行ったとか、飲みに行ったとか、投稿してる。そういう情報って、奥さんならわかることもあるよね。しらみつぶしに確認していけば、いずれ本当のアカウントが見つかるかも」

「ありがとう。相変わらず早いな」

「こういうのは、正確さよりも早さにこだわったほうがいい。数打たないと、当たらないんだから」

いよいよ、ディスプレイのなかのヒナが本物の探偵に見えてきた。山下町の名探偵を名乗ったほうがいいのは、ヒナのほうではないか。

「ロンちゃんはどう?」

「収穫なし。毎日まじめに会社行って、寄り道もせずに帰ってる」

「ソシャゲはどう関係あるの?」

ロンは手短に、友田が車内で遊んでいたゲームであること、ヒマつぶしのためにはじめたはずが案外ハマってしまったことを話した。ヒナはもともと知っていたらしく、「有名なタイトルだもんね」と言った。

「課金とかしてない?」

「したくなる時はあるけど、金がない」

「気をつけなよ。金がなくても、借金してガチャ回す人もいるからね」

まさに、以前考えた通りだ。

「もしかしたら、友田克志もそうなんじゃないか。七百万借金してるのって、女じゃなくてゲームのせいとか?」

「……なくはないよね」

ヒナは顎《あご》に手を当てた。

「遊ぶヒマもないくらい忙しい人って、ソシャゲに走るパターンがあるみたいね。あと、匿名で掲示板とかニュースサイトにコメントして、有名人叩いたり。どっちも隙間《すきま》時間でできるんだよ。だから忙しい人に向いてる」

「それも、優理香さんに尋ねてみるわ」

ロンはすかさず、スマホのメモに書きこむ。最近は調べた情報を覚えきれないことが多いため、こうして記録している。ヒナは「優理香、優理香」となぜか依頼者の名前を連呼していた。

「伊能優理香って名前……どこかで聞いたことある気がするんだけどなぁ。検索したけど何もヒットしないし、人違いかな。聞き覚えない？」

「全然ない」

「そうだよね。なんだっけなぁ」

SNS多重人格のヒナにはこういうことがよくある。一度に多くのアカウントを運用しているため、どの人格でどの情報を扱ったか、覚えきれないのだ。ヒナは苦悶《くもん》の表情を浮かべていたが、やがて「写真ある？」と言った。

「ないよ」

「だよね。顔見れば思い出すかと思ったんだけど」

ロンには優理香の経歴などどうでもよかったが、ヒナは気になるようだった。

友田克志の話が終わると、ヒナは「ところでさ」と声のトーンを落とした。

「お店、もう閉まったんだよね？」

「うん。じいさんはまだ帳簿の整理とかやってるけど、営業はもうやってない」

「翠玉楼」が閉店する直前、ロンの幼馴染《おさななじ》み や友人たちも食事に来た。皆、往年の名店がなくなってしまうことをしきりに惜しんでいた。そのなかにはマツや欽ちゃんもいた。引きこもりのヒナだけは現れなかった。

「最後くらい、行きたかったんだけどね。久しぶりにおじいちゃんにも会いたかったし。頑張ってはみたんだけど……」

「いいよ。無理するなって。じいさん元気だし、しばらく死なないから」

「ごめん」

うつむいたヒナは涙声になっていた。

家から出られない理由は高校生活が肌に合わなかったせいだと聞いているが、詳しいことは知らない。ロンも気になっているが、この四年、一度も理由を尋ねたことはなかった。他人が無理に聞き出すのは控えたほうがいい。

だがもしかしたら、聞いてやったほうがラクな場合もあるのだろうか。そうだとしても、ヒナの心の内側に踏み込む勇気は出なかった。

「うちに最後に来たのっていつだっけ？」

「家から出なくなる直前だったと思う。閉店する前に酸辣湯《サンラータン》、食べたかったな」

酢の酸味と唐辛子の辛みがきいた酸辣湯は、「翠玉楼」の名物メニューの一つだった。

ヒナに食べさせてやりたいと思ったが、調理ができる人間はもういない。調理担当者は全員、良三郎のあっせんで別の店に再就職した。良三郎自身もかつては厨房《ちゅうぼう》に立っていたらしいが、それも二十年近く前のことだ。

「うちじゃなくても、うまいものなら洋洋飯店で食えるよ」

「翠玉楼のじゃないとダメなの」

呆《あき》れたように笑うヒナの顔に、一抹の寂しさがよぎる。オンライン会議が終わってからも、その表情が脳裏に焼きついて離れなかった。

ロンは部屋を出てダイニングへ移った。風呂上がりの良三郎が、テレビを見ながら晩酌を楽しんでいるところだった。良三郎は「五糧液《ウーリャンイェ》」という度数の高い白酒《パイチュウ》を愛飲している。この夜もグラスに酒を注《つ》ぎ、ちびちびと飲んでいた。

「じいさん」

ロンが呼ぶと、良三郎はテレビから視線を外した。

「なんだよ」

「うちの店、なんで閉めることにした？」

　これまで何度となく投げかけてきた質問だった。良三郎は問われるたび、適当にはぐらかしてきたし、今回もきっとまともな答えは返ってこないだろうと思っていた。それでもヒナの寂しげな顔が離れず、聞かずにはいられなかった。

　ダメ元のつもりだったが、良三郎の空気はいつもと違った。リモコンを操作してテレビを消し、「座れ」と言う。ロンが席につくと、良三郎はまっすぐに見つめた。

「お前はなぜだと思う？」

「……じいさんの老い先が短いから？」

「もしかして、役所に立ち退《の》きを命じられたとか？」

「バカ。違う」

「違う。もっと単純だ」

　良三郎は透明な酒の入ったグラスを一息で飲み干し、ふーっ、と酒臭い息を吐いた。

「儲《もう》からなくなったから、やめた。それだけだ」

　一瞬、ロンはその答えをどう受け取っていいかわからなかった。「翠玉楼」にはたくさんの客が入っていた。店舗の上に住んでいるロンは、誰よりもそのことを知っている。半世紀近い歴史を持つ、中華街でも有数の名店だ。

「嘘だよな？」

「嘘ついてどうする。ここで待ってろ」

席を立った良三郎は、数冊の帳簿を手に戻ってきた。

「これが去年の損益計算書だ。これは五年前、こっちが十年前」

ロンは促されるまま、各年度の収益を見比べた。十年前より五年前、五年前より昨年と、年を追うごとに収益が低下している。

「……知らなかった」

「お前に言ってもしょうがない。無駄に心配されても困る」

ぶっきらぼうな言い方だが、つまりはロンを不安にさせたくなかったという意味だろう。

「でも、それでも客の入りは悪くなかっただろ？」

「数だけ見れば、な」

良三郎はグラスに酒を注ぎながら、「昔話をさせろ」と言った。

「翠玉楼は俺の親父《おやじ》が七〇年代に開いた店だ。お前のひいじいさんだな。当時、すでにこの一帯は来日一世の旧華僑《かきょう》が開いた店がたくさんあった。親父は福富町で定食屋をやっていて、俺はその店で見習いコックとして働いていた」

白酒を飲みながら、良三郎はぼそぼそと語る。

「ある時、来日一世の知り合いから親父に店を譲るという話があった。そこの経営者には跡継ぎがいなかったんだな。金策に苦しんでいた親父は、居抜きで店がもらえるなら、ってことで飛びついた。看板も業態も、好きにしていいと言われた。翠玉楼という名前は適当だ。それっぽいだろ？」

初めて聞く話だった。ロンは黙って耳を傾ける。

「親父は辛い料理のブームが来るとにらんで、四川《しせん》料理をやることにした。それも、周りの旧華僑にならって高級路線でな。親父と俺は一生懸命メニューを習得して、その後本当に激辛ブームが来た。四川風麻婆豆腐《マーボーどうふ》が目玉になって、バブルのころはコースの予約が毎日一杯だった」

グラスを片手に、良三郎は遠くを見るような目をしていた。

「俺が継いでからもそれなりにうまくやってたけどな。この二十年くらいは、雲行きが変わってきた。食べ放題の店や激安コースが売れるようになって、人が来なくなった。仕方なくうちも単価を下げた。客は多少来るようになったが、利益が薄くなった。その後も客離れのたびに値下げを繰り返したが、原材料は高騰するし、利益は低下する一方だった。とうとう人件費を出すのも苦しくなって、閉店した。以上」

テーブルに沈黙が落ちる。

ロンには返す言葉がなかった。祖父がなぜ繁盛店を閉めるのか、ずっと不思議だった。だが繁盛していると思っていたのは、大きな勘違いだった。一つ屋根の下に住んでいるのに、そんなことも知らない自分が恥ずかしかった。

「幻滅したか？」

「いや……」

「しょせん、こんなもんだ。外から見れば景気がいいように見えても、内実は火の車ってことはざらにある。貯金はそこそこあるから、俺が死ぬまでは何とかなる。だが、お前の面倒までは見きれない」

良三郎はグラスの酒を舐《な》め、しわがれた声で言った。

「翠玉楼はもうない。ロン。お前もそろそろ、自分の足で立てるようになれ」

今までに食らったどの説教よりも響いた。良三郎が寝室に引っこんだ後も、ロンはダイニングに残って考えた。自分にできることが、何かあるか？

二十歳になって初めて、ロンは真剣に将来を考えた。

ロン、凪、優理香の三人は、デザイン事務所の応接室で三週間ぶりに集まった。

「よかったらこれ、読んでください」

ロンは印刷した数ページの冊子を配る。友田克志についての調査結果をまとめたレポートだった。

ヒナの見よう見まねで作りはじめたものの、たった数ページの文書を作成するのに三日かかった。文書作成ソフトをまともに扱うのも初めてだったが、ヒナに教わりながら悪戦苦闘するうち、徐々に要領をつかんだ。ブラインドタッチはまだできないが、少しはキーボードを打つのも速くなった。

優理香はレポートを受け取るなり、じっくりと目を通した。

「じゃ、説明します」

はじめに、ロンは計八日にわたる尾行の結果を報告した。友田は出勤や退勤の途中に寄り道すらせず、行動に不審な点は見当たらない。そう伝えると、優理香は明らかに落胆したようだった。

「休日の外出中も尾行しましたけど、インターネットカフェに入っただけで、誰かと密会している様子はなかったです」

「……そうですか」

「そもそも浮気しているのか、俺にはわからなかったです」

「でも、あんなに借金があるのに」

「それなんですけど。友田さんは、行き帰りの車内で熱心にゲームをやっていました」

レポートでは例のソーシャルゲームにも触れていた。アイテムガチャを回すための課金が社会問題になっていることも書いた。

「まさかゲームの課金で？　七百万円ですよ？」

優理香は信じがたいようだったが、ギャンブル的な要素があり、射幸心を煽《あお》られる仕組みなのだと説明すると、多少は納得したようだった。

「ただ、課金する現場を見たわけでもないんで、そういう可能性もあるってことで。俺にわかったのはここまでです」

レポートの末尾には、ヒナがリストアップしたツイッターのアカウントも掲載されていた。各アカウントの投稿内容は、電子ファイルで優理香に受け渡しするよう、ヒナから言われていた。

「SNSまで調べていただいて、すみません……」

優理香はなかば放心状態だった。女性の影が見つからなかった、ということがショックだったのかもしれない。もっと調べるべきだったという後悔と、これ以上やってもしょうがないという諦めが、ロンの内心で渦巻いていた。

「あの、期待してたような報告じゃなかったかもしれないですけど」

「もう十分です。ここから先は、夫と話します。ありがとうございました」

ソファから立ち上がった優理香は、深々と頭を下げた。凪は一言も発さず、気の毒そうな顔でレポートに目を落としている。

――これでよかったんだよな。

ロンはそう自分に言い聞かせた。やれるだけのことはやった。素人としてはむしろ上出来じゃないか。心の片隅にかかる靄《もや》を無視して自分を慰めた。

この報告を区切りに、一連の調査は終了した。

後日、ロンの口座に優理香から謝礼が支払われた。調査にかかった日数分の人件費と、尾行のために使った交通費。合計でざっと十万円にもなった。ヒナはいらないと言ったが、強引に振込先を聞き出し、五万円を山分けした。

なんとなく、やりきった感のない終わり方だった。だが、世の中に溢《あふ》れるほとんどの仕事はそうなのだろう。手ごたえがなくても、仕事は仕事だ。

自宅のテレビをぼんやりと眺めながら、ロンは思った。

働くということがこんなに虚しいのなら、俺はやっぱり、労働に向いていないのかもしれない。

頭上に広がる夜空で、光の龍が踊っていた。

例年十一月に開始し、二月まで続く「春節燈花《しゅんせつとうか》」。春節（旧正月）を祝うため、中華街の各所にイルミネーションが飾られる。中華街大通りには「百節龍」と呼ばれる、龍を模した国内最大級のランタンが設置される。

土曜の夜。ヒマを持て余し、「洋洋飯店」で夕食を済ませたロンは、出したばかりのダウンジャケットに身を包み、大通りの隅に立って百節龍を見ていた。ランタンの下を観光客たちが行き交う。見飽きたはずの光景が、どこかよそよそしく感じる。

——ここはもう、俺の町じゃないのかな。

すでに十二月なかばである。立っているだけで寒かったが、家に帰る気にはなれなかった。

今まで自分を育ててくれた祖父は、商売を畳んだ。かといって働く意欲もない。最近では良三郎と顔を合わせるのが気まずく、こうして無意味に夜の街をさまようことが増えた。

——ヨコ西の子どもと同じだな。

重い足を引きずり、帰路につく。

ふいに、スマートフォンが震えた。遊びの誘いだろうか。表示された番号は未登録のものだった。路傍に立ち止まって着信に出る。

「小柳ですけど」

「あっ、伊能です。伊能優理香」

一瞬遅れて、「ああ」と声が出た。デザイン事務所での報告から二週間以上が経《た》っている。例の浮気調査はすでに終わったはずだ。

「突然すみません。山県さんに番号を聞きました」

「いいですけど。どうかしました？」

「夫のことで。どうしていいかわからなくて」

ロンはざわめきのなかでも優理香の声を聞き逃さないよう、音量を上げた。「どうぞ」

と話を促す。

「あれから夫と何度か話し合いました。明細書を見せたら、カードローンで借金していることは認めました。理由はゲームなのかと尋ねたら、そうだと答えたんです。例のソーシャルゲームで課金をしすぎて、つい浪費してしまったのだと」

やはり、借金の理由は浮気ではなかったのか。しかし優理香の話はここで終わらなかった。

「今まで借りた分は帳消しにできないから、どうやって返済していくかを一緒に考えようと話し合いました。でもその数日後、七百万円全額返済した、と夫から言われたんです」

「はい？」

優理香は途方に暮れた様子だった。

「私も意味がわかりませんでした。夫が言うには、結婚前に貯《た》めていたお金があって、それで一気に返したらしいんですが……そんなお金があるなら、そもそも借金する必要がないと思いませんか」

「なぜそんな嘘を？」

「私に対する見栄《みえ》だと思います」

頼りなかった口調が、そこだけは断固としていた。

「プロポーズの時夫は、一生お金には困らせない、と言ったんです。私は自分が働くつもりだから、そんなことはどうでもよかったんですが……でもあの人は、平均より稼ぎがいいことが自分の取り柄だと思っているんです。だから、私に借金がばれたことが相当ショックで、慌てて返済したんだと思います」

家族である妻に見栄を張りたがる男など、いるのだろうか。人並み以上に稼いだことがないロンには想像もつかない理由だった。

「でも、どうやって」

「そこなんです。別のカード会社とか、もしかすると闇金《やみきん》から借りているんじゃないかと思うと、気が気じゃなくて……小柳さん。申し訳ないんですが、あと少しだけ付き合ってもらえませんか」

優理香いわく、夫の友田はこれから家を出るという。いつもなら、週末のこの時間帯に外出することはまずない。職場から急遽《きゅうきょ》呼ばれたというがあまりにも怪しい。どこかへ金を借りに行くのではないか、というのが優理香の推測だった。

「もしよければ今夜、また夫を尾行してもらえませんか」

「予定はないですけど」

答えながら、たぶん受けるのだろうな、と思った。

「お礼はまた払うので。お願いします」

「それより、いつもと違うところはないですか。友田さんの服装とか、持ち物とか」

電話の向こうの音がしばし途絶えた。夫の様子を確認していたのか、数秒後に優理香の声が戻った。

「クローゼットから大型のボストンバッグを出しています」

「どんな荷物を詰めているか、見られませんか？」

「もう詰め終わった後でした」

すでにロンは歩き出していた。目指すは元町・中華街駅。みなとみらいなら、石川町よりこちらのほうが早い。

「二十分以内に着くと思います。それまで足止めできますか」

「やってみます」

通話を切ると同時に、ロンは駆け出した。どうせ行くなら少しでも早いほうがいい。人の波をかき分け、混み合う大通りを走りながら、あることを思い出した。走りながら再び優理香に電話をかける。

「どうかしましたか」

「ツイッターのアカウント、確認しました？」

「ああ……一通り見ました。ちょっと時間かかりましたけど」

九人分の候補アカウントの記録は、ヒナに言われた通り優理香へと送っていた。すべてに目を通すのはかなり骨が折れただろう。

「それで、友田さんらしきアカウントは？」

「消去法で一つだけ残りました。でも、何を書いてあるのかよくわからなくて……」

「アカウント名、メッセージで送ってください」

用件は済んだ。ロンは再び全力で走り、ちょうどホームへやってきた車両に滑りこんだ。車内で立ったままスマホを確認すると、優理香からアカウント名を知らせるメッセージが来ていた。コピーしてヒナへ転送する。

〈友田克志のアカウントの可能性あり。至急、投稿内容をまとめてほしい〉

息を整えている間にみなとみらいへ到着する。ロンは再びホームを駆けだした。


エントランスから友田が出てくる直前、マンション前の街路樹に隠れることができた。優理香が言っていたように大きめのボストンバッグを提げている。住宅街は日中に比べると人通りが少ないため、見失う心配はない。駅に近づいてからは距離を縮め、人混みに紛れないよう注意する。

みなとみらい線に乗った友田は横浜駅で降車した。優理香に告げた通り会社に向かうなら、ＪＲへ乗り換えるはずだ。だが友田は駅の構外へと足を向けた。この時点で妻に嘘をついたことは確定した。

問題は、どこへ向かっているかだ。

横浜駅西口から外に出た友田は、迷いのない足取りで夜の繁華街を進む。ヨコ西に来るのは二、三か月ぶりだ。周辺の地理はまだ頭に入っていた。この辺りには消費者金融業者の店舗もいくつかある。

内海橋の手前で、友田はふいに雑居ビルへと入っていった。ロンは慌てて駆け足で追う。エレベーターにでも乗られれば見失いかねない。ラブホテルで涼花とヒビトを追いかけた時のことを思い出す。

案の定、友田は扉の前でエレベーターを待っていた。上階へ向かうボタンが押されている。ロンは思いきって、すぐ後ろに立った。人の気配に気づいた友田が振り向き、一瞬だけ目が合う。ロンがうつむくと、友田は何事もなかったかのように前に向き直った。

――セーフ。

扉が開くと、先に友田が入って三階のボタンを押した。ロンはうつむいたまま操作盤から離れる。壁に貼《は》られたフロアガイドを横目で見ると、三階はネットカフェが入居していた。そういえば、休日の日中に尾行した時もネットカフェに行っていた。

三階に着くなり、友田はさっさと降りていった。ロンも続く。

正面の受付へ歩み寄った友田は、すぐに会員証を差し出した。この店に来るのが初めてではないのは明らかだ。スタッフが見せたタブレット端末には店内座席の利用状況が表示されている。

「個室、空いてます？」

友田が尋ねると、スタッフはいくつかの番号を指さした。

「うーん。じゃあ、十七番で」

番号札を受け取った友田は店内へ消えた。

後ろで待っていたロンは急いで会員登録を済ませ、十六番の個室を指定する。タイミングを見計らって、友田の個室を覗き見るつもりだった。それが無理でも、漏れてくる音くらいは聞くことができるかもしれない。

いざ店内へ入ろうとした瞬間、着信があった。発信者はヒナだ。

「いきなり作業投げてくるの、やめてよね」

開口一番、文句が耳に飛びこんできた。フロアの隅で声をひそめて答える。

「悪い。急に尾行することになって」

「あの件、まだ終わってなかったの？」

「事情は後で話す」

ヒナは「ちゃんと説明してよ」と言いながらも、依頼した内容をきっちりこなしてくれたようだった。

「直近の投稿を急いで確認したんだけど。仮にあのアカウントが友田克志のものだとしたら、私たち、色々と勘違いしていたのかもしれない」

発言の意味が理解できなかった。

「どの辺が？」

「あのアカウントは、バーチャルYouTuberのファンが運用している」

数秒、返答に詰まる。バーチャルYouTuber。聞いたことはあるが、ロンにはなじみのない言葉だった。困惑を察したヒナが説明する。

「念のために確認だけど、YouTuberは知ってるよね？」

「あれだろ、YouTubeで動画を配信する仕事だろ。視聴数が多ければ多いほど、配信者に広告料が入るっていう」

「まあ、だいたいそう。普通は生身の人間が動画に出演するけど、バーチャルYouTuberの場合はCGで描《か》いたキャラクターが出演する。楽曲配信したり、ゲーム実況したり、企画は色々だけど、実在しない――バーチャルなキャラクターがYouTuberとして活動していると思って」

今一つ理解が追いつかない。

「アニメのキャラクターが配信者になってるようなものか？」

「とりあえずそれでいいよ。ロンちゃん、二十歳とは思えないんだけど……とにかく友田克志と思われるアカウントは、四ノ宮クルリっていうバーチャルYouTuberを熱烈に応援している」

ヒナがいうには、界隈《かいわい》では特に人気があるらしく、チャンネル登録者数は百万人を超えているという。百万のファンがついていると思えば、確かに生半可な人気ではない。

それよりも、ロンは四ノ宮クルリという名に引っかかっていた。どこかで見かけた覚えがある。

「あっ」

「どうしたの」

「チョコレートだ」

友田がいつも買っているチョコレート菓子。キャンペーン対象商品とかでスクラッチをやらされ、四ノ宮クルリのクリアファイルが当たった。もしかして友田はあの景品を手に入れるため、スクラッチをやるためだけに、せっせとチョコレート菓子を購入していたのか。

尾行中に見かけた他の行動にも意味があるように思えてくる。たとえば、友田はよくスマホの充電ができる店でランチを取っていた。あれも、電池の残量を気にせず動画を見るためだったのかもしれない。

「勘違いっていうのは？」

「つまり……友田さんがハマっていたのは、ゲームじゃなくて四ノ宮クルリだったんじゃないかってこと」

「でもゲームに熱中してたのは事実だ」

電車のなかで、友田はせっせとソーシャルゲームで遊んでいた。だがヒナに言わせれば、それも四ノ宮クルリのファンとしてやっていた可能性があるという。

「ゲームをやる動機は、面白いからってだけじゃない。動画配信者——たとえば四ノ宮クルリも、ゲームのプレイ動画をよく投稿している。そのプレイ動画を楽しむために、わざわざゲームをやる人だっている」

「ゲーム動画を見る予習として、プレイするってこと？」

「そう。ロンちゃんには信じられないかもしれないけど」

そうだとすれば、友田の行動原理も徐々に腑《ふ》に落ちてくる。ネットカフェに足を運ぶのは、自宅ではない場所で動画配信を楽しむためだろう。大きなボストンバッグをかついできたのは、グッズを運ぶためか。

「借金もゲームじゃなくて、そのバーチャルYouTuberのために？」

「YouTubeにはスーパーチャットっていう、投げ銭の機能がある」

ヒナがまた解説をはじめた。

「ライブ配信中に視聴者はチャットでメッセージを送れるんだけど、課金すればそのメッセージを目立たせることができる。金額が高くなるほど表示時間が長くなったり、文字が大きくなったりする。投げ銭の一部は手数料として運営に引かれるけど、最大で七割くらいは配信者の収入になる。ここまでオッケー？」

「……なんとか」

チャットという機能ではあるものの、ファンから配信者に直接金銭を渡すシステムだとロンは理解した。そしてなんとなく、この先の話の流れも見えていた。

「スパチャ——スーパーチャットのことね——は、一応上限が定められてる。一週間で二十万とかね。それでも毎週二十万まではスパチャにつぎこめる。半年間、毎週フルでやれば約五百万。すごい金額でしょ？」

「友田さんが浪費していた本当の理由は、スパチャだったのかもな」

「投稿内容を見ると、その可能性は高い。いくつか読むね」

——今日は二回読まれた。生きていく元気が湧《わ》く。

——今週、スパチャランキング三位止まり。上限が邪魔。

——もはや働くためにクルリを見てるのか、クルリのために働いてるのか不明。

ヒナが読み上げた投稿は、いずれも四ノ宮クルリへの多額の課金を示唆していた。優理香は何を書いてあるのかよくわからないと言っていたが、彼女もロンと同じく周辺事情に疎いようだ。

「ロンちゃんもプレイしたならわかると思うけど、ソシャゲはタダでもできる。でも、スパチャはタダでは絶対できない」

「単純にわからないんだけど」

ロンは先ほどからずっと抱いていた疑問をぶつけた。

「なんで応援してる相手だからって、そこまで貢げるかね。別にYouTube見るのだって、ソシャゲと同じでタダでできるのに。スパチャとかやらなくても」

「あのねえ」

電話の向こうで、ヒナが眉《まゆ》をひそめたのがわかる。

「ほとんどの人にとって、人生って楽しいだけじゃない。しんどいこと、苦手なことをどうにか乗り越えて生きていってる。そういう毎日のなかで、〝推し〟がいるだけで救われることって少なくないの。生きる意味と言っても大袈裟《おおげさ》じゃない。そんな命の恩人のためだったら、全財産投げ打っても、借金してでも報いたいって思うのは不自然なこと？」

「命の恩人、ね」

「とは言っても、依存までいくと危険だよね」

また、ヨコ西でのことを思い出した。市販の咳止《せきど》めに依存する子どもたち。お世辞にも健全とは呼べなかった。

「〝推し〟は薬にも毒にもなる。それをわきまえずに、人生滅ぼす人がいるのも事実」

ひとしきり語ったヒナは、「後はよろしく」と言い捨てて通話を切った。

受付の片隅で長電話をしていたロンは、怪訝《けげん》そうなスタッフに頭を下げながら店内へ足を踏み入れた。指定した十六番の個室に入ると、床の全面がクッションになっていた。正面にデスクトップパソコンと座椅子があり、その上が荷物置きになっている。個室と名前がついてはいるが、ドアを閉めても天井と床にそれぞれ五センチほどの隙間が空いていて、完全に密閉されてはいない。

耳をそばだててみたが、友田がいる十七番の部屋からは何も聞こえなかった。

目の前のパソコンを使い、「四ノ宮クルリ」でネット検索してみる。先頭にヒットしたのはYouTubeのチャンネルだ。ライブ配信中らしかった。備え付けのヘッドフォンをつけて、「四ノ宮クルリ生誕祭」と題されたライブにアクセスしてみる。

画面のなかでは、黄色い髪に青い瞳をした童顔の少女が映っていた。実在する人間ではない。CGで精巧につくられた少女だ。舌足らずな声で話すたび、連動して口元が動く。時折まばたきをし、笑いながら肩を震わせる。それに伴って髪も揺れる。見た目はともかく、動きにはリアリティがあった。

画面右側ではコメントが次々に流れていく。たまに金額が一緒に表示されたコメントもあり、他のものより大きく、色も変わっている。

――これがスパチャか。

動画の説明文などを読むと、どうやら今日は四ノ宮クルリの誕生日を祝うため、ファンたちがライブ配信に集っているらしい。生誕祭という特別なイベントのせいか、競うようにスパチャが投稿されていく。

このなかに友田が投稿したものもあるのだろうか。妻に隠れて七百万の借金をつくり、それでもCGでつくられたキャラクターの応援をやめられない。ロンの理解の範疇《はんちゅう》を完全に超えていた。

せめて証拠くらいは押さえておきたかった。友田が四ノ宮クルリの熱狂的ファンであるという証拠。天井側の隙間からスマホを差し入れれば、室内の撮影はできそうだった。当然盗撮だ。だが、優理香の気持ちを考えればその程度は許されるのではないか。まるで彼女の怒りが乗り移ったようだった。

ロンは立ち上がり、廊下に出た。

十七番の個室の前に立つ。手を伸ばせば、隙間に指が届きそうだった。やるなら誰も来ないうちに済ませなければならない。

応接室で見た、優理香の憂鬱《ゆううつ》な表情が頭をよぎる。

——やるべきだ。

そう決意すると同時に、十七番の室内から音がした。男がすすり泣く声だった。うっ、という嗚咽《おえつ》も聞こえる。泣いているのは友田に違いない。彼はおそらく、四ノ宮クルリのライブ配信を見ながら泣いている。

その瞬間、怒りが冷めた。

泣いている理由はわからない。だが相手が誰であろうと、たとえ借金をしていようと、かけがえのない時間を盗撮する権利はない。全財産を注ぎこんでもいいと思える〝推し〟とのひとときを、邪魔するような真似《まね》は許されない。

ロンは静かに十六番の個室へ戻った。

ディスプレイのなかでは、四ノ宮クルリが弾《はじ》けるような笑顔を振りまいている。この笑顔に救われ、生かされているファンが数えきれないほどいるのだろう。ロンには共感できない。だが、共感できないということは、否定していいという意味ではない。

ロンの任務は事実の断片を集めることだ。

しばらくライブ配信を眺めていたが、飽きてきたので帰ることにした。優理香が知りたがっていたことは、おおむね把握できた。後は報告するだけだ。ここから先は夫婦の問題だった。

ネットカフェを出たロンは西口から横浜駅に入り、帰路についた。

不思議と、以前感じたような虚しさは覚えなかった。幸せな結末とは言い切れないはずなのに、なぜか、やるべきことをやったという充足感が身体《からだ》の内側からこみ上げていた。

頭上に広がる空が、澄んで見えた。

友田夫妻の顚末《てんまつ》については、カフェで凪から教えられた。

ロンの報告を受けた優理香は、四ノ宮クルリの件を夫にぶつけた。友田は最初否定していたものの、ツイッターのアカウントを見せると、とうとう熱狂的なファンであることを認めた。

カードローンの真の原因はスパチャだった。一年ほど前から四ノ宮クルリのファンになった友田は、ライブのたびに高額のスパチャを投稿していた。

残業という名目で会社の会議室にこもり、密《ひそ》かにライブに参加したこともあったらしい。自宅でこっそり配信を見ていたこともあるが、大事な配信の日は心置きなく楽しめるよう、わざわざネットカフェに足を運んでいたという。外出時に携えていたボストンバッグの中身は、アクリルパネルや枕などのグッズだった。

「でもなんで、そこまで頑《かたく》なに隠してたんだろうな」

当初、友田は借金の理由をゲームと偽ってまで、四ノ宮クルリのファンであることを隠していた。凪にも真意はわからないらしく「さあね」と言っただけだった。

問題は、カードローンで借りた七百万円をどうやって返済したのかである。

「旦那《だんな》さん、横領したんだって」

そう告げた凪の顔は、苦虫を噛《か》んだようだった。

「昔なじみのお客さんに無理やり金融商品買わせて、支払ったお金を全額懐に入れていたみたい。保険会社で長年営業やってた人だから、その気になれば騙《だま》すのは難しくなかったんじゃない。それにしても、バカだよねえ。借金返すために横領するって、どういう神経してるんだか」

「本人が言ったのか?」

「会社にばれたの。自宅謹慎になって、優理香さんに問い詰められてやっと白状したみたい。信じられない。もう、優理香さんもげっそりしちゃって。さすがに愛想が尽きて、離婚することに決めたんだって」

　無理もない。隠れて高額の借金をつくるだけでも大問題なのに、その穴埋めのために会社の金を横領するなど、普通の感覚ではない。

「でも旦那さんにも、同情の余地はなくはない。ほんの少しだけど」

「いや。普通にないだろ」

「でもね、メンタルをやられてたの。職場の空気が最悪で、業務上のプレッシャーもすごかった。そのせいで精神科にも通院して、うつの診断も下ってたみたい。ただ、それすらもずっと優理香さんに秘密にしてたんだって。見栄っ張りにもほどがある」

　ロンはみなとみらいで見た、スーツを着こなし颯爽と会社に向かう友田の姿を思い起こした。傍から見ればエリート会社員に見えた友田も、一皮剝《む》けば地獄に直面していたということか。現実から逃れ、心の癒しを求めていたからこそ、バーチャル YouTuber に熱中したのかもしれない。

「離婚を切り出すのも一苦労だったらしいよ。そういう気配を見せただけで、旦那さんが自殺騒ぎ起こしたんだって。風呂場で手首切ったりして。弁護士に入ってもらうまで、話もできなかったって嘆いてた」

凪はさらりと語るが、なかなかの修羅場である。

友田克志はおそらく、妻も職も失うことになるだろう。その時、彼の手元には何が残るのだろうか。課金ができなくなった彼に、バーチャル YouTuber は振り向くのだろうか。

「そういえば、頼んでた画像持ってきてくれた？」

ロンが問うと、凪は「ああ、はいはい」と言ってスマートフォンを操作した。数秒後、ロンのスマホに画像データが送られる。それは、優理香の顔が写りこんだ写真だった。職場の忘年会で撮った一枚で、微笑する優理香が正面から撮影されていた。

「何に使うんだっけ？」

「言っただろ。ヒナが――協力してくれた友達が、伊能優理香の名前に聞き覚えがあるんだって。顔を見れば思い出すかもしれないって言うから」

「それで手に入れてあげた、と」

画像データをヒナに転送する。一分と経たずにヒナからメッセージが来た。

〈稲尾《いなお》ユリカじゃん！〉

そういわれても、ロンにはわからない。凪も知らない名前だった。ネットで「稲尾ユリカ」と検索すると、大量の画像が見つかった。制服を模した衣装の少女がステージで踊っている。今より十歳ほど若いが、その顔は優理香そのものだった。

「アイドルってこと？」

一緒に検索していた凪がつぶやいた。

稲尾ユリカの経歴をまとめたサイトを見つけた。彼女は十四歳でアイドルグループの一員としてデビュー。瞬く間に頭角を表し、十六歳で初センターをつかんだ。その後もたびたびバラエティ番組に出演するなど第一線で活躍したが、二十歳で芸能界から電撃的に引退。その後十年、足取りは一切報じられていない。

〈微妙に名前違うから思い出せなかった！〉

ヒナは露骨に悔しがっていた。二十歳の彼女が十年前に引退したアイドルのことを熟知しているのは、おそらくSNS上の別人格のせいだろう。

優理香が「デザイナーになる前にやっていた仕事」は、芸能人だった。

「知らなかった」

凪は特に驚きもしなかった。

「周りに言ってないのか」

「全然。言ったら面倒になるからだろうね」

優理香が元アイドルであろうが、凪には関係ないらしい。ロンも特に興味はなかった。

だがアイドルと聞いて、一つの仮説を思いついた。

「……今から話すこと、俺の妄想だから優理香さんには言うなよ」

「なに？」

「友田さんって、元は優理香さんが〝推し〟だったんじゃない？」

なぜ友田克志は、四ノ宮クルリのファンであることを頑なに優理香に隠したのか。それは、元をたどれば友田が優理香のファンだったからではないか。他に〝推し〟ができたと知られれば、ファンの裏切りと取られかねない。

「そうかもね」

凪は否定も肯定もしなかったが、一言だけ感想を漏らした。

「自分に自信がないから、お金で相手を振り向かせることしか思いつかなかったのかな」

「その発想は、稼ぎがない俺にはないな」

「自信満々で言うことじゃない」

二人同時に笑った。凪は「結局、仕事どうするの」と言った。

「もう少し考える。ヒマだし」

尋ねた割に関心のなさそうな顔で、ふーん、と凪は言う。

ロンはあの夜に抱いた満足感のようなものを思い出していた。誰かのために働くのは、虚しいことでもあり、満ち足りることでもある。この数週間で少しだけ、それを実感することができた。

友田は生きていくために働いていたはずなのに、いつしか、その目的が変わってしまった。そうでなければ横領にまで至らなかったはずだ。どんな真人間だって、闇はいつでも足元に広がっている。

自分にやるべき仕事があるとするなら、たとえかすかな光であっても、その闇を照らすことなのかもしれない。冷めたブレンドを飲みながら、ロンはそんなことを考えていた。

＊

早朝、リュックサック一つでマンションのエントランスを抜けた。

荷物は全部、引っ越し先に送っている。おかげで身軽だ。もうこのマンションに来ることもないのだと思うと、ちょっとだけ寂しい。けれど今は、自由になったことへの喜びが勝っている。

駅へ向かって少し歩いたところで振り返った。友田——元夫のいる部屋を振り返る。

「さようなら」

アイドルを引退して十年。長かったし、あっという間でもあった。

地元の専門学校に入って一からデザインを勉強し、美大に編入してさらに勉強した。就職活動では元芸能人であることを隠したが、わかる人にはわかるらしく、面接の途中で「稲尾ユリカじゃん」と言われたこともあった。そういう会社はこっちから辞退した。

勤め先の事務所を選んだのは正解だった。超大手というわけではないけれど、手堅く仕事を取ってきてくれるし、過去を詮索《せんさく》されないのも快適だ。

それでもどこからか噂は漏れるらしく、就職してからも「稲尾ユリカ」に会いに来る人がたまにいた。友田もそういう迷惑な客の一人だった。最初は相手にしていなかった。勤務先が大企業だとか、学歴が立派だとか、そういうことはどうでもいい。

それでも、付き合ってみてもいいかなと思ったのは、殺し文句を言われたせいだ。

「アイドルとしてのあなたじゃなくて、一人の人間としてあなたが好きなんです」

ありきたりだけど、この一言にやられた。

でも結局、友田は私のことを最後まで「伊能優理香」ではなく「稲尾ユリカ」として見ていた。だから見栄を捨てられなかったし、他の〝推し〟ができたことを明かそうとしなかった。

くだらない。今の私にはどうでもいいことなのに。

でも、一連の騒ぎのおかげで離婚に踏み切れたのはラッキーだった。友田が借金もせず、普通に毎日を過ごしていたら、私は死ぬまで「稲尾ユリカ」の呪縛《じゅばく》から逃れることができなかったかもしれない。

誰かに〝推される〟人生はもうたくさんだ。私を〝推す〟のは、私だけで十分。
朝の日差しを浴びながら前へ進む。
ここからが、伊能優理香の人生のスタートだ。

3. ベアードマンの亡霊

男は、その時を待っていた。

横浜市中区寿町《ことぶきちょう》にある、簡易宿泊所の一室。三畳の和室の中央で男はあぐらをかいていた。

エアコンはついているものの効きが悪く、真冬の屋外とほとんど変わらないほど寒い。それでも刑務所と比べればましだ。外との出入りは自由だし、食事も自由に選べる。外部との連絡だって取り放題だ。

何より塀の中と違って、己の信念に基づいて行動できる。

しかし、男には懸念があった。

——遅い。

そろそろ、相手から接触があっていいはずだった。スマートフォンの番号は逮捕前から変えていない。連絡を取ろうと思えばいつでもできるはずだ。こちらからも以前の番号にかけたが、すでに使われていないようだった。

男はいらだたしげに、古びたキャリーケースを開いた。男の顔を描《か》いたステッカーが大量に現れる。口の周りにびっしりと髭《ひげ》を生やした、髭男《ベアードマン》。

——まだ気づいてへんのか？

仕方がない。もう少し続けるしかないだろう。最悪、一人で決行することも考えてはいる。だがそれでは不完全だ。かつて約束したのだ。必ず俺《おれ》たちの主張を世のなかに伝え、信念を果たすのだと。

男は部屋の隅にある段ボール箱を開き、収められた圧力鍋《なべ》にそっと触れた。

それは、彼が手作りした爆弾であった。

＊

「お兄ちゃん、注文いい？」

酔った中年男の声に、黒のTシャツとチノパンを着たロンが振り返る。仏頂面には愛想《あいそ》のかけらもない。伝票を手に呼ばれた卓へと近づく。

「はい、ご注文どうぞ」

「ビール、中ジョッキで」

「餃子《ギョーザ》二枚。あと、小皿人数分」

「お酢、持ってきてくれる？」

円卓を囲んだ酔客が好き勝手に注文を口にする。ロンは「はい、はい」と答えながら、ボールペンで伝票に書きなぐる。

「あ、やっぱりさっきの中生、大にして」

「はい。中ジョッキを大ジョッキに」

「火鍋《ひなべ》の辛さ控えめとかできる？」

「メニューに辛さの番号が書いてあるんで、指定してください」

「お兄ちゃんのおすすめは？」

酔っ払いたちに絡まれながらもどうにか離れ、厨房《ちゅうぼう》に料理のオーダーを通す。頼まれた小皿や調味料の瓶を卓に運んで、料理を運ぶため厨房へ戻ろうとした途中、また別の卓から声をかけられた。

「少々お待ちください」

ぶっきらぼうな声で答えるロンは、内心へとへとだった。

——もう勘弁してくれ。

時刻は午後十時。混雑のピークは過ぎたとは言え、まだ新しい客も入る時間帯だ。閉店まであと二時間あるが、もう帰りたくなっていた。

西安《シーアン》料理の専門店である「武州酒家《ぶしゅうしゅか》」は関帝廟通りの中ほど、市場通り門の近くにある。

餃子や刀削麵《ダオシヤオミアン》、火鍋が看板メニューで、酒飲みの常連客が多い。ランチタイムよりも夜の時間帯がかき入れ時である。

その「武州酒家」でロンは週に三回、午後五時から十二時までフロアのアルバイトをしている。収入はひと月で十万円弱。そのうち五万円を良三郎に渡すため、手元に残るのは四、五万だ。貯金はゼロ。

きっかけは、旧華僑のオーナーに声をかけられたことだった。夜の人手が不足しているため働かないかと誘われた。オーナーは良三郎とも仲が良いし、ロンとも旧知の間柄だった。寝てるだけなら少しは働け、という良三郎の声が最後の一押しとなって、アルバイトをすることになった。

フロアをあわただしく行き来するロンは、客からの注文を取って厨房に向かった。

「大丈夫か、ロン。倒れるなよ」

厨房の内側から声をかけたのはキダだった。

「武州酒家」では十名ほどのアルバイトが働いているが、そのなかでも三十四歳のキダが最年長であり、シフトなどをまとめるリーダーをしている。八年前からこの店で働きはじめ、今ではオーナーよりもキッチンに詳しい。聞くところによれば、店舗の二階にある和室を間借りしているらしい。住みこみで働いているようなものだ。

頭にタオルを巻いたキダは、いくつもの鍋を並行で振るっている。細い身体《からだ》のどこにそんな力があるのか不思議なほど、精力的に仕事をこなす。

「もう限界です」

「頑張れ。折り返しは過ぎてるぞ」

キダが愚痴をこぼしている姿を、ロンは見たことがなかった。オーダーの入った料理を正確に素早く仕上げ、常に厨房とフロアに目を配り、時には配膳《はいぜん》やテーブルの清掃までこなす。アルバイトたちの頼れるリーダーである。見た目も爽《さわ》やかだ。二重の目は愛嬌《あいきょう》があるし、肌にはシミ一つない。年齢よりも何歳か若く見える。

店の自動ドアが開いた。男性の一人客だ。

「いらっしゃいませ……」

振り返ったロンは、男性客の顔を見るなり脱力した。ボアジャケットを着たマツが手を振っている。

「なんだよ。また来たのか」

「その扱いはひどいんじゃないの。お前、うちの店のツケ溜《た》まってるぞ」

「お前もツケで食いにきたのか?」

「一緒にするな。臨時収入が入ったから、金落としに来た」

マツは喜びが抑えきれない様子で、いそいそと席についた。

「とりあえず、生ビール大と餃子一人前。あと、羊の串《くし》焼《や》き」

「今日はパチンコか？」

「お馬さんです」

嬉《うれ》しそうにジョッキーの真似《まね》をする幼馴染《おさななじ》みを前に、ロンはため息を吐《つ》いた。

「お前を見てると、下には下がいるとわかって安心する」

「おう、なんとでも言え。今日は機嫌がいいからな」

マツのギャンブル好きは今にはじまったことではない。パチンコにはじまり、スロット、競馬、競艇、競輪と一通りの公営ギャンブルは経験している。最近は特に競馬に執心しているらしい。

元手はジムのインストラクターの仕事で稼いでいる。ただし、月に十日ちょっとしか働かない契約社員であり、正社員になるつもりはない。理由は、週四日ある柔術道場の練習を休みたくないから。

――そんなに柔術がやりたいなら、自分で道場開けばいいのに。

そう言ったこともあるが、道場を開くのも簡単ではないらしい。とにかく、柔術をやりながらたまにインストラクターとして働き、残りの余暇はギャンブルとゲームに費やすというのがマツの生活だった。

オーダーを通してビールを運ぶと、もう餃子ができていた。厨房からキダが顔を覗《のぞ》かせる。

「この注文したの、ロンの友達だろ？　サービスしておいた」

餃子は普通一人前六個のはずだが皿には十個もあった。フロアでロンとマッツが会話するのを見ていたらしい。

「ありがとうございます。でも、大丈夫ですか」

「平気、平気。この店の厨房、ほとんど俺で回ってるんだから。ばれないよ」

キダは笑顔で言いながら、鍋を振るう。餃子を運ぶと、マッツは「多くない？」と言った。

「バイトのリーダーがサービスしてくれた」

「いい人だね。好きになりそう」

閉店までこうしてマッツと雑談していたかったが、そうもいかない。「注文いいですか」と遠くの席で客が呼んでいた。渋々、ロンは小走りで向かう。

「はい、ただいま」

答えながら、ロンは労働の辛《つら》さを身に染みて感じていた。


最後の客が帰り、後片付けが済むころには午前〇時半を過ぎている。キダは店内に居残り、一人でレジ閉めまでやる。店の奥にあるロッカーで私服に着替えたアルバイトたちは、キダに挨拶《あいさつ》をして帰っていく。

その夜、ロンは最後にロッカーを出た。店のテーブルではキダが紙幣と小銭を数えて、帳簿をつけている。レジ閉めを任されているのはオーナーからの信頼が厚い証拠だった。

「お疲れさまでした」

何気なく、ロンはキダの背中に声をかけた。キダは「お疲れさん」と笑顔で振り向く。

「餃子、サービスしてくれてありがとうございました」

「全然。大したことないよ」

キダは数え終わった現金を小型金庫に収めながら答えた。

「キダさんって、ここの二階に住んでるんですよね」

「そうだよ」

「どうして中華街で働こうと思ったんですか」

一瞬、キダの手が止まった。笑みが消えて真顔になる。ロンは「深い意味はなくて」とあわてて付け足した。

「最近じいさんから働け働けって言われるんで。キダさんが中華街で働くことになった、きっかけとかあるのかなと思って」

「……なんでだろうな」

キダは心底不思議そうに言った。

「巡り合わせというか、偶然だな」

「出身はこっちのほうなんですか？」

「関西。昔色々あってね。地元に居づらくなって、こっちに来た。横浜に来たのはたまたま。ふらっと寄ってみたら居心地がよくて、八年も住むことになった」

キダは過去を詳しく語らなかった。進んで触れたくはない気配を感じる。

「変なこと聞きました」

「いやいや。他にやりたいこともないからさ。このまま中華街に骨を埋《うず》めるのも、悪くないかなって思うこともある」

キダははにかむように笑った。お世辞で言っているようには見えない。

勝手口が開く音がした。厨房を抜けて、サンダル履きのオーナー、馬《マー》が現れた。還暦前後と思《おぼ》しき馬は、剃《そ》りあげた頭を光らせ、目尻《めじり》を下げている。

「話の邪魔をしたかな？」

「いや、大丈夫」

ロンは気安い口調で応じた。一応ロンにとっては「雇い主」という立場ではあるが、少し前までは「近所の見知ったおじさん」だったのだ。アルバイトをはじめたからといって、いきなり敬語で接するのも無理があった。

「キダくん、中華街に骨を埋めてくれるって？」

「聞こえてたんですか」

キダが苦笑した。

馬は祖父の代から来日している、いわゆる三世である。後継ぎ問題はどの店でも深刻だが、「武州酒家」も例外ではない。馬には息子がいるが、会社員として都内で働いており、店を継ぐつもりはないらしい。

「キダくんにその覚悟があるなら、こっちも真剣に考えるがね」

「……もう少し、考えさせてください」

まんざらでもなさそうな態度でキダが応じる。そのやり取りを、ロンは羨望《せんぼう》の混ざったまなざしで見ていた。ロンには継ぐべき店がもうない。「翠玉楼」はすでにその役目を終えている。

「じゃあ、俺はこれで」

「ああ、また次のシフトでね」

キダと馬に見送られながら、ロンは「武州酒家」を後にした。一月の夜は冷えこむ。ダウンジャケットをかきあわせ、肩をすぼめた。深夜の中華街は、日中が嘘《うそ》のように静まりかえる。ここが観光地であることを思い知る。

後継ぎといえば、「洋洋飯店」はどうなるのだろう。

あの店はマツの両親が切り盛りしている。「翠玉楼」や「武州酒家」のように、大掛かりに人を雇ってもいない。きっと、割合簡単に畳むことができるだろう。マツが継がないのならば、夫婦はあっさり店を閉めてしまうかもしれない。

知っている店が中華街から消えるのは、悲しい。時代の流れに抗《あらが》えないのはわかっている。客足が減り、無茶な値下げに追いこまれた「翠玉楼」のように、致し方ない閉店もある。だが、「洋洋飯店」は違う。一人息子のマツさえその気になれば、これから先も続く店になるはずだ。

——しっかりしてくれよ、マツ。

自分のことは棚に上げ、ロンは心のなかで幼馴染みへのエールを送った。

その当人から電話がかかってきたのは、翌日昼のことである。

自宅の部屋で、スマートフォンに表示された〈趙松雄〉という名前を見たときには、遊びか食事の誘いだとばかり思っていた。だが「うぃっす」と呑気《のんき》に応答したロンの耳に、マツの切羽詰まった叫びが届いた。

「助けてくれ！」

「……なに？」

ロンが事情を尋ねる前に、マツのほうから語りだした。

「ステッカー貼《は》りの犯人にされかけてんだよ。俺じゃない。冤罪《えんざい》だ」

「落ち着けよ。ステッカー？」

なだめながら聞きだしたところによれば、マツは最近中華街で頻発している、公共物へのステッカー貼りの容疑者となっているらしい。中華街の商店主数名に捕まり、交番へ突き出されたところだという。

「ロンならわかるだろ。俺じゃないって。頼むから早く来てくれ！」

確かに、昔からマツは他人に迷惑をかけるような真似をしたことはなかった。イタズラやケンカの類《たぐい》には興味がなかったらしく、もっぱら柔術三昧《ざんまい》だった。ギャンブルにハマる愚か者ではあるが、チンケなステッカー貼りに興じる性格ではない。

「お前じゃないとは思うけど」

「なあ、山下町の名探偵だろ。俺が犯人じゃないって証明してくれよ！」

出た。ロン自身、高校時代につけられたダサいあだ名を、ここまで引きずられるとは思っていなかった。十代のころの十字架を、二十歳になっても背負わされている。

「そのあだ名で呼ぶの、やめろって」

「わかった、わかった。交番にいるから、早く！」

電話の向こうで、男たちが何やら揉《も》める声が聞こえた。マツの声が消え、じきに通話は切られる。のっぴきならない状況に置かれていることは間違いないらしい。

——しょうがないか。

ロンは重い腰を上げた。一応は幼馴染みの窮地だ。助けてやるのが人情というものだろう。それにマツには、山県かすみの件で協力してもらった借りもある。

家を出る直前、リビングにいた良三郎から「仕事か？」と声をかけられた。

「ちょっと野暮用」

「なんだ、遊びか」

「違うって」

手短に用件を説明すると、良三郎は訳知り顔でうなずいた。

「髭男のステッカーじゃないか。最近、急に増えたな」

いわれてみれば、ロンにも思い当たる節があった。

中華街には「発展会」という協同組合があり、街のルールをつくったり、イベントの運営を担ったりしている。また、中華街は山下町町内会の区内でもある。発展会や町内会の尽力もあり、観光客数に比して街の景観は清潔に維持されている。公共物に貼られたステッカーもそう時間を置かずに剝《は》がされる。

それだけに、イタズラが発生すると目立ちやすい。

この一、二か月、髭の男を描いた正方形のステッカーが中華街の至る場所に貼られているのは、ロンも知っていた。二重顎《あご》の太った男で、口の周りにびっしりと髭を生やしている。細い一重の目は肉に埋もれ、左頰にはシミがあり、口は不機嫌そうに閉じられている。この男を描いたステッカーが、店舗の壁や看板、舗道、自販機や街路樹にまで貼られているのだ。

公共物へのステッカー貼りは、いうまでもなく犯罪である。

「あれ、マツが犯人だったのか」

「本人は否定してるから。とりあえず交番行ってくる」

中華街で交番といえば、山下町交番だ。東側にある朝陽《ちょうよう》門の近く、大通りと開港道の合流点にある。ロンの自宅からは歩いて数分。

ガラス窓越しに交番を覗いてみると、数名の商店主が狭い室内にひしめいていた。その中央に、パイプ椅子に座らされたマツがいる。口々に何事かを言っている商店主たちを前に、制服の警察官がいかにもうんざりした表情で応対していた。

観察しているうちに、室内のマツと目が合った。

「あっ、ロン！」

マツが立ち上がって指さす。全員の視線がロンに集まった。

——気まずいな、おい。

素通りするわけにもいかず、視線を浴びながらおそるおそる交番のなかに足を踏み入れる。商店主は顔見知りばかりだった。協同組合で理事を務める陶《タオ》に、新華僑のなかでは古株の陸《ルー》、アジア雑貨店を経営する野口《のぐち》。揃《そろ》って剣呑《けんのん》な表情をしている。

「髭面のステッカー、俺が貼ったことにされて……」

マツが泣きついてきた。

事情を聞くと、良三郎が予想した通り、ところかまわず髭男のステッカーを貼りまくっている犯人だと思われているらしい。ロンは知らなかったが、昨年の十二月からすでに百枚以上が中華街の各所に貼られているという。

「ロン。お前も共犯か？」

血気盛んな陸が言った。あわてて「まさか」と首を横に振る。

「俺はマツから電話をもらっただけなんで。犯人かどうかはあいつに聞いてよ」

「頼むよ、名探偵！」

すかさず、マツが右腕にすがりついてくる。鍛えた筋力でがっちりと腕をホールドし、放そうとしない。そのいかつさに似合わず、マツは泣き落としを常套《じょうとう》手段としている。

「やめろ。痛いから」

「無実を証明してくれるまで、放さない！」

「ロンには悪いが無駄足だと思うぞ。証拠がある」

陶のセリフは聞き捨てならなかった。

「証拠？」

「防犯カメラの映像。さっき、警察の人にも見せたところだ」

中華街には、各所に防犯カメラが設置されている。ごみの不法投棄が問題になったり、観光客との間でトラブルが発生したことがきっかけだった。

陶はタブレット端末を操作して、ロンの目の前で動画を再生した。夜間の映像のせいか周囲は暗いが、店舗の壁や人影はよく見える。夜の中華街は人通りが少ないため、一人ひとりのシルエットがはっきりと映っていた。

左側から、ボアジャケットを着た坊主頭の男が現れた。どう見てもマツだ。マツはおもむろに消火栓の前で座りこんだ。手元は見えないが、何かごそごそとやっている。数秒後には立ち去り、画面から消えた。

「これが何日か前の映像。翌朝、この場所に髭男のステッカーが貼られていた」

「お前、やったのか」

問いかけると、マツは必死に反論する。

「違う。この日は競馬で負けまくって、とにかく金がなかった。歩いて家に帰ってたら、消火栓の下に一万円札が落ちてるように見えたんだ。神の救いだと思って、しゃがみこんでよく見たら、期限切れのクーポン券だった」

「誰《だれ》が信じるんだよ、そんな話」

陸が憤慨している。たしかにうさんくさい話だが、金欠のマツならそれくらいのことはやりかねない。

ロンの感触では、やはりマツはシロだった。動画だけではマツが犯人だと断定できないし、そもそもステッカーを貼る趣味などないはずだ。ステッカーを自作するような、気の利いた真似もできないだろう。

何か、マツの犯行でないと判断できるヒントはないか。動画をもう一度再生してみると、あることに気がついた。

「これ、見てもらえますか。マツがしゃがみこむ直前」

「なに？」

「ポケットから両手を出してる。しゃがんだ後にポケットやカバンへ手を入れた形跡はないから、もしマツがステッカーを貼ったなら、しゃがむ前にステッカーを持っていないとおかしい。マツは犯人じゃない」

とたんにマツの顔が明るくなり、商店主たちは沈黙した。陶がむっとした顔で応じる。

「……こいつの肩持つつもりか？」

ロンは客観的に気づいた点を言ったつもりだったが、もはやそれだけでは納得できないらしい。商店主たちが相手ではラチが明かない。ロンは迷惑そうな顔の警察官に「どう思います？」と尋ねた。相手は二十代の巡査である。たしか半年ほど前に着任したばかりで、顔には見覚えがない。

「この映像だけでは、証拠とまでは言えないですね」

「しかし……」

食い下がろうとした陶に、巡査は投げやりに言った。

「私たちもステッカーのことは認識しています。これからも定期的に巡回して、怪しい行動を見かけたら注意しますから。今日のところはお帰りください」

「警察がしっかりしないから、俺たちがこうして容疑者突き出してるんだろうが！」

　陸の怒りが爆発した。

「たかがステッカーだと思いやがって。俺たちが美観維持のためにどれだけ労力を払ってるか、わかってんのか！」

「もういい、もういい」

　陶がその場を収め、全員が交番から出た。そのまま帰ろうとするロンを、「待て」と陶が制止する。

「友達をかばうのはいいが、そこまで言うなら真犯人を見つけてくれないか」

「なんでだよ。陶さんたちがマツを吊《つ》るし上げたのが悪いんだろ。警察も言ってたけど、こいつがやったって証拠はない」

「だが、マツが犯人じゃないという証拠もない。証明したいなら犯人を捕まえてくれ」

　陶の言い分は、言いがかりといっていい。さすがに腹が立った。マツも鼻息荒く「やってねえって」と言う。

　陶は一転、声を落とした。

「私たちは本当に困っているんだよ。一つステッカーが貼られれば、他の連中も中華街は

"貼っていい場所" なんだと認識する。放置すれば、中華街の美観は急速に損なわれることになる。街が汚れるのは簡単なんだ。中華街の子ならわかるだろう」

ロンとマツは顔を見合わせた。放《ほう》っておけば街は汚れる。その事実は、中華街で生活していればいやでも思い知る。

たとえば数年前まで、中華街のごみ集積所ではごみ出しのルールが守られず、事業系とみられる発泡スチロールや生ごみも大量に放置されていた。見た目が悪いだけでなく、悪臭を放ち、カラスまで寄ってくる。観光地としては大打撃である。結局、集積所の場所を変えることになった。

ステッカーの件も、放っておけば大事《おおごと》になるかもしれない。

「うまくいけば、少しくらいなら見返りも用意する」

「金出してくれるの？」

「手間賃くらいは払ってやる。捕まえてくれるならな」

気がつけば、皆の視線がロンに集まっていた。商店主だけでなくマツまでが、期待のこもった目で見ている。ロンは早くも観念していた。経験上、こうなったらもう断れない。

「……やるだけやってみる」

「さすがロン」

陸が力強く背中を叩いた。マツはなれなれしく肩を組んでくる。

「頼むぞ、親友。俺の無実を証明してくれ」

「お前もやるんだよ。自分のことだろ」

マツは「えー」と顔をしかめたが、引きずってでもやらせるつもりだった。犯人を捕まえると決めた以上、人手は多いほうがいい。

「手間賃までくれるなんて、何か事情でも？」

ロンが尋ねると、陶が周りの商店主たちに目で合図をする。

「できれば、春節《しゅんせつ》までにカタをつけたいんだ」

「二月に入ると色々イベントがあるだろう。その期間中までやられたら、たまらない」

陸が後を引き取って説明した。

今年の春節は二月上旬だった。例年、春節から二週間ほど、中華街ではイベントが目白押しである。獅子《しし》が通りを練り歩く採青《ツアイチン》。出演者たちが仮装し、爆竹や銅鑼《どら》を鳴らしながら進むパレード、祝舞遊行《しゅくまいゆうこう》。十一月から続いているイルミネーション、春節燈花《とうか》も毎日点灯する。

商店主たちは、観光客が増える春節までにこの問題を終わらせたいらしい。

「あと二週間しかないじゃん」

「頼むぞ。良三郎さんには話しておくから」

陶が請け負った。この時点でようやく、ロンは商店主たちにいいように使われている可能性に思い至った。だからといって撤回できるはずもないし、その気もない。中華街はロンの故郷だ。故郷を汚す人間を放置してはおけない。

商店主たちと別れ、ロンとマツは大通りをあてもなく歩いた。

「面倒くさいことになったな」

マツが他人事《ひとごと》のように言う。

「誰のせいだよ」

「あのクーポン券、本当に一万円札に見えたんだよなぁ」

「ずっと言ってろ」

――さあ、どう料理するか。

ロンはどこから手をつけるべきか、早くも吟味していた。

＊

日曜、午後四時。男は簡易宿泊所の部屋に戻ってきた。

室内に入った男は、黒いマウンテンパーカーを脱いだ。元同僚からもらった上着には煙草《たばこ》の臭《にお》いが染みついているが、我慢している。宿代や食事代をのぞけば、衣類にかけられる所持金はほとんど残っていない。

出所からおよそ一年、大阪釜ヶ崎《かまがさき》で交通誘導の日雇い仕事をやった。酒も煙草も、もちろんギャンブルもやらず、道端の石のようにひたすら静かに過ごした。生活を切り詰め、八十万円ほどを貯めた。

貯金の半分以上は爆弾の製造に費やした。一番大変だったのは、火薬の準備だ。前回の事件では知り合いからくすねることができたが、今回はそうもいかない。調べてみると、黒色火薬が木炭などの混合物であることがわかった。ホームセンターやネット通販で材料を集め、自分で調合した。人気《ひとけ》のない港湾で、何度か小規模な実験もやってみた。少なくとも、爆弾としての用を足すレベルのものはできた。

上着のポケットに入れていたステッカーの余りを取り出す。

今日は郵便ポストや店舗の看板に十枚のステッカーを貼ってきた。本当はもっと貼りたかったが、監視カメラを用心してやめておいた。ステッカー貼りは中華街が混雑する時間帯を選び、人混みに姿を隠してやるようにしている。

空腹を紛らすため、小型テレビをつけた。旅番組で、タレントが新鮮な刺身に舌鼓を打っている。思わず舌打ちが出た。

——何も考えずに、のうのうと暮らしやがって。

自分は違う。

崇高な信念があり、そのために清く貧しい生活を送っている。目の前の快楽に溺《おぼ》れず、国家権力の制裁にもひるまず、何度でも立ち上がる覚悟を持っている。

だからこそ、彼と一緒に決行したかった。だがいつまでも待ってはいられない。生活費も底を突きつつある。

春節まであと二週間弱。それまでに反応がなければ、一人でも決行するつもりだった。中華街に観光客が集まるタイミングで爆発を起こせば、混乱は間違いない。今度こそ、己の信念を広く世に知らしめるのだ。

男のスマートフォンは、まだ鳴らない。

＊

山下町交番から中華街大通りをまっすぐ進み、善隣門をくぐれば、加賀町《かがちょう》警察署は目と鼻の先である。ロンにとっては庭同然であり、自宅から目をつぶっても行ける。

その警察署前で、くたびれたスーツを着た男がロンを待っていた。生まれてこの方整髪したことがないかのような鳥の巣頭に、眠そうな目。いつ見ても寝起きのようだ。目が合うなり、相手は「おせえよ」と言う。

「ロンが呼んだのに、遅れるなよ」

「欽ちゃんが早すぎるんじゃないの。俺に会いたいからって」

「うるさいよ」

連れ立って、駅前のカフェに入る。平日の午前中とあって店は比較的空《す》いていた。

「欽ちゃん、これ知ってる?」

ロンは早速、髭の男が描かれたステッカーを見せる。実際に、店舗の壁に貼られていたものである。欽ちゃんはステッカーを凝視し、首をひねった。

「なんか、見たことあるような」

「どこで見た?」

「どこだっけな。昔、見たような気がする」

「昔じゃない。最近で」

欽ちゃんはしばし身をよじって考えていたが、思い出せないようだった。ロンは「中華街のどこかだと思う」と正解を教える。

「この一、二か月で百枚以上、いろんな場所にこれが貼られてる」

「中華街だけなのか」

「今のところ、他の場所では確認されてない」

陶や陸が言うには、元町や山手など、近隣地区ではいっさい見つかっていないという。

「イタズラか?」

「目的はわからない。とにかく、春節までに犯人を捕まえたい」

ロンは商店主たちの思いを代弁した。中華街出身者として、欽ちゃんにも彼らの気持ちがわかるはずだ。

「みんな、本当に困ってる。警察でも調べてくれないかな？」

「難しいな」

即答だった。

「ステッカーを貼る行為は、軽犯罪法違反か悪くても器物損壊罪だろう。山下町交番には話したんだろう？　それなら、怪しいやつがいれば巡回で取り締まってくれる」

「軽い犯罪だから捜査できないってこと？」

「そりゃ、余力があればやりたいよ。でもな、余裕があるタイミングならまだしも、今はどこも立てこんでるんだよ。もちろん俺も。それに大上段に構えて捜査するより、現場で押さえたほうが早いし確実だろ。県警の刑事部じゃできることないよ」

「実家だって、被害に遭《あ》うかもしれない」

欽ちゃんの家族は、関帝廟の近くで中華菓子の店を営んでいる。

「それとこれとは話が別だ。実家だからといって優先的に対応するのは、平等じゃない」

にべもない回答である。ロンはあからさまにため息を吐いてみせた。

「欽ちゃんに期待したのが間違ってた」

「いや、協力したいのはやまやまだけど……」

「これ解決したら、ヒナの見る目も変わると思うけどなぁ」

欽ちゃんの眉《まゆ》が動く。

「……どういう意味だ？」

かかった。欽ちゃんのヒナへの片思いはまだ続いているらしい。

「ヒナはこの件に胸を痛めている。せっかくの春節に、こんなくだらないイタズラで水を差されるのは忍びない。何とかして犯人を捕まえたいけど、自分は家から出ることができないから、誰かに代わりに調査してほしい……そんなことを言っていた。うまくいけば、きっとお礼もあるよ」

少しばかりオーバーに言ったが、嘘はついていない。ヒナとは先日オンライン会議で話したが、ステッカー貼りの犯人に憤慨していたことも、誰かに調査してほしいと言っていたのも事実だ。お礼があるというのはロンの期待に過ぎないが、まあ「ありがとう」くらいは言ってくれるだろう。

だが鼻の穴をふくらませた欽ちゃんは、あきらかにそれ以上のお礼を想像していた。

「ヒナがそう言っていたのか」

「そんな感じのことは」

「……見捨ててはおけないな」

急に欽ちゃんの目つきが鋭くなる。効果はあったらしい。

「だがさすがに、県警刑事部としては動けない」

「なんだよ。変わらないじゃん」

「だから俺個人でできることを模索する。この件は生活安全部のほうがなじむから、話を通してみる。そっちで本腰を入れて捜査することになれば、上出来だ……それにしても」

欽ちゃんはステッカーを手に取ってしげしげと眺めた。

「この男、誰なんだ」

「さあ」

「こいつが誰か特定できれば、犯人につながるかもな」

二重顎に口周りの髭、頬のシミ、細い目。お世辞にも人相がいいとはいえない。

「これ、どうやって作ったんだろうな。業者かな」

「たぶん手作りだと思う。カッティングシートにイラストを印刷したっぽい。器用にやってるけど、切り口が一枚一枚、微妙に違うんだよね。カッターで切ってるんだと思う」

「こういう作業に慣れている人間なのかもな」

欽ちゃんはステッカーの写真をスマホで撮ってから、加賀町警察署へ戻っていった。カフェに残ったロンはステッカーを見つめる。

——慣れている人間、ねえ。

ふと思いつき、ロンは店を出て凪に電話をかけた。仕事の最中で出ないかもしれないと思ったが、「はいはい」と軽快な声が返ってきた。

「凪？　今、ちょっと人に頼まれて調べものしてるんだけど」

「また探偵やってるんだ？」

「探偵っていうなよ。凪ってストリートの知り合い、多いよな。ラッパーなんだし」

「どういうタイプの人かによる」

ロンは「もしわかったらでいいんだけど」と前置きをしてから言った。

「街中に貼られてるステッカーに詳しい人とか、知らない？」


中華街から西へ歩くことおよそ三十分。大岡川沿い一帯の地域が黄金町《こがねちょう》と呼ばれる。電車を使ってもほとんど同じ時間がかかるため、ロンは自宅から直接歩いてきた。横浜スタジアムの前を通り、関内駅から大通り公園に沿って歩く。伊勢佐木長者町《いせざきちょうじゃまち》駅を通過し、弥生町《やよいちょう》のあたりで右に折れる。昼は静まりかえっているファッションヘルス街の曙　町《あけぼのちょう》を横切り、橋を渡ればそこは黄金町のど真ん中だ。

かつては風俗街の代名詞だったと聞くが、ロンはその時代を知らない。そうした店は十数年前、神奈川県警の取り締まりで一掃されたらしい。

現在の黄金町は、どちらかといえば「アートの街」として知られる。京急線の高架下にはグラフィティアートが飾られ、壁面にはイラストが直接ペインティングされている。毎年秋には黄金町バザールというアートイベントが開かれ、各所に作品が展示される。ストリートアートの専門家が住むには似合いの地区だった。

ロンは川沿いから一本入り、指定された場所を目指す。

——ここか。

伝えられた番地には、長屋があった。細長い二階建ての家屋が連なっており、いずれも一階部分はガラス張りになっている。建物は古そうだが、内装は割合新しい。ロンはおそるおそるその一室に入った。

白い壁に囲まれた部屋である。「お邪魔します」と声をかけると、デスクに向かっていたニットキャップの痩《や》せた男が振り向いた。人のよさそうな笑顔だった。

「ZENさん、ですか」

「あ、凪ちゃんの友達？」

間延びした声で答えた男が、ストリートアーティストのZENだった。

相談した当初は「街中のステッカーに詳しい人なんかいない」と言っていた凪だが、「ストリートアートの専門家なら知っている」と黄金町のZENを紹介してくれた。CDジャケットのデザインを担当してもらった縁らしい。

ロンは勧められるまま、パイプ椅子《いす》に腰かけて自己紹介をした。

「ここはZENさんのアトリエですか」

「うん。アーティスト・イン・レジデンスっていってね。アーティストたちはこの改装した長屋に滞在しながら、作品を制作させてもらえる」

ZENはパブリックアートといって、公共の場に展示することを前提とした作品を制作している。具体的には、壁画——建物の壁やフェンスなどへのペインティングを日本各地でやっているという。

「バンクシーの、広い意味での同類だと思ってもらえばいいかな。ぼくはちゃんと自治体から許可もらってるけどね。あはは」

のんびりした調子のZENに、ロンはさっそく事情を説明する。中華街に貼られた大量のステッカーの謎《なぞ》を聞いて、ZENは徐々に真顔になっていく。

「どんなステッカー？」

ロンが「これなんですけど」と差し出すと、ZENは受け取って凝視した。

「髭の男、だね」

見たままの感想である。鋭い洞察が飛び出すかと思っていたロンは肩透かしを食った。

「初めて見たな。中華街だけに貼られているの？」

「はい。SNSでは少しだけ話題になっていて、ベアードマンって呼ばれてるらしいです」

教えてくれたのはヒナだった。本人いわく「趣味で」検索してみたのだという。中華街

を訪れた若者たちの間では、髭男――ベアードマンのステッカーが少しだけ噂《うわさ》になってい
た。
「もしかすると、ナワバリの主張かもねぇ」
ZENは顎に手をあてて、のんびりと語る。
「街中に貼られるステッカーって、無数の種類があるよね。たとえば、有名なのは〈BN
E〉ね。これはBNEと名乗るアーティストの仕業だとされているけど、詳細はよくわか
らない。〈力士シール〉というのもいっとき、よく目撃されていた。いずれも目的は不明
なんだけど、ステッカー貼りのなかでも目的が明確なものもある」
「それがナワバリの主張ですか？」
「そう、そう。スプレーで壁やシャッターに落書きするタギング――あれも元々は、アメ
リカのストリートギャングがテリトリーを示すためのものだった。要は、マーキングって
ことだね」
つまり何者かが、ステッカーを通じて中華街をナワバリだと主張している、ということ
だろうか。しかしステッカーの意味がわからないのだから、そもそも主張になっていない。
髭の男が描いてあるからなんだというのか。
ロンは質問の方向を変えることにした。
「このステッカー、手作りですかね」

「そうだろうね。切り口がちょっといびつだもの」

「これを作るのは難しいですか?」

うーん、とZENは腕組みをした。

「そんなに難しくはないけど、カッティングシートに印刷するのは意外と面倒だからね。それなりの知識がある人間がやったと考えるのが自然だね。このべアードマンのイラストも、素人が描いたにしては上手すぎる」

ステッカーを人差し指で軽くたたいた。

「どこかで見たことないですか、この絵」

「考えてたけど、心当たりないな。ごめんね」

ZENはあっさり首をすくめる。

「でもおそらく、この絵に意味はあるはずなんだ。全員に伝わらなくてもいい。特定の誰かに伝えるために、描かれたイラストなんだと思うよ」

「犯人は、その誰かが中華街にいることは知っているんですかね」

そんな回りくどい伝達方法を取る必要があるだろうか。今時、誰でもスマートフォンを持っているというのに。

「アートの一環ってことはないですか?」

「もしこれをアートとしてやっているなら、ぼくは評価しない」

それまでの間延びした口ぶりから一転、ZENは厳しく言い放った。

「なぜですか」

「パブリックアートは、その地域によい影響を及ぼすべきだというのがぼくの信念だ。無許可でべたべたステッカーを貼る行為は、中華街の人たちにとって迷惑でしかないよね。だから、アートとしては成立していない」

簡潔で力強い言葉だった。

ZENは知的な好人物だったが、結局、ヒントらしきものは得られなかった。


土曜午後の中華街は観光客でごった返している。肉まんを手に歩くカップル。所かまわずスマホのカメラを向けあう高校生たち。走り出した子どもを追う家族連れ。どこを見ても人だらけだった。

そのなかを、ロンとマツは並んで歩いている。朝から巡回をはじめて、昼食をはさんで四時間。すでに足は棒のようになっている。

「ただ歩いてるだけで見つかるかね」

先ほどから、マツはずっと愚痴をこぼしている。

「しょうがないだろ。他に手はないんだから」

「それにしたってなぁ」

不平を漏らすマツをなだめながら、ロンは数日前の話し合いを思い出していた。

夕刻、陶の経営する店に呼びだされたロンとマツは商店主たちに囲まれた。あの日、交番にいた陸や野口もいる。

「ステッカー貼りの犯人は、まだ見つからんのか？」

陶は不機嫌を隠そうともせずに言った。

「春節まであと一週間ないぞ」

「わかってるって」

「やる気が足らないんじゃないか」

陸が鼻息荒く言った。

だがロンも無策ではない。ヒナには、ステッカーを貼っている人間を見かけたら報告するようSNSで募集をかけてもらった。凪にはベアードマンのイラストに見覚えがないか、知り合いに尋ねてもらっている。ロン自身も山下町交番に毎日のように通い、不審者情報を集めていた。

陸が「もっと足を使え、足を」と自分の太ももをばんばん叩く。

「ヒントになりそうな情報がある」

陶が言い、例のタブレット端末を操作しはじめた。

「この間もまたやられたんだが、幸い、監視カメラに犯人の姿が写っていた」

「俺の時みたいに、不確実な映像じゃないの？」

横槍《よこやり》を入れたマツをにらみ、「今度は間違いない」と答える。

画面上に映し出されたのは、大通りに設置された監視カメラの映像だった。日時は土曜の午後。路上は人で一杯だ。

「黒い服の男を見ろ」

奥側から、黒いマウンテンパーカーを着た男が歩いてくる。頭からフードをかぶり、きょろきょろと周囲を見回していた。普通の観光客とは雰囲気が違う。

男は上着のポケットに両手を入れているが、郵便ポストの前にさしかかると、さっと手を抜いた。何かを持っている。さりげなくポストの上に手を置き、去っていった。手を離した後には、不鮮明だがシールのようなものが貼りつけられている。

「粗くて見にくいが、これは髭男のステッカーに間違いない。この後、まったく同じ場所に貼られているのを確認した」

陶が横から補足した。確かに、これは犯人の映像で間違いなさそうだ。フードをかぶっているせいで顔は見えないが、体型から男と推測される。身長は百七十センチくらいだろうか。痩せている。荷物は持っていない。

「この男を取っ捕まえればいい。簡単だろう」

「待って、待って」

マツが渋い顔で割って入る。

「いつどこに現れるかもわからないのに、どうやって捕まえるんだよ」

「待ち伏せしていればいい。どうせまた来るんだから、毎日中華街を巡回していればいずれ会えるはずだ」

「無茶だろ……」

マツが言う通りかなり無茶ではある。だが、それ以上に実効性のある手段を思いつかないのも事実だった。黙っていると、陸が顎でロンを示した。

「友達は納得してるみたいだぞ」

「ロン、本気で？」

「……残念ながら」

そういうわけで、翌日からロンとマツは中華街の巡回に勤しんでいる。各々のスマートフォンに保存した監視カメラの映像は、いやというほど見返した。黒のマウンテンパーカーを着た痩せ型の男は、思いのほか多い。一日で数人は見かけ、そのたびに後をつけて怪しい行動をしていないか確認する。

今日で巡回をはじめて四日目。最初は緊張感があったが、日を追うにつれだれてきた。

マツは派手なあくびをする。

「飽きたな」

「なぁ、マツ」

「うん？」

「高校の時も、こういうことやったよな。夜になるたび、歩き回って」

ロンの脳裏では、数年前のことがフラッシュバックしていた。しばし間を置いて、マツも答える。

「……あぁ、あれな。脅迫状の」

「そうそう。高校一年の夏」

「もう四年以上経つのか」

十六歳の夏。やはり、二人は中華街を巡回していた。治安を脅かす犯人を、その手で捕まえるため。

夏休み初日の朝、複数の飲食店に書簡が投げこまれたことがきっかけだった。

何者かが夜のうちに、中華街にあるいくつかの飲食店のシャッターに封筒を差しこんだのだ。そのなかには、「翠玉楼」や「洋洋飯店」も含まれている。朝になって封筒に気が付いた店主たちは、なかに入っている便箋《びんせん》を何気なく開いた。

そこにはこんな一文が記されていた。

——中国人は日本から出ていけ。退去しなければ皆殺しにする。

一目でそうとわかる脅迫状だった。

脅迫状を差し出された店主たちは、膝《ひざ》をつきあわせて相談した。心当たりのある者はいない。犯人は「翠玉楼」のような日本人経営の店にも脅迫状を出していることから、店は手当たり次第に選んでいると思われた。当時は監視カメラも現在ほど整備されておらず、手がかりになるような映像はない。

皆で警察に届け出たが、警備強化の約束をされただけで、犯人を突き止めようとまではしてくれなかった。

実のところ、こういった相談は珍しくなかった。客からそういう類の暴言を吐かれることは日常茶飯事だし、活動家を名乗る男から詰め寄られたり、店の備品を壊されたりすることもあった。

彼らの主張はただ一つ。

中国人は日本から出ていけ。それだけだ。

店主たちも不安はあったものの、ひとまず日常を続けるしかなかった。日本にいる以上は仕方ない、とどこか諦《あきら》めている節もあった。

だが数日後、事態は急変した。

山下町の夜道で、旧華僑の商店主が襲われる事件が起こったのだ。中華街の店を閉め、駅へと向かっていた被害者は、突然背後から固いもので殴られた。暗くてよく見えなかったが、金属バットのようなものだったという。後頭部と背中を数発殴った後、足音が聞こえてくるなり犯人は逃走した。被害者は命に別状はなかったものの、しばらく入院を余儀なくされた。

その旧華僑の店には数日前、脅迫状が届けられていた。中華街は騒然とした。脅迫状の主は本気かもしれない。

実害が出た以上、警察も静観しているだけではなかった。本格的に捜査がはじまったが、住人たちの不安は収まらない。有志での夜間パトロールをすることで話がまとまり、数名の大人が夜ごと巡回した。

皆、腹の底で怒りを沸騰させながら。

そして事態に怒っていたのは大人だけではない。高校一年生のマツも怒り狂っていた。

「警察や大人にまかせてられない。俺らで犯人見つけるぞ」

「翠玉楼」も脅迫状が届いた店の一つである。ロンも良三郎やコックたちが襲われるのではないかと心配していた。夏休みとあって、ヒマならいくらでもある。マツの提案に乗ることにした。

「やるか」

とはいえ、できることといえば夜間のパトロールくらいしかない。夜ごと、遊びに行くふりをして街を見回った。警察官や大人たちと鉢合わせすれば家に帰されるため、こそこそと隠れながら。

金属バットを持ったやつがいたらとにかく捕まえる。その方針だけを胸に、二人は夏の夜を延々と歩き回った。マツが柔術をやっていたということもあるが、当時の二人は、本気になればどんな相手でも勝てる気でいた。

結局、犯人を捕まえたのは警察でも大人でも、もちろんロンたちでもなかった。

八月に入り犯人は自ら出頭した。三十代のフリーターで、還暦を過ぎた親が付き添っていた。同居する息子の様子がおかしいことに気付いた親が、説得して自首させたのである。その後、犯人は脅迫罪や暴行罪で起訴され、執行猶予付きの有罪判決が下った。

「……あったな、そんなこと」

二十歳のマツが、懐かしそうに言った。

「終わってみれば、夜にブラブラしてただけだったけどな」

「あれでよかったんだよ。少しは体力消費しないと、ムカついて暴れそうだったから」

実際、当時のマツは本当に暴れだしそうなほど怒っていた。

「俺、マツが言ってたこと覚えてるよ」

「なに？」

「暴力で主張を通そうとするやつは、全員卑怯者《ひきょうもの》だ……そう言ってた」

柔術を習得しているマツは、並の男ならものの数秒で制圧できる実力を持っている。そういう男が口にするからこそ、余計にその言葉が心に残った。

「間違いない。今でもそう思ってる」

当たり前のように断言したマツの言葉は、静かだったが、力強く響いた。


その日も午後四時まで歩き回ったが、男は見つからなかった。成果と言えば、道端にゴミを捨てた若者たちを注意して持ち帰らせたくらいだ。険悪な雰囲気になったものの、若者たちはマツの凄《すご》みにひるんでおとなしく去っていった。

「あーあ。やっぱり無駄かも、これ」

マツが退屈そうに首を鳴らす。今日はロンが「武州酒家」で働くため、午後四時半で切り上げることになっていた。

「どうせ帰ってもゲームしかやることないんだろ?」

「そうだけどさ」

市場通り門の近くを通りかかった時、ロンは見覚えのある人影がたたずんでいるのを発見した。別の店の看板を凝視している。思わず近づいて声をかけた。

「キダさん」

はっとした表情で振り向いたキダは、ぎこちない笑みを浮かべた。

「ロンか。おつかれ」

「どうかしました?」

キダが見ていた看板に視線を移すと、そこにはステッカーが貼られていた。ベアードマンだ。この道は午前中にも通ったが、こんなものは貼られていなかったはずだ。

「キダさんが見つけたんですか」

「うん……ちょうどさっき」

白い顔をしたキダは、ベアードマンから視線をはずせないようだった。後ろから看板を覗きこんだマツは「おい！」と驚きを隠そうとしない。

「今日の午後、犯人が中華街に来たってことか？」

「だろうな。やられた」

「またオッサンたちに小言いわれんのかよ」

マツは犯人を取り逃したことに落胆している。だがロンには、ステッカーをじっと見ているキダのほうが気になった。

「大丈夫ですか。顔色、悪いですよ」

「いや……」

「これ見るの、初めてですか」

「うん。見たことないね。これがベアードマンか。普段は武州酒家にしかいないから。今日はたまたま、買い出しに行ってたんだけど」

そう語るキダの手には、洗剤やタオルの入ったビニール袋が握られている。一階の店で働き、それ以外の時間は二階の自室で過ごしているらしいから、ほとんど外出せずに済んでしまうのだろう。

「春節までに、ステッカー貼りの犯人捕まえろって陶さんたちに言われてるんです」

「そうか。大変だね」

「キダさんも、怪しいやつ見かけたら教えてください。黒のマウンテンパーカーを着ている、痩せた男です」

「注意してみる。仕込みが終わってないから、先行くね」

すぐれない顔色のまま、キダは「武州酒家」の方角へと去っていった。キダはベアードマンを見て顔色を変えていた。ひょっとすると、思い当たる節があるのだろうか。後ろ姿を見送るロンに、マツが「誰？」と問いかける。

「お前に餃子サービスしてくれた人」

「あの、いい人か！」

そう。キダはいい先輩だ。ステッカー貼りのようなくだらないイタズラと関《かか》わっているとは思えない。だが、ロンの目には逃げるように去っていくキダの残像が、いつまでも消えずに残っていた。

＊

男はあぐらをかき、畳の上に置いた一枚のチラシをにらんでいた。

今日、ステッカーを貼りに行った中華街で見つけたものである。そこには春節期間、中華街で催されるさまざまなイベントについて記されていた。

春節初日、獅子が各店舗を訪れる採青《ツアイチン》。土曜の日中に中華街を練り歩く祝舞遊行《しゅくまいゆうこう》。最終日に行われる元宵節燈籠祭《げんしょうせつとうろうさい》。いずれも春節特有のイベントであり、普段以上の人出が期待できる。

つまり、そのタイミングを狙《ねら》って爆発騒ぎを起こせば、中華街を効果的に混乱へと陥らせることができる。

しかし決行の機会は一度きりだ。もっとも主張を目立たせるためには――すなわちもっとも被害を甚大にできるのは、いつか。

男はいくつかの可能性を考慮し、狙うべき期日を決めていた。

春節カウントダウンイベント。春節期間初日の前夜、横浜媽祖廟《まそびょう》で行われる。採青や祝舞遊行のように観客が移動するものとは違って、大勢の観客が一か所に集まるため狙いやすい。皮切りとなる前夜祭を叩けば、以後のイベントも自粛することとなり精神的、経済的な打撃も大きくなる。

前回の事件も、同様の理由で前夜祭を選んだ。爆破は未遂に終わったものの、脅迫の威力は絶大だった。やはり、イベントの頭を叩くのが効果的なのだ。

カウントダウンイベントまであと二日。当日の動き方はすでに十分、検討している。だが、肝心の相棒からの連絡がまだない。

ひょっとすると、中華街にはいないのだろうか。

男は逮捕される寸前、確かに約束した。自分は刑務所に入り、出所まで相棒は横浜中華街に潜伏する。二度目の〝蜂起《ほうき》〟のため、在日中国人たちの動向を探る。それが相棒との約束だった。

だが、一向に連絡はない。

――もう、待てへん。

男は覚悟を決めた。一人でもこの計画はやり遂げる。

我が物顔で暮らしている連中に、目にもの見せてやるのだ。

淀《よど》んだ瞳《ひとみ》に、チラシに印刷された「春節」の二文字が揺れていた。

＊

春節二日前の夜。

ダイニングで「五糧液《ウーリヤンイエ》」を飲みながら、良三郎は中華街の仲間と楽しげに電話で話していた。炭酸水を取りにきたロンの耳にも、いやでも声が聞こえる。

「明日のカウントダウン、お前も行くだろう……うん。そりゃもちろん、俺は行くよ。店も閉じたから今年は気楽なもんだ。何時から飲む？」

良三郎は数日前からそわそわしている。すでに店をたたみ、イベント運営の第一線からもとうに退いているが、それでも春節が近づくと祝わずにはいられない。中華街全体に、気の早い祝賀ムードが漂っていた。

——楽しんでるねぇ。

冷えたペットボトルを手に自室へ戻ったロンは、ノートパソコンを操作する。

昨日、監視カメラの映像を提供するよう陶に頼んだところ、すぐに大量の動画ファイルが送られてきた。そこには数日にわたる監視カメラの映像が収録されている。ロンはキダがベアードマンのステッカーを発見する少し前の時間帯を選び、パソコンの画面上で動画を再生した。

黒のマウンテンパーカーを着た男が、あさっての方角を見ながら看板にステッカーを貼っている。器用なものだ。

重要なのは男の顔だった。不鮮明ではあるが、フードの下の顔が映っていた。目は垂れていて、鼻は高く、頬骨が出ている。

これ以上ない、重要な手がかりだった。ロンは動画を停止しながら、画面をスクリーンショットする。紙に印刷して、路上で配る予定だった。交番にも貼り出してもらえるよう交渉するつもりだ。スマホでも保管しておけるよう、メールで転送する。

炭酸水を飲みながら作業をしていると、スマートフォンが震えた。〈欽ちゃん先輩〉と表示されている。連絡を取るのはカフェで会って以来だ。

「はいはい。欽ちゃん？」

「ロン。お前に感謝したほうがよさそうだ」

「なに、気持ち悪いな。どうかした？」

「加賀町警察署まで来れるか。そこで話す。ロンにとっても有益な話だと思う」

いつになく、欽ちゃんは押しが強かった。悩むのがもったいないくらい、警察署はすぐそこにある。ロンは作業を中断して自宅を出た。

赤色灯が光る署の前で、欽ちゃんは待っていた。

「急に誘われると、心の準備ができないんだけど」

ロンの軽口を無視して、欽ちゃんは「見ろ」と言った。手にした一枚の紙をロンに見せる。室内から漏れる照明が、印刷された二人の男の顔を照らしていた。痩せた男と、太った男。

「この間言っていた、ベアードマン。こいつで間違いないな」

欽ちゃんは太った男を指さしながら言った。二重顎に、頬のシミ、細い一重の目。そして口の周りに生やした髭。網膜に焼きつくほど繰り返し見たから、間違いようがない。

「そう、こいつ！」

ロンが叫ぶと、欽ちゃんはぼさぼさの頭をさらにかき乱した。

「やっぱりか」

「どこで見つけたの、これ」

「手配書だ。最初から、どこかで見た顔だと思ってたんだよ」

欽ちゃんはロンとの約束を守った。仕事の合間を縫って、独自にステッカーの人物を調べてくれたのだ。記憶を頼りに膨大な手配書をチェックした欽ちゃんは、今日ようやく、この一枚にたどりついた。

「どういう事件を起こしたの」

欽ちゃんは少しだけ躊躇《ちゅうちょ》を見せたが、「広めるなよ」と注意したうえで話した。

「九年前の二月、神戸の中華街——南京町《ナンキンまち》で事件があった。爆弾テロ未遂だ。こいつらはその犯人。正確には、一人は捕まっていないから容疑者だけど」

欽ちゃんによれば、この二人は南京町に脅迫状を送り付け、住民たちに退去を迫ったらしい。幸い、警察が隠されていた爆弾を発見し、テロは未遂に終わった。

事件直後に二人は姿をくらまし、すぐには身柄を確保できなかった。痩せた男――居間《いま》川《がわ》聖也《せいや》は事件から一年後に潜伏先で逮捕され、懲役七年の実刑判決を受けた。刑期は満了し、すでに出所しているという。もう一方の太った男――小倉鶴彦《おぐらつるひこ》は、いまだ行方不明のままだった。

「ベアードマンの正体は小倉鶴彦ってこと？」

「これだけ似ていれば、まず間違いない。手配書は非公開だから、これを写したのではないだろうがな。おそらく別の写真か何かを参考に描いたんだろう」

「でも、こいつの顔をステッカーにして貼りまわる意味がわからない」

欽ちゃんは再び言い淀んだが、決心したように大きく息を吸った。

「落ち着いて聞いてくれ。居間川と小倉は九年前、大阪の美大生だった。二人が南京町で爆弾テロを実行しようとしたのは、在日中国人を排斥することが目的だった。そういう人間のステッカーが、今、横浜中華街に貼られている。これは何者かによる、ある種の宣戦布告の可能性がある」

欽ちゃんが一度も笑っていないことの意味を、ロンはようやく理解した。

「横浜中華街でテロをやろうって考えてるやつがいる？」

「まだ何もわからない。犯行予告にしては回りくどすぎるし、イタズラかもしれない。これを貼っている人間の意図は不明。だが、場合によればとんでもない事件の前兆かもしれない」

顔から血の気が引くのを感じた。

中華街を狙ったテロの可能性。まさか。そんな、映画やドラマのようなことが現実に起こるはずがない。思考が停止していた。

「なあ、欽ちゃん。ちゃんと捜査してくれるんだよな」

「部長には話した。これから署内で捜査体制の打ち合わせだ。中華街への連絡はこっちでやるから、お前は勝手に動くなよ。義理は果たしたからな」

踵《きびす》を返しかけた欽ちゃんに、「待って」と呼びかける。手配書に描かれた、小倉鶴彦ではないもう一人の男。居間川聖也の顔にも見覚えがあった。つい先ほどまでノートパソコンのディスプレイで見ていた男そのものだった。

「ステッカー貼りの犯人を、監視カメラで撮影してある。確認してよ」

「マジか」

ロンはスマートフォンに、スクリーンショットした画像を表示した。垂れた両目。高い鼻。突き出た頬骨。覗きこんだ欽ちゃんが唾《つば》を飲む。

「……居間川だ」

欽ちゃんは横からスマートフォンを奪い取った。

「これ、何日の何時だ。場所は?」

「昨日の午後三時半、市場通り門の近く。詳しいことは陶さんが知ってる」

「陶さんだな。よし。その画像、すぐ俺に送ってくれ」

懐から取り出した携帯でどこかに電話をかけながら、欽ちゃんは署へ戻っていった。指示された通り、画像を送っておく。自宅への帰り道を歩きながら、ロンは冷や汗が滲《にじ》むのを感じていた。

——とんでもないことになった。

美観維持どころの話ではない。中華街にばらまかれていたステッカーの正体は、爆破テロの実行犯だった。しかもそのステッカーを貼っていたのは、逮捕されたかつての共犯者。いったい何を企《たくら》んでいるのか。

自宅に向かっていたロンは、急遽《きゅうきょ》、方向転換をした。


警察署から「洋洋飯店」へ直行したロンは、自室にいたマツを訪ねた。

「どうした、こんな時間に」

「いいから入れろ」

ロンは部屋のドアを閉め、得たばかりの情報を話した。欽ちゃんからは広めないよう言われていたが、マツだけは例外だと勝手に判断した。

話していると、見る間にマツの表情が険しくなっていった。高校一年の、例の騒動を思い出す。マツは中華街の同胞が襲撃されたことに激怒していた男だ。爆弾テロなどと聞いて、平常心でいられるはずがなかった。

——暴力で主張を通そうとするやつは、全員卑怯者だ。

かつてそう語っていたマツの顔には、隠しきれない怒りが浮かんでいた。

「その、居間川ってやつがステッカー貼ってたんだな?」

「間違いない」

「でもなんで、昔起こした事件の仲間の顔を、中華街に貼ってるんだろうな。そこから何かわからないか。居間川がやろうとしていることとか、その時期とか」

二十歳になったマツは、十六歳のころよりは冷静だった。おそらく内心は激しい怒りが渦巻いているのだろうが、理性で抑えこんでいるようだ。

「ひとつ、仮説がある」

ロンはマツの目を見て言った。

「小倉という男の顔を貼ることが、特定の相手に対するメッセージだと考えるんだ。他の人間には無意味なものでも、相手にだけはわかる。居間川とその相手の間にだけ成立する、合言葉みたいなものだ」

ZENとの会話がヒントになっていた。ナワバリ争いは、争っている相手にだけ伝わればいい。万人に伝わる必要はないのだ。

「あの顔が、どういう合言葉になるんだ？」

「落ち着け。そもそもあれが小倉鶴彦だとわかるのは、警察関係者を除けば、他には誰がいる？」

「……家族とか？」

「家族もそうだけどさ。小、倉、鶴、彦自身もそうだろ？」

事件直後なら、犯人たちの顔も報道され、多くの人が知っていたかもしれない。だが十年近くが経った現在、小倉鶴彦の顔を知っている人間は限られている。ステッカーの男が小倉だとわかるのは、本人を含むごく一部の人間だけだ。

「待てよ、ロン。つまり居間川は、小倉にメッセージを伝えるために小倉の顔をステッカーにしたってことか？」

「仮説だけどな。居間川は、小倉が中華街にいることは知っていたが、どこにいるかはわからなかった。だから、とにかく中華街の至るところに小倉の顔写真を貼りまくった。自分が来たことを知らせるために」

「いやいやいや、やっぱりそれはおかしい」

マツは首をぶんぶんと横に振った。

「ステッカーの男が中華街にいるなら、とっくに話題になってる。このステッカーが貼られはじめて二か月だぞ。あれだけ陶さんや陸さんが血眼《ちまなこ》になって探しているんだから、見つからないわけがない。俺たちだって、中華街でこんな顔のやつを見たことは一度もないよな」

「小倉が整形していたら？」

予想外の答えだったのか、マツは「整形？」と言った。

「小倉鶴彦は、警察の捜査から九年間逃げ続けてるんだ。顔を変えるくらいのことはやっていてもおかしくない」

「……えっと？　ロンが言っているのはこういうことか？」

マツは困惑を顔に浮かべながら、整理する。

「小倉鶴彦は整形して、中華街のどこかに潜伏している。以前の共犯者だった居間川もそこまでは知っているが、どこにいるか、どんな顔になったかは知らない。だから自分が来たことを知らせるため、小倉の整形前の顔をステッカーにして貼りまくった」

「あくまで、仮説な」

この仮説はすでにメールで欽ちゃんにも送っていた。

「ステッカーを貼るってのは、大胆だけどあり得る手だと思う。他人にはまずこの男の正体は見抜けないし、たかがステッカーのイタズラに警察がそこまで本気になるわけがない。ただ、店主たちの美観維持への熱意だけは誤算だっただろうけどな」

「もしそれが本当なら、居間川と小倉はまだ合流できていないってことだよな。目的が果たせていれば、ステッカー貼る必要ないんだから」

「たぶんな」

「じゃあ、次にまた貼りに来た時、今度こそ捕まえればいい」

鼻息を荒くするマツの横で、ロンは浮かない顔をしていた。

「なんだよ。気になることがあるなら言えよ」

「いや、関係あるかわからないけど……欽ちゃんが言ってたんだよ。九年前、南京町での事件は二月に起きたって」

ロンとマツは、一斉にスマートフォンで過去の事件を検索した。神戸、南京町、爆弾。関連のあるワードを入力すると、すぐに目当ての事件記事がヒットした。日付は九年前の二月。マツが目を見開いた。

「脅迫状が送られたのは……春節の前夜祭だ」

ロンは急いで目を通す。当時、南京町の春節祭では春節前夜に龍や獅子のパレードが行われた。そのタイミングを狙って、犯人たちは脅迫状を送っている。在日中国人は今すぐに日本から退去せよ。さもなくば、南京町に仕掛けた爆弾を起爆する――

「犯人は、人が集まることを知っていて春節を選んだんだ」

「おい。じゃあ、まさか……」

二人の顔色が揃って青白くなっていく。今年の春節はあさってだ。

「春節の前夜に、何かやらかすつもりだってことか」

「前回を踏襲するなら。もし居間川の狙いが春節前夜の犯行だとしたら、もうステッカーを貼りには来ないかもしれない。ギリギリすぎる」

「クソが」

マツは吐き捨てるように言った。

「春節前夜って明日の夜だろ。爆弾テロが起きる前に、イベントは中止だ」

「待てよ、マツ」

いきり立つ友人を、ロンは制止した。

「俺が言ったことは全部妄想だ。根拠はない」

「なんだよ今さら。だったら、ほっといていいのかよ!」

マツがロンの胸倉をつかんだ。理性のタガが外れかけている。

「平気だろうって涼しい顔しているうちに、中華街が爆破されたらどうするんだよ。後悔しないって言えんのか!」

鍛えられた両腕に引っ張られ、眼前で凄まれても、ロンは顔色を変えない。

「ほっとくわけないだろ。外堀から埋める」

戸惑ったマツが手を放すと同時に、ロンはスマートフォンで電話をかけた。着信を取った相手が「はい」と応じる。

「悪い。ヒナか?」

「……なんか、頼まれごとの予感がする」

「正解」

ロンは頼みごとの内容を手短に告げた。ヒナにとってはそれほど難しい注文ではないはずだ。ヒナはいつものように、文句を言いながらも引き受けてくれた。通話を切り、マツに向き直る。

「これで様子を見よう」


翌朝。早朝にロンのスマホが震えた。〈欽ちゃん先輩〉と表示されている。深夜まで膨大な監視カメラの映像を確認していたロンは、眠い目をこすって電話に出た。

「お前、外に情報漏らしただろ!」

いきなり怒鳴り声が飛びこんでくる。ここは当然とぼける。

「なに、なんのこと?」

「ベアードマンが小倉鶴彦だって投稿、SNSでバズってんだろうが!」

その言葉を聞きながら、さすがヒナ、と心のなかで思う。依頼したことをきっちり果たしてくれている。

ヒナへの依頼は、〈ベアードマンは爆弾テロを計画した犯人だ〉という内容をSNSで周知させることだった。狙いは、春節イベント開催への不安を煽《あお》ること。そういう声がSNSで高まれば、運営側も開催に二の足を踏むはずだ。

「俺じゃないって。他の鋭い誰かが気づいたんだよ」

「このタイミングはお前しかいないだろ！」

欽ちゃんが顔を真っ赤にして怒っている姿が目に浮かぶ。

「朝っぱらから署に電話がかかってきてるんだよ。春節の祭りは中止させるべきだって」

「そう。それで、中止するの？」

「警察が判断することじゃない。昨夜のうちに運営サイドには話したけど、すぐには結論が出なかった。まあ、現時点で起こっているのはステッカーのイタズラだけで、爆弾テロなんか影も形もないからな。ステッカー一つに怯《おび》えて春節を中止するのは、いくらなんでも過剰だっていう意見があるのは、理解できなくもない」

中華街は、春節イベントのために膨大な労力を費やしている。イベントには中華街の住民や観光客だけでなく、近隣の各種団体や学生たちも参加する。誰かの一存でおいそれと中止できる規模ではなかった。

「それに、話が急すぎる。今日の夜にはカウントダウンイベントがある」

春節期間という意味では明日からだが、イベントは今夜からはじまる。良三郎も、電話口で参加すると言っていた。

「時間がなくたって、中止すべきだろ」

「俺に言うなって。何度も言うけど、現時点ではステッカーを貼られただけだ。脅迫状も犯行予告もない。この程度で中止したら相手の思う壺《つぼ》だ、という意見もある。仮に中止するとして、関係各所にどう説明する。お前はそこまで考えてるのか。一年間、準備をしてきた人の気持ちを考えたことあるか」

ロンは欽ちゃんの言葉に反論できなかった。

ひょっとすると、自分とマツが勝手に盛り上がっているだけなのかもしれない。現に爆弾テロの予兆を裏付ける確証はない。居間川が何を企んでいるのかも、小倉が中華街に潜んでいるのかどうかも、すべてわからない。未確定要素が多すぎる。

「警備は強化するし、居間川は見つけ次第必ず事情聴取する」

「欽ちゃんにできるのはそこまで？」

「……やれることはやる」

気まずさから逃げるように、欽ちゃんは通話を切った。

その対応が本意でないのはロンにもわかる。欽ちゃんだって、生まれ育った中華街でテロが起こるなど考えたくもないはずだ。だが、警察にもいろいろとしがらみがあるのだろう。寂しいが、期待しても仕方ない。

陶や陸に状況を確認しようとしたが、連絡が取れなかった。焦りを覚えながら、朝食のためダイニングに行くとすでに良三郎がいた。自分でつくった粥《かゆ》を食べている。

「ステッカーの件、騒ぎになってるぞ」

店は閉じたものの、中華街の古株とあってさすがに耳が早い。

「よく知ってるな」

「春節に関わるからな。お前は中止派か？」

「もちろん」

ロンは立ったまま生の食パンをかじり、牛乳で流しこむ。

「じいさんは？」

「現役の連中にまかせる。ただ、俺が聞いた話だと開催派のほうが優勢だな。少なくとも、今日のカウントダウンイベントはやるだろう」

「本気かよ」

「テロ犯のステッカーが貼られていたから、今夜のイベントは中止しましょう……そう言われて納得する人間が、少なかったというだけのことだ」

粥をすくった木匙《きさじ》をロンに向ける。

「イベントは中止できない。事件を防ぎたいなら、悪の根を断て」

二枚目の食パンを咀嚼《そしやく》しながら、ロンは覚悟を決めた。

——俺たちで、犯行を止めるしかない。

こうしている間にも、居間川聖也は爆弾を抱えて中華街をさまよっているかもしれない。油を売っている猶予はなかった。

「じいさん。爆発が起こっても、ビビッて心臓止まらないように注意しろ」

「お前こそ小便漏らすなよ」

手っ取り早く空腹を紛らわせたロンは、再び自室にこもって監視カメラの映像を確認しはじめた。どうしても引っかかることがひとつある。その違和感を解消する鍵《かぎ》が、監視カメラのどこかに潜んでいるはずだった。

春節は刻一刻と迫っている。

午後九時過ぎ。通りは観光客で賑《にぎ》わっている。三時間後に迫る春節を前に、皆どこか浮き立っていた。

いつもより早めに営業を終えた「武州酒家」は店じまいの準備をしていた。明日からの三日は休業日だ。

ロンは正面のドアから店に入る。レジ閉めのため、テーブルで現金を数えているキダと目が合った。店内には他に誰もいない。アルバイトたちもすでに帰った後のようだ。

「どうした、今日はシフトじゃないよな?」

ロンは息を呑《の》み、「キダさん」と呼びかけた。

「ちょっと、話があるんですけど」

「……今度でいいか。レジ閉めを済ませたら、用事がある」

キダがすっと視線を逸《そ》らす。何かを悟ったような仕草だった。

「今じゃないと困ります」

ロンは向かいに腰を下ろして身を乗り出す。キダの顔をじっと観察する。二重の目に、とがった顎、シミ一つない肌。あの男とは似ても似つかない。だが爽やかに見えたその瞳の奥に、わずかながら淀んだ気配を感じた。

「キダさん。何日か前ばったり会った時、ベアードマンのステッカーを初めて見たと言っていましたよね」

「……そうだよ」

「嘘ですよね」

間髪を入れず、ロンは言った。

「あの時キダさんは、これがベアードマンか、と言っていました。でも、初めてステッカーを見たのになぜそれがベアードマンだと確信できたんですか。俺たちはまだ、何も言ってなかったのに」

違和感の正体はそれだった。そのステッカーはベアードマンだ、とロンやマツが言ったわけでもないのに、なぜキダはそれとわかったのか。

「監視カメラの映像を探しました。大変だったけど、見つけましたよ。他の日にキダさんがあのステッカーをじっと見ているのを。キダさんがステッカーを目撃するのは初めてじゃなかった。なんで俺に嘘をついたんですか」

キダはうつむいたまま黙っていた。現金を数える手は止まっている。

「昔、SNSに詳しい幼馴染みが言っていました。後ろめたいことがある人間は、悪事を言い当てられそうになると、とっさに関係がないふりをするそうです。自分は関係ない、こんなものは見たこともない。そうとぼけることで身を守ろうとする。SNSの誹謗《ひぼう》中傷アカウントなんかも、そうやってしらを切るそうです」

ロンは数日前の、キダとの会話を思い出していた。

──大丈夫ですか。顔色、悪いですよ。

──いや……。

──これ見るの、初めてですか。

──うん。見たことないね。

「もしキダさんが、何度も見たことがあると言っていれば、きっと俺は質問を続けていたと思います。どこで見たとか、いつ見たとか。キダさんは直感的に、それがわかったんじゃないですか。でも、このステッカーのことは極力話したくなかった。だから、初めて見たことにした。違いますか」

「……何を言っているのか、よくわからない」

「はっきり言います。キダさんは、小倉鶴彦なんじゃないですか」

沈黙が流れる。キダはゆっくりと顔を上げた。その瞳は、深い穴のように真っ暗だった。

「誰だい、それは」

「違うというなら、身分証明をしてみせてください。運転免許証でも、健康保険証でもなんでもいい。あなたがキダという人物であると証明できますか」

「勘弁してくれ」

キダは首を横に振った。

「悪いけど、自分がどれだけ失礼なことを言っているかわかってるよね？　なんでロンのためにそこまでやらなきゃいけないんだ？」

「別に、俺のためにとは言ってないです」

キダが怪訝《けげん》そうな顔をする。同時に、厨房からサンダルの足音が近づいてきた。振り向いた二人の前に、オーナーの馬が立っていた。

ロンは「武州酒家」へ来る前に、先に電話で馬に同じことを話していた。電話口で馬は激怒し、そんなわけがないと一蹴《いっしゅう》したが、ならば本人に聞いてみようとロンが提案した。最初から、馬は同席させるつもりだった。ロンではまともに相手をしてもらえない可能性が高い。しかし、雇い主であるオーナーが相手ならそうもいかない。

「キダくん」

剃りあげた禿頭《とくとう》の下に、悲しみが滲んでいた。

「私はロンの憶測を信じていない。君が一生懸命、頑張ってきたことは誰よりも知っているつもりだ。だから証明してくれないか。彼の発言は、全部デタラメなんだよな？」

キダは青白い顔で瞑目《めいもく》したまま、身じろぎもしない。馬はその反応がショックだったのか、両拳《りようこぶし》を握り、唇を嚙《か》んでいた。

「私は今まで、あえて身元を確認するような真似はしなかった。君がいやがっていると察したからだ。けど、私が間違っていたらしい」

馬は正面に回りこんで、キダの両肩を揺すり、唾を飛ばして詰め寄った。

「社員の話を断ってアルバイトに留《とど》まっていたのも、頑《かたく》なに手渡しで給与を受け取ってきたのも、すべて嘘だったからなんだよな？　君はテロを企てた犯人なのか？　中国人なんか日本からいなくなればいいと思っているのか？」

「……さい」

「なんだ？」

「やめてください！」

絶叫が店内に響く。キダはうっすらと目を開けていた。

「……ぼくはキダという名前ではない。それは事実です。でも、小倉鶴彦なんて人物は知らない。ロンの勘違いだ」

「まだシラを切りますか」

ロンはもはや確信している。あとは本人の告白を待つだけだった。

「違うものを違うと言って、何が悪いんだ？」

「馬さんを、中華街のみんなを裏切ることになるんですよ。それで本当にいいんですか。よく考えてください、小倉さん」

「やめろ！」

キダは即座に立ち上がり、ロンの頬を張った。

それが答えだった。

ロンは熱を帯びた左頬を見せつけるように、平然と立っていた。馬の顔が徐々に険しさを増し、その手がキダの二の腕をつかむ。

「警察に行こう。私も一緒に行くから」

「……馬さんには関係ないことです」

キダは手を振り払い、背を向けた。声が震えている。

「関係あるだろう。知らなかったとはいえ、八年もの間逃亡犯を雇って、住まわせていたんだから。私にも罪はあるはずだ」

「俺は中国人を追い出そうとしたんですよ」

「悲しいな。だが、だからといって私の罪が消えるわけじゃない。一緒に償おう」

「店はどうするんですか。厨房だって……」

「店の心配をしている場合か？」

馬が呆《あき》れたように噴き出した。

「いいんだ、気にしなくて。君はもう、アルバイトのリーダーではないんだから」

しばし沈黙した後、こらえきれなくなったように、キダが嗚咽《おえつ》を漏らした。

ロンは密《ひそ》かに安堵《あんど》の息を吐く。

これでひとまず、居間川と小倉が合流することはなくなった。あとは小倉を警察に出頭させ、爆弾テロの手口や居間川の行動パターンなど、有利な情報を提供してもらえるような流れをつくるのだ。犯行を防ぐのにこれほど適した味方はいない。

泣き続けるキダの肩に、馬が手を置こうとした。しかし気配を察知したキダが、その手をするりとかわす。ロンが「キダさん？」と呼んだ時にはもう、出入口のドアに手をかけていた。

寂しげなその顔は、なぜかとても美しく見えた。

「……すみません。まだ、行けません」

言い残し、勢いよく外へ飛び出していく。

慌ててロンが追ったが、店の前の通りは春節の観光客でごった返している。キダは巧みに人混みに紛れたのか、姿が見えなくなっていた。

「まずい」

キダが――小倉鶴彦が逃げた。安堵が消し飛び、急速に焦りが募る。まさか土壇場で居間川と合流し、ともに犯行に及ぶつもりなのだろうか。振り返ると、馬は呆然《ぼうぜん》と開いたままのドアを見ていた。

「小倉鶴彦を発見したと、警察に通報してください。俺は今から追います」

ロンは混雑した通りへ飛び出し、マツへ電話をかけた。自宅でロンからの報告を待っていたマツは「遅いぞ」と応じる。

「やっぱりキダさんが小倉鶴彦だった。すぐに探してくれ。居間川と落ち合うつもりかもしれない」

「どこを探せばいい？」

「中華街のどこか。早く！」

ロンはつい、声を荒げた。マツに怒鳴ったのはいつぶりだろう。幼馴染みは少しの間沈黙していたが、「わかったよ」と答えた。続いてヒナに連絡を取り、監視カメラの映像からキャプチャした、キダこと小倉の画像を送る。

〈この男の目撃情報を集めてほしい。爆弾テロを起こす可能性がある〉

無茶な注文だが、きっとヒナは手を尽くしてくれる。ただしこの人出だ。ＳＮＳの情報だけでは心もとない。馬の通報を受けた警察も捜査に乗り出すだろうが、それでも小倉を発見できる保証はどこにもない。

何か、ヒントがほしい。ロンは立ち止まって考える。

仮に今夜のカウントダウンイベントを狙って、居間川が爆弾テロを起こすとしたら。もっとも人が集まる場所に爆弾を仕掛けるのが自然ではないか。中華街東側にある、横浜媽祖廟。そこがイベントの主会場だった。

もし、神戸の事件と同じように脅迫状を出すつもりなら、それより先に爆弾を仕掛けておく必要がある。つまり、イベントの前に犯人は必ずその場所に現れる。

ロンは駆けながら、再びマツに電話をした。

「媽祖廟だ！」

もうすぐ午後十時になる。カウントダウンイベントの開始時刻だ。日付が変わるまで、あと二時間強。

＊

午後十時半。

日没後のアメリカ山公園は、イルミネーションで彩られている。夜の天幕を背景に、ブルーの光が樹木やフェンスを輝かせていた。園内にはカップルが数組いるだけだ。男は異質な存在であることを自覚しながら、冷たいベンチにじっと座っていた。

アメリカ山公園と中華街は、首都高を挟んですぐ近くにある。媽祖廟までは徒歩十分ほどで着く。

黒のマウンテンパーカーに身を包んだ男は身じろぎもせず、約束の相手を待っていた。

三十分前、園内で時間をつぶしていた男のスマホに着信があった。知らない番号だったが、男は直感した。かけてきたのは小倉に間違いない。

「……居間川か?」

探るような声は、間違いなく小倉鶴彦のものだった。

「小倉やな。やっと気づいたんか」

男は──居間川聖也は興奮を抑えきれず、つい大きな声で答えた。慌てて声をひそめる。

「連絡が遅すぎる。もう、俺一人で全部仕込んだ」

「悪い、色々あって。これから合流できるか?」

「今、アメリカ山公園におる。外国人墓地の側に来い」

小倉はすぐに向かうと言っていた。居間川は数分で現れるとばかり思っていたが、もう三十分待っている。現在地がどこか確認すればよかった。

連れのいない男が目の前を通るたび、居間川の心臓は高鳴った。何しろ、現在の小倉の姿を居間川は知らない。逮捕直前、小倉は逃亡のために整形手術を施すと言っていた。どのような顔になっているのか、刑務所にいた居間川が知る由もない。

昔のことがいやでも思い出される。

居間川と小倉が出会ったのは、大阪の美術大学だった。地方出身の二人はともに彫刻科の学生であった。小倉はある日、大学構内で作品をゲリラ展示し、その横にメッセージカードを添えた。

——外国人は全員日本から出て行くべきである。

小倉の作品は人種差別的だと強烈な批判を浴びた。美大の内部にいる外国出身の教員や学生たちからは特に猛反発を受け、除籍も検討された。そんななかでたった一人、小倉を激賞したのが同級生の居間川だった。

——俺も同じ意見や。仲良くしようや。

二人は行動を共にするようになった。周囲との溝はさらに深まり、それによって二人の思想はより堅固になる。その悪循環に、本人たちは気が付いていなかった。二人きりの議論は先鋭化し、やがて神戸の南京町で爆弾テロを起こす案が浮上した。

——これはパブリックアートや。公共の場を借りたアートなんや。

そう言ったのは居間川だった。小倉も乗った。

——芸術家としての俺らの主義を、天下に示そう。

作品制作に用いられる予定だった火薬を大学構内でくすね、見よう見まねで圧力鍋爆弾をつくった。爆弾を南京町に仕掛け、脅迫状を出した。キッチンタイマーとつないで時限装置を用意したが、爆発前に警察に回収された。

事件後、二人は別々に潜伏生活を送った。

神戸を離れ、居間川は西へ、小倉は東へ向かった。農家に住みこんだり、食料品店で万引きをしたりして食いつないだ。半年後、愛知県内の浜辺で合流した時にはどちらも痩せこけていた。とりわけ、体格のよかった小倉が細身になっていたのは驚きだった。

——どっちかが捕まることにしよう。

そう言い出したのは居間川だった。

——このまま永遠に逃げ続けるのは無理や。けど、片方が捕まれば警察も最低限のメンツが立つ。そしたら、もう一人が逃げきれる可能性も高くなるやろ。どうせ最初から、捕まってもいいと思ってたんや。俺が出頭する。

小倉は難しい顔をしていたが、やがてうなずいた。

——わかった。

——でも、計画は終わってへん。

——当たり前だ。次は横浜だ。

小倉の目は据わっていた。日本最大の華人街である、横浜中華街。ターゲットはその時点ですでに決まっていた。

――俺は顔を変えて、先に中華街に潜伏しておく。

――整形か。金は大丈夫なんか。

――手段を選ばなかったら、何とかなる。メドはつけてある。

小倉は事件前に貯金を引き出し、持ち歩いているようだった。その覚悟に居間川は息を呑んだ。

――どれくらい、刑務所におることになるかわからんぞ。

――五年でも十年でも待ってやる。だから出所したら、まず俺に連絡してくれ。その時はもう、中華街の下調べは終わってるはずだ。

約束した通り、居間川は大阪の警察署に出頭し、小倉は姿をくらました。

二人が最後に会ってから、ずいぶん長い時が過ぎた。

居間川はひたすら模範的な受刑者として過ごし、少しでも刑期が短くなるよう努めた。しかし、いざ出所して小倉の番号にかけても、相手は出ない。それでも居間川は一人で働き、次の行動のための資金を貯めた。整形した小倉が中華街にいることはわかっている。だから、いずれ会えると信じていた。

いざ行動に移る段になり、居間川はどうやって小倉に自分の存在を知らせればいいのか、困り果てた。苦肉の策として、過去の小倉の顔をステッカーにして街中に貼ることを思いついた。小倉が見れば誰の仕業か一目瞭然《りょうぜん》だろうし、他の人間の目には悪趣味なイタズラとしか映らないはずだ。

ステッカーを貼り続けて二か月。小倉からの反応はなかった。約束は果たされなかったのかもしれない。失意の居間川は、一人で決行することを選んだ。

だが、決行間際になってついに小倉から連絡が来た。相棒は裏切ってなどいなかったのだ。今度こそ、自分たちのパブリックアートを完成させる。我が物顔で暮らしている連中に、痛い目を見せることができる。

待ちはじめてから一時間が経ったころ、園内を照らしていた光がふっと消えた。イルミネーションは十一時で終了らしい。もはやアメリカ山公園には、人の気配がない。

暗闇《くらやみ》のなかで待つ居間川の前に、一人の男が立った。

街灯の薄明りに浮かぶのは、グレーのスウェットに黒のチノパン。真冬だというのに、上着すら羽織っていない軽装だった。

「居間川」

懐かしい男の声が鼓膜を震わせる。

「小倉か」

「待たせたな」

「待たせ過ぎや。まあ座れ」

人影が、居間川の隣に腰を下ろした。暗い公園のベンチに男二人が並んで座っている。

「携帯の番号、変えたんか」

「ああ。警察に追われないようにな」

「それもそうやな。出所してから連絡つかんから、バックレたんちゃうかと心配したわ」

「……そんなわけないだろう」

居間川には、その返答が妙によそよそしく聞こえた。闇のなかで小倉の表情はうかがえない。

「もう時間ないから、手短に説明するわ。圧力鍋の爆弾は俺が用意した。えらい苦労したけど、なんとかしたわ」

「悪いな、全部任せて」

「別にええよ。こうして来てくれたんやから」

「どこに置いてきた？」

「媽祖廟。春節カウントダウンの会場や。段ボールに入れて、外にある石垣の手前に置いてきた。さすがになかに置いてたら怪しまれると思ってな。日付が変わると同時に爆発するようにしてある」

小倉は数秒遅れて「そうか」と応じた。

「脅迫状は？」

「これからメールで出す。イベントを中止させへんように、爆破する直前にやるつもり。もう文面は作ってあるねん」

居間川は、スマートフォンの画面を見せた。中国人は即刻日本から出ていけ。ここは日本人の居住地であり、お前たちの居場所はない。これは警告である。その証拠に、これから中華街の某所で爆発を起こす……

「ええ感じやろ。気になるところがあったら、直してもええよ」

「……居間川」

小倉は一段低い声で名を呼んだ。殺気を帯びた声だった。

「なんやねん。文句でもあるんか」

「俺は八年、中華街にいた」

「それがどうしてん」

「武州酒家という店で、中国人のオーナーに雇ってもらった。中国人の下で働くのは屈辱だったが、身分証を見せずとも雇ってくれるのがそこしかなかったし、オーナーの家の一部に住み込ませてもらえた。最初は仕方なくだった。もっと条件のいいところを見つけて移るつもりだった」

居間川は、小倉の放つ不穏な気配に呑まれないよう黙って耐えた。

「仕事は厨房担当だった。体力勝負だ。立ちっぱなしは当然だが、ずっと鍋を振るのだってラクじゃない。西安料理の店だったんだがな。焼く、炒《いた》める、揚げる、蒸す。全部の調理法がある。夏場は暑さで地獄だ」

「何の話してるんや」

「もう少し聞け。俺も美大じゃそれなりに器用なほうだと思っていた。料理くらい簡単にできるだろうと高を括《くく》っていた。でも、俺がつくる料理は毎日オーナーにダメ出しされる。包丁の持ち方から指導されたよ。味は塩気が強い、辛すぎる、うまみが足りない……さんざんケチをつけられた。オーナーにうんと言わせる料理を作ることが目標になっていた。一つ、また一つとクリアしていった。知っているか、誰かに認められるっていうのは楽しいんだよ。もっと褒めてほしくなる。報いたくなる。気が付けば、俺は武州酒家のすべてのメニューを完璧《かんぺき》に作れるようになっていた」

小倉の声が涙まじりになっていく。

「俺、知らなかった。外国人にも顔や身体があって、家族がいて、友達がいて、生活があって、いいところがあれば悪いところもある。普通の人間だ。俺たちとなんにも変わらないんだよ。外国人だから日本に住む権利がないなんて、間違っていた。こんなこと、絶対に許されない」

居間川は、腹の底に冷たいものが広がるのを感じていた。

——こいつはもう、あかん。

無造作に、マウンテンパーカーのポケットに右手を入れた。あらかじめひそませたナイフの柄《つか》を握る。鞘《さや》を払えば、鋭い刃が小倉の喉《のど》を掻《か》き切るだろう。

もともとは警察に見つかった時を想定して、身を守るために用意したものだった。思いもよらない目的で使うことになったが、これも運命かもしれない。所詮《しょせん》、小倉の信念などその程度のものだったのだ。

たかが数年の共同生活でほだされるような相棒なら、もういらない。

「本当は、お前ももうわかってるんだろ?」

小倉が鼻水をすすりながら問いかけた。

「なにがや?」

「こんなことアートでもなんでもない。ただの暴力だ。スベってるんだよ、俺たち」

「それやったら、なんやねん!」

反射的に、小倉の胸をつかんでいた。

「今さら何抜かしよるんじゃ。自分だけ大人になったような顔で、偉そうに講釈しやがって。お前、俺が何のために七年も刑務所入ったと思ってんねん。親戚《しんせき》とも縁切られて、仕事も金も友達も全部なくして。ここでやり遂げな、野垂れ死ぬしかないんやぞ!」

「俺は顔もなくした。でも、まだ間に合う」

「わかったようなこと抜かすなよ。お前がやらんのやったら、俺一人でええわ。ここで指くわえて見とけ」

「やめよう。もう無理だ」

「気色悪いこと言うな！」

思わず突き飛ばしていた。小倉が尻餅《しりもち》をつく。

今、小倉は無防備だ。ナイフで刺せばあっけなく命を落とす。居間川は確信し、ポケットに右手を差し入れた。

その瞬間、立ち上がった小倉に正面から体当たりを食らわされた。数歩、後ずさる。途端に強烈な痛みを下腹部に感じた。薄明りのなかで、居間川の左わき腹から包丁の柄が飛び出ているのが見えた。

喉がかれるほど絶叫する居間川の頬を、小倉が殴った。もんどりうって倒れた居間川は、叫びながらのたうちまわる。

「これ以外、止める方法が思いつかなかった」

小倉は落ち着いた口ぶりだった。居間川の横にしゃがみこむと、包丁を勢いよく引き抜いた。熱い血液が勢いよく流れ出し、全身を染める。小倉はもう一度、今度は右わき腹に包丁の刃を突き刺した。再び絶叫。

「悪い。でも、どうしても中華街を壊してほしくなかった」

小倉は冷たい目で、悶絶《もんぜつ》する居間川を見下ろしている。もはや居間川の口から言葉は出ない。ただただ苦痛の叫びが発せられるだけだった。深夜とはいえ、これだけうるさければ間もなく警察が来るだろう。

その前にあと一つ、済ませておかなければいけないことがある。

小倉はスマートフォンでロンに電話をかけた。これまで、シフトの調整でしかかけたことのない番号だった。相手は一コールで出た。

「キダさん！　どこにいるんですか！」

すでに正体を知っているというのに、ロンはまだ「キダ」と呼んだ。

「しっかり聞いてくれ。今から爆弾の在りかを言う」

「爆弾？」

「媽祖廟の外側にある、石垣の手前。段ボールがあるはずだ。なかには圧力鍋が入っている。それが爆弾だ」

ロンはこちらの言葉を大声で反復した。誰かに聞かせているのだろうか。

「爆弾は日付が変わると同時に爆発するよう、タイマーがセットしてある」

「嘘でしょ！　もう十一時四十分ですよ！」

「本当だ。居間川から聞き出した。俺はもうそっちに行けない。あとはなんとかしてほしい。勝手なお願いだけど、どうか頼む」

小倉は通話を切った。

これで、やるべきことは終わった。あとはロンや警察がうまく対処してくれることを祈るしかない。

ふと、遠くに懐中電灯の光が見えた。上下へ揺れながらこちらへ近づいてくる。早くも警察官がやって来たのだろうか。居間川の絶叫は尋常ではなかったから、通行人が不審を抱いて交番にでも駆けこんだのかもしれない。

小倉は包丁を捨てた。

おそらく自分が包丁を握ることは二度とないだろう、と思いながら。

＊

ロンは小倉と通話しながら、すでに走り出していた。

マッツと手分けして、媽祖廟で居間川や小倉らしき人物を探していたが、一向に見つからず焦っていたところだった。爆弾の在りかを告げる小倉の言葉を大声で反復し、隣にいるマッツに伝えた。

「石垣の手前だな」

マッツは通話が終わるのを待たずに走り出す。心当たりがあるようだった。じきに通話は一方的に切られた。幼馴染みを追いかけながら、ロンは叫ぶ。

「おい！　日付が変わると同時に爆発するって！」

「嘘だろ！　もう十一時四十分だぞ！」

先ほどのロンと同じセリフを、マツも叫んだ。人の波をかき分けるようにして牌楼《パイロウ》をくぐり、外へと出る。周辺にはカウントダウンを待つ人たちが密集している。こんな場所で爆発すれば、甚大な被害が出ることは想像に難くない。

マツは石垣の手前にある、小ぶりな段ボールの前にかがんだ。

「これか？」

乱暴にガムテープをはがし、蓋《ふた》を開ける。なかには圧力鍋が入っていた。一瞬、目がくらんだ。とうとう本物の爆弾と対面してしまった。

「これじゃん！」

「どうする！」

顔を見合わせた二人は同時に叫んだ。

数秒のうちに、ロンの脳が音を立てて回転する。時刻はすでに十一時四十五分になっている。警察を呼ぶか。いや、間に合わない。自分たちでなんとかするしかない。だが、解体などできるわけがない。地面に穴でも掘るか。十五分じゃ無理だ。これを抱えてできるだけ遠くまで逃げるか。それとも……

たった一つだけ、現実的な解があった。

「海に捨てる！」

媽祖廟から、海沿いの山下公園までは歩いて十分もかからない。海に投げ捨てれば、よほど強力な爆弾でない限りは被害を最小限に食い止められる。それしか方法はない。

ただし、中華街から山下公園にかけては人でごった返している。普通に歩けば、通常の二倍、三倍の時間がかかると思ったほうがいい。迷っている猶予はなかった。

「先導して、人混みをどけてくれ。俺が爆弾を抱えて後ろを走る」

すかさずマツがうなずいた。

ロンは段ボールごと爆弾を抱える。思いのほか重量があったが、火事場の馬鹿力か、どうにか両手で抱えて走ることができた。

――もし、途中で爆発したら……

考えただけで背筋が凍る。震動か何かで起爆すれば、まず無事では済まない。タイマーが早めに作動しないとも限らない。ロンは余計な雑念を振り払い、走り出した。

「どいてくれ！　本物の爆弾だぞ！」

マツは物騒なことを怒鳴りながら、鍛えられた肉体を駆使して人混みを左右にかき分けた。ロンはマツがつくってくれた隙間《すきま》に身体をねじ込む。全身が熱いのは、走っているせいだけではないだろう。

ほとんどの通行人は、血相を変えたガタイのいい男が走ってくるのを見て、勝手に道を空けてくれた。気が付かない通行人も、マツの腕力で強引に突き飛ばされる。

「頼むからどいてくれ！　もうすぐ爆発する！」

誰もが避《よ》けるなか、マツの正面にサングラスをかけたダウンコートの男が仁王立ちした。胸板の厚さは負けず劣らず、といったところか。マツの形相にもひるむことなく、コートに両手を突っこんで語りはじめる。

「おいお前、止まれ。爆弾がどうとか言ってるけど、こっちは……」

「うるせえ、どけ！」

マツは躊躇なく頭を下げ、男の懐に飛びこみ、右足を抱えこんで仰向《あおむ》けに倒した。シングルレッグのテイクダウン。その間、わずか一秒。転がされた男が呆然としているすぐ横を、マツとロンは駆けていく。

修羅と化したマツと爆弾を抱えたロンは、南門シルクロードを駆け抜けた。

朝陽門を通過し、一直線に山下公園を目指す。赤信号は無視した。爆死することを思えば、道路交通法違反にかまってはいられない。行きかう車の前にマツが飛び出し、身を挺《てい》して停止させた。ヘッドライトを浴びながら、ロンが走る。

「ふざけんな、バカが！」

血気盛んなドライバーたちから怒号を投げつけられたが、振り向いている余裕すらない。中華街を離れるにつれ、徐々に通行人が減っていった。ロンが「あと何分？」と尋ねると、マツは「五分！」と答えた。

「俺、死にたくないんだけど！」

「当たり前だろ！」

足の疲れも、肺の苦しさも限界だった。それでも走る以外、助かる方法はない。

何度目かの信号無視をして、ついに山下公園の敷地内へと入った。右手の桟橋には、日本郵船氷川丸《ひかわまる》が係留されている。いつもの深夜ならほとんど人はいないが、春節前夜のせいか園内には人影があった。二人は立ち止まることなく、全速力で海沿いへと駆け寄る。

「まだ大丈夫だよな！」

「二分ある！」

怒鳴りあう二人は視線を集めながら、海面の際まで近づいた。ロンの腕にはもうほとんど余力が残されていない。

「あと一分！」

「マツ、お前投げてくれ！」

ロンが手渡すと、無言で受け取ったマツは段ボールから圧力鍋を取り出し、頭上に掲げた。身体を反り、圧力鍋を後頭部のあたりまでもっていったマツは、反動を使って思いきり遠くまで投げ飛ばした。

十メートルほど先で、重いものが海面に落ちる水音がした。

しん、と山下公園が静まりかえる。身体はまだ熱い。無我夢中で走ってきたせいか、突然の終了に身体がついていかない。

「これでいいのか?」

途方に暮れたようなマツの問いに、ロンは「たぶん」としか答えられなかった。スマートフォンを取り出す。時刻は〇時ちょうど。すでにカウントダウンは完了し、中華街は旧正月を祝う言葉で溢《あふ》れているだろう。

「とりあえず、警察に」

ロンが電話をかけようとした刹那《せつな》、海面から爆音が轟《とどろ》いた。おぼろな光のなか、数メートルに及ぶ水柱が立ち上る。周辺で一斉に悲鳴が上がった。にわか雨のように頭上から降る水滴を浴びながら、ロンとマツは水柱の立っていた方角を眺めた。

「あっぶね……」

マツが心からつぶやく。もし海に投げるのが遅れていれば、まず間違いなく、二人そろって爆死していた。もしもこの規模の爆弾が、人でごった返す媽祖廟で爆発していたら。想像するだけでぞっとした。

間一髪のところで、最悪の事態は避けられた。居間川は、そして小倉鶴彦は今、どこにいるのだろうか。電話で小倉は、そっちには行けない、と言っていたがなぜなのか。わからないことだらけだった。

ロンのスマートフォンが震えた。表示は〈欽ちゃん先輩〉。いやな予感がする。

「……マツ。俺たち、中華街を危機から救ったよな」

「そうだな」

「でもなぜか、褒められる気がしないんだけど」

「俺も」

コールが止《や》む気配はない。ロンは仕方なく受話ボタンをタップする。同時に、欽ちゃんの金切り声が響き渡った。


一週間後。

ロンは黄金町を訪ねていた。事件の後始末はおおむね済んだ。

海に爆弾を投げ捨てた後、ロンとマツは翌日の昼まで加賀町警察署に閉じこめられた。欽ちゃんをはじめ、幾人もの警察官が現れては同じようなことを質問された。キダが小倉鶴彦だと気が付いたのはいつか。監視カメラの映像からどうやって小倉を見つけたのか。そして、なぜ警察に通報しなかったのか。うんざりしながら、ロンは一つ一つに答えを返した。

小倉が居間川を刺したと聞かされた時は、心底驚いた。教えてくれたのは欽ちゃんだった。

「最初から、小倉はそのつもりで居間川と落ち合ったんだと。説得できなければ、刺し殺してでも止めるしかないと決意していた」

「居間川の仲間じゃなかったの？」

「八年中華街で暮らして、考えが変わったらしい。当然だな。外国人排斥のために、爆弾テロを企むほうがどうかしている。落ち着いてまじめに暮らせば、同じ人間だってことくらいわかるのに」

その一瞬だけ、欽ちゃんの顔が刑事から幼馴染みへ変わった。だがすぐに険しい表情に戻ると「どんな理由であれ、殺人未遂には変わらない」と言った。

居間川は一命をとりとめた。発見が早かったことが功を奏したのか、二か所の刺し傷から大量の出血があったものの、失血死は回避した。ただし内臓が激しく傷ついており、後遺症は避けられない。

居間川の持ち物からは未使用のステッカーが発見された。ロンが関わるきっかけになったステッカーだが、やはり一枚一枚、手作業で作られていた。

アメリカ山公園で身柄を確保された小倉は、進んで事情を語っている。今回の事件で居間川を刺傷したことに加え、九年前の爆弾テロの罪、そして長年の逃亡と、多くの罪状が積み重なっている。償うことは容易ではないだろう。

だが小倉鶴彦はそれを承知のうえで、「武州酒家」から駆け出したのではないか。すべてを償うための最後の支度が、居間川を止めることだった。だとすれば、どれほど長く辛い償いになったとしても、小倉はやり抜くはずだ。そう考えなければロンの心がもたない。

ロンとマツはいくつかの法令違反を犯したことを、自覚していた。立ちふさがる通行人を押し倒した暴行罪、赤信号を無視した道路交通法違反、などなど。しかしそれらの罪が問われることはなかった。

おそるおそる欽ちゃんに尋ねると、なんでもないことのように答えた。

「どれも警察は確認していないし、当事者や目撃者からの訴えもない。以上」

「お咎《とが》めなし？」

「今回は、な」

——奇跡だ。

ロンは心からほっとした。罪に問われていたら、良三郎から何を言われていたかわかったものではない。

「逆に、街を守った英雄として表彰はされないの？」

「されるわけないだろ。一般市民は爆弾運んで海に投げ捨てたりしない」

欽ちゃんはデスクに広げた書面に視線を落としながら、「でも」と言った。

「個人的には礼を言う。中華街が無事だったのはお前らのおかげだ。ありがとう」

「……欽ちゃん」

「なんだ？」

「お礼を言う時は、せめて相手の目を見たほうがいいよ」

「うるさいなあ、お前はいちいち」

警察から表彰はされなかったが、この一件は思わぬところで影響があった。最近、ロンが街を歩いていると、顔見知りの商店主や店員からしきりに声をかけられる。

「おっ、中華街の救世主だ」

「爆弾魔から街を守ったんだろう？」

「〈山下町の名探偵〉が来たぞ！」

媽祖廟にしかけられた爆弾を海に捨てた件は、あっという間に中華街の住民たちが知るところとなった。おまけにマツが広めたのか、〈山下町の名探偵〉という恥ずかしい二つ名まで知れ渡ってしまった。茶化されるたびにロンは渋い顔で否定するが、その反応を面白がった住民たちからはさらに茶化されている。

ともかく、中華街は平穏である。春節のイベントは爆弾騒ぎの直後に一時中止されたものの、すぐに再開されて今日まで無事に続けられている。中華街には活気が溢れ、華やかな雰囲気で満たされていた。

その中華街を離れて黄金町まで来たのは、再び会いたい相手がいるからだった。二階建て家屋の一階部分。ガラス窓の奥、白い部屋の中央にニットキャップの男がいる。ロンは窓を開けて足を踏み入れた。

「こんにちは」

振り向いたZENは微笑を浮かべていた。ロンは勧められるまま椅子に座る。

「噂は聞いたよ。大変だったみたいだね」

「それはもう」

黄金町に来たのは、ZENに事の次第を報告するためだった。ロンの話を、うんうん、とZENはうなずきながら聞いた。居間川と小倉がパブリックアートと称して犯行に及んでいたことも話した。

「……なるほどね」

「ZENさんには本当に感謝しています。ステッカーの意図がわかったのは、ZENさんとの会話のおかげですから」

「そう言ってくれるのは嬉《うれ》しいけど、ぼくは何もしていない」

飄々《ひょうひょう》とした態度を崩さないZENに、ロンはどうしても聞いてみたいことがあった。

「彼らのやったことは、パブリックアートとして成立すると思いますか？」

底意地の悪い質問だとわかっているが、それでもはっきりと答えが聞きたかった。ZENは真顔になり、一つ息を吐く。

「するわけがない」

「地域への悪影響があるからですか？」

「それ以前の問題だ」

ＺＥＮはゆるやかに首を横に振った。

「芸術活動はすべて善なる行為だというつもりはない。けれど、悪意が動機となっていて、かつ法に触れる行為なのであれば、それは犯罪としか呼びようがない」

至ってまっとうな意見だった。そのまっとうな意見を、アーティストから聞けたことにロンは安心した。街中にステッカーを貼ることも、爆弾を仕掛けることも、その原動力が悪意であればアートにはなり得ない。

「ぼくらは生きている限り、絶対に他人を傷つける。だからこそ、他者に対して優しく、誠実であろうとする姿を美しく感じるんじゃないかな」

ロンは、最後に見た小倉鶴彦の顔を思い出していた。

「武州酒家」から飛び出していく寸前の寂しげな表情。たしかにあの時、ロンはそのたたずまいを美しいと思った。キダという名を捨て、過去と対決する覚悟を決めた彼を、美しく思えた理由がわかったような気がした。

「たぶん、小柳くんは優しいんだろうね」

ＺＥＮは穏やかな目をしていた。

「俺が？」

「うん。そういう生き方こそ、アートだと思うな」

意味はよくわからなかった。だが、自分のやっていることは間違っていないのだと背中を押してもらえたように思えた。

少しずつ、しかし確実に、ロンには進むべき道が見えはじめていた。

4. デッドエンド・キッズ

俺《おれ》たちは、この世の行き止まりに閉じこめられていた。

横浜市内だとは思うけど、正確な場所はわからない。ボロいアパートの二階の角部屋。八畳くらいのワンルーム。壁にはクローゼット。家具は一つもない、がらんどうの部屋だった。

時刻もわからない。スマホは取りあげられているし、部屋のなかに時計なんてない。窓の外がオレンジ色に染まっているから、きっと夕方なんだろう。

「ここから飛び降りらんねえかな」

諦《あきら》めの悪いマサヤが、開け放した窓の前でぶつぶつ言っている。どう見ても無理だ。窓の外には鉄格子みたいなものが設置されていて、出られないようになっている。あの鉄格子を外す道具も、技術も俺達にはない。

というか、鉄格子って普通のアパートにあるのか？　ここは最初から監禁のためにつくられた部屋なのか？

よくわからない。でも、どうでもいい。

リョウは壁に身体《からだ》を預けて、両足を投げ出している。絶望を通り越して、ただぼーっとしていた。顔には痛々しい内出血の痕《あと》がある。俺もマサヤも、同じようなツラをしていた。

顔だけじゃない。足にも腹にも、触れるだけで痛い痕があった。

どん、と部屋が揺れた。マサヤが鉄格子に体当たりしたのだ。

「やめとけって。暴れてるのバレたら、また殴られる」

思わず声をかけた。リョウは見向きもしない。

「外れるかもしれないだろ」

「そんなわけないじゃん」

「このままだと、俺ら本気で殺されるぞ。いいのか？」

一人で悪あがきしているマサヤに向かって、リョウが何かぼそりとつぶやいた。ほとんど聞き取れないくらいの声量だった。「なにか言ったか？」とマサヤが聞き返す。

「……いいのか、じゃねえよ」

生気をなくしていたリョウの視線が、マサヤに向けられる。

「誰《だれ》のせいだと思ってんだよ」

その一言でマサヤのスイッチが入ったのがわかる。こいつは頭脳派を気取ってるけど、俺たち三人のなかで一番キレやすい。

「は？　俺のせいだって言いたいの？」

「実際そうだろうが。お前が言い出さなかったら、こんなことになってない」

「おい。リョウもコーキも、それがいいって言ってただろ。覚えてんぞ！」

「いちいちうるせえんだよ」

リョウがうんざりした顔でうつむく。

「もういいって、マジで」

俺の声は誰にも届かず、宙に消えた。

かん、かん、という規則的な音が聞こえた。外階段を上ってくる革靴の音だ。マサヤもリョウも黙りこみ、一斉にドアを見る。かん、かん、かん。地獄からの使者が近づいてくる足音に、身体が固まる。

やがて鍵《かぎ》を外す音がして、外から勢いよくドアが開かれた。紺のセットアップを着た坊主頭の男が、土足のまま上がりこんでくる。もちろん一人じゃない。スーツを着た男や、派手なセーターの男が続々と入ってくる。

最後に現れたのが、奥寺《おくでら》社長だった。

グレーのスーツに青のネクタイを締め、いかにもやり手のビジネスマンといった雰囲気だった。俺たちのちょうど二十歳上だから、三十七歳。無表情で、何を考えているか本心は読めない。奥寺は目の前に立ち、セットアップの坊主がドアを閉めた。

「久しぶり」

奥寺は平坦な声だった。黙っていると、再度「久しぶり」と言った。

「……お久しぶりです」

戸惑いながら答えた。リョウやマサヤも続く。

奥寺は懐からスマートフォンを取り出した。つまらなそうな顔で手元を覗《のぞ》きこむ。

「富沢昂輝《とみざわこうき》」

いきなり名前を呼ばれて、飛び上がるほど驚いた。反射で「はいっ」と答える。奥寺は俺の顔をちらっと見ただけだった。

「片山諒《かたやまりよう》」

「はい」

「下田《しもだ》昌也《まさや》」

「はい」

リョウやマサヤも同じように答えている。奥寺は一人ずつ顔を確認すると、スマホを懐に戻した。

「三人とも十七歳。若いな。死ぬには早いけど、しょうがないよなぁ」

たいして惜しくもなさそうだった。先ほどまで必死で逃げようとしていたマサヤが、真っ先に土下座をした。

「殺さないでください。なんでもしますから」

「でもお前ら、俺のこと殺そうとしたよな？」

「襲ったのは謝ります。でも、殺すなんて考えてもなかったです」

「嘘《うそ》はダメだよ」

　奥寺はゆっくりと、マサヤの前に移動した。

「ここに来る前に、リョウくんから全部聞いてる。お前が仕組んだんだろ？」

　マサヤが真っ青な顔でリョウを見た。

　確かにこの部屋に連れてこられる前、三人別々にされた時間があった。俺は何も聞かれなかったけど、リョウは尋問を受けていたのだろうか。そのリョウは今、じっと壁を見ている。もしかして、助けてもらう約束でもしているのか？

　奥寺はしゃがみこんで、俺たちの顔を舐《な》めまわすように見た。

「今まで、末端にいる受け子のことなんか顔も知らなかった。こういうことがなければ一生知らなかっただろうな。お前らツイてるよ。俺に存在知ってもらえるなんて、そうそうないから」

　そこで初めて、奥寺は笑った。血を吸ったような赤い舌が見える。

「誰からぶっ殺してほしい？」

　喉《のど》の奥がひくひくと引きつっていた。泣きたいほど怖いのに、涙は一滴も出ない。声を出せば、最初の一人に選ばれるとわかっているから。

海の底みたいな静寂が永遠に続いてくれればいいのに、と俺は願った。

*

喫茶店の座席に着いた宮本《みやもと》は、この世の終わりのような顔をしていた。

「わかってます。私がバカだったんだ。ニュースで報じられるのを見るたび、なんで引っかかるんだろうと不思議なくらいでした。でもね、当事者になってみるとよくわかるんですよ。あいつらの手口の巧みさがね……」

いつもなら七十歳という年齢を感じさせないほど背筋がぴんと伸びている宮本だが、今日に限っては猫のように背を丸めている。一気に十歳ほど老けこんだようだった。

「いくらやられたんだっけ？」

宮本の向かいの席に座る良三郎が、渋い顔で尋ねる。

「二つの口座で、合わせて四百万円」

「そりゃあ大金だ」

実に遺憾だ、とでも言いたげに良三郎がうなずく。その隣でロンはわけがわからないまま黙っていた。この喫茶店に到着したのはついさっきだ。「すぐに来い」と良三郎に呼ばれて、事情もわからないまま座っている。

良三郎は身体をひねって孫に向き直った。

「そういうわけだ。ロン。なんとか犯人をとっ捕まえてやれ」

「いやいやいや」

様子を見ていても、一向に説明してくれる気配がない。仕方なく自分から切り出す。

「まず事情を話してくれよ。俺は何を頼まれたんだ？」

「だいたいわかるだろ、さっきの宮本さんの話聞いてれば」

「概要だけな。オレオレ詐欺にあったんだろ？」

「いや、オレオレではないんだ」

宮本は顔の前で手を振った。

ロンにとって、宮本は物心ついたころからの顔なじみだ。関帝廟の近くで雑貨店を営んでいた来日三世で、若い時分に日本へ帰化している。数年前、息子に経営を譲って隠居した。中華街にたくさんいる、親戚《しんせき》のような人物の一人だった。

「違うの？」

「犯人は家族を騙《かた》ったわけではない。特殊詐欺の一種、というのかな」

「やっぱり、頭から説明してくれる？」

ロンが促すと、宮本は事の次第を詳しく話してくれた。

三日前、宮本の自宅に百貨店の店員を名乗る人物から電話があった。その男はなぜか宮本の名前を知っており、「他人があなたの名義でキャッシュカードを作成しているようだ」と言い出した。

「別人が俺名義のキャッシュカードで、百貨店で買い物をしたというんだ。デビット機能とかいうのを使って……その人が言うには、どこからか個人情報が流出して、勝手にカードを作られている可能性があるらしい。確認するならすぐにこの番号へかけなさい、と教えられたのがこれ」

宮本はメモの切れ端を差し出した。080からはじまる番号の下には「全国銀行協会」と記されている。

「この協会っていうのは？」

「それも百貨店の人に言われたんだよ。恥ずかしいんだけど、焦ってさ。急いでその番号にかけたの。そしたら全国銀行協会の職員だっていう人が出て、言うわけよ。俺の名義でカードが作られて、百貨店で不正利用されたことが確認できたってね。もう、この時点で頭に血が上っちゃって。今すぐなんとかしてほしくてね」

するとその相手の男は、「現在使っているキャッシュカードの現物を確認したい。近くにいる者を向かわせる」と答えた。宮本が住所を伝えると、十分ほどでスーツを着た若い男がやってきた。見た目は二十歳《はたち》前後だったという。

　宮本は若い男にキャッシュカードを二枚、手渡した。確認のために暗証番号も要《い》る、と言われ、メモに書いて渡した。男は小さな器具にキャッシュカードを通し、何やらボタンを操作していた。

　しばらくすると「本物のカードであることを確認しました」と言う。さらに「偽物のカードの停止手続きを取るので、完了するまで本物は封筒に保管しておきましょう」と言い、茶封筒にカードをしまった。

　さらに男は「封印のために印鑑が必要ですから、持ってきてください」と言う。わけがわからないまま、宮本は印鑑を取りに走った。玄関口に戻り、封筒の閉じ目に印鑑を押した。若い男は「手続き完了の連絡が来るまで、封筒は開封せず保管してください」と言い残し、足早に去っていった。

　それから二時間後、宮本は息子に一連の出来事を話した。泡を食った様子の宮本に、息子は怪訝《けげん》そうな顔をした。

「それは怪しいって息子に言われてね。冷静になってみると、確かに辻褄《つじつま》が合っていない気がしてきた。それで、印鑑を押した封筒を開けてみたんだよ。そうしたら、入れたはずのキャッシュカードじゃなくてこれが入っていた」

　宮本は、テーブルに置いた二枚のトランプを指さした。スペードのAとK。

「印鑑を取りに行っている間に、すり替えられたんだ」

急いで通帳で口座を確認したが、すでに引き出された後だった。百貨店の店員も、全国銀行協会の職員も、カードを確認しに来た若い男も、全員グルだったのである。

「二つの口座で計四百万円。妻にも息子にも、ずいぶん怒られてね……警察には被害届を出したけど、だからといってすぐに犯人が捕まるわけでも、お金が戻ってくるわけでもない」

「無念だな」

良三郎が悔しそうに言う。

「それで、なんでじいさんがいるんだ?」

「宮本さんがずいぶん落ちこんでいたから、お茶に誘ったんだよ。そうしたら詐欺に遭《あ》ったって言うから。警察にまかせていたら、いつ犯人が捕まるかわからない。だからお前を呼んだんだ」

「別に詐欺の専門家じゃないんだけど」

「聞いたよ、ロン」

宮本がすがるような目でロンを見る。

「春節の爆弾テロ、未然に防いだのはロンの手柄なんだろう?」

「いや、マツもいたし、俺だけってわけじゃ……」

「謙遜《けんそん》はいい。みんな茶化してるけど、実際ロンには感謝しているんだよ。さすがは中華街の子だ、頼りになるとね」

　褒められるのは、悪い気分ではない。だがそれだけで終わるはずがなかった。

「だからね、ロンならどんな難問でも解決してくれると期待している。爆弾テロに比べたら、詐欺の犯人を捕まえるのなんか朝飯前だろう？」

「なんでそうなるんだよ」

「あの四百万は息子家族に残す予定だったんだ」

　肩を落とす宮本は涙ぐんでいる。

「お前、宮本さんがこんなに困ってるのに助けられないっていうのか！　昼間っからブラブラしてる怠け者が！」

　突然、良三郎が激高した。

「いきなりキレるなよ、身体に悪いから」

「薄情者はうちから出ていけ！」

　喫茶店のマスターがぎょっとした顔でこちらを見ている。このままでは、本気で祖父と孫の取っ組み合いがはじまりそうだ。

「わかった、わかった。やるから」

「やるんだな！」

「やります、やらせてもらいます」

宮本が「ありがとう」とロンの手をつかんだ。

「この際、金は返ってこなくてもいい。うちにカードを取りに来た、あの男。あいつだけは謝罪させないと気が済まない。だから捕まえたらまず私に連絡してくれ」

「とりあえず落ち着け」

ロンは二人をたしなめながら、途方に暮れていた。

困りごとの解決には手を貸してきたが、特殊詐欺の捜査はさすがに管轄外だ。ここはプロの知見を借りたほうがいいかもしれない。

心当たりのあるプロと言えば、一人しかいなかった。

欽ちゃんは肘《ひじ》をつき、しきりに目頭を揉《も》んでいる。顔色は明らかによくない。

「疲れてるね」

一日八時間寝ているロンの問いに、欽ちゃんは「寝不足なんだよ」と応じる。二人は先ほど加賀町警察署で落ち合い、カフェに入ったところだ。呼び出したのはロンのほうで、多忙を理由に断ろうとする欽ちゃんを、「爆弾テロを防いだのは誰だっけ？」という殺し文句で無理やり引っ張り出した。

「寝不足のところ悪いんだけど、宮本さんのことで相談に乗ってほしくて」

「特殊詐欺だろ。宮本さんが被害に遭ったのは知ってる」

「そうなの？」

「親から聞いた」

宮本はこの件をほうぼうで愚痴っているらしい。

「それで？　なんでロンが首突っこむんだ。犯人捕まえるつもりか」

「そのまさかです」

「無茶だろ、いくらなんでも」

欽ちゃんがのけぞった。

「裏にいるのは本物の詐欺グループだぞ」

「約束しちゃったからさ。やるだけやるって。だからその、特殊詐欺の実情とか、教えてほしい。話せる範囲でいいから」

うーん、と欽ちゃんはうなりながら髪を掻《か》いた。

断ったところで、ロンが止まらないことは誰よりも知っている。どうせ勝手に動き回るなら、自分が面倒を見たほうがまだましだ――ロンは、欽ちゃんがそう考えるだろうと読んだ。

結局、欽ちゃんは長いため息を吐《つ》いて「話すだけな」と言った。

「危険なことはするなよ」

「もちろん」

読みは当たった。

欽ちゃんは二杯目のアイスティーを頼んだ。本格的に説明してくれるらしい。

「この二、三年、県内を中心に同様の手口を使った特殊詐欺被害が相次いでる。断言はできないが、今回も〈会社〉と呼ばれている組織が後ろにいる可能性が高い」

「カイシャ?」

「通称だ。いいか、特殊詐欺の仕組みから教えてやる」

「待って。欽ちゃんってずっと捜査一課だよね。なんでそんなことまで知ってんの?」

今さらながら、ロンは欽ちゃんが自ら話そうとしていることに違和感を覚えた。捜査一課では、暴行、傷害、放火、殺人などの凶悪事件を取り扱う。特殊詐欺はその範疇《はんちゅう》には含まれず、主に捜査二課の管轄となっているはずだ。

「それくらい常識だ。それに、〈会社〉の起こした事件は一課とも関係がある」

「詐欺以外もあるってこと?」

「追々話す」

欽ちゃんは咳払《せきばら》いをした。いよいよ本題に入るらしい。

「特殊詐欺と一口にいっても、内実は色々だ。事故の賠償、仕事上の失敗の補填《ほてん》などを理由に金を騙《だま》し取るオレオレ詐欺。架空のローンやコンテンツなどの未払い金を支払うよう仕向ける架空請求。役所の人間を装って、還付金が戻ってくると嘘をつきATMを操作させる還付金詐欺。他にも、融資の保証金という名目で支払わせたり、存在しない異性との交際をエサにして手付金を払わせたり、バリエーションは無数にある」

　ロンは早くも頭がくらくらしてきた。

「詐欺師、こわっ……」

「宮本さんが被害に遭ったのはキャッシュカードの詐欺盗だ。この数年、よく聞くようになった手口だな」

　そういわれても、ピンと来ない。欽ちゃんは順を追って説明した。

「まず、宮本さんの名前を知っていたということは、何らかの名簿をもとに電話をかけてきた可能性が高い。これまでの捜査でも、〈会社〉は名簿屋から名簿を買っているとみられている」

「何の名簿かはわからない？」

「さあな。町内会かもしれないし、卒業名簿かもしれない。宮本さんの名前が載っている名簿を全部たどるのは不可能だろう。とにかく、端緒は電話だ。かけてくる連中は、いわゆるかけ子ってやつだな。そのグループは〈コールセンター〉と呼ばれているらしい」

　欽ちゃんは、チラシの裏にボールペンで三つの丸を描《か》いた。そのうちの一つに「かけ子」と記す。

「〈コールセンター〉のかけ子たちは、名簿をもとに片っ端から電話をかける。もちろん、足が付かないよう使い捨ての携帯を使う。宮本さんのようにうまくいきそうな相手が見つかると、別のかけ子へつなぐ。複数の人間を挟むことで、それっぽさを演出するんだな。そうして相手が信じこんだところで、受け子が現地に行く」

欽ちゃんがボールペンを走らせ、「かけ子」から別の丸へと矢印が引かれる。そこに「受け子」と記された。

「首尾よく受け子がキャッシュカードを騙し取ると、今度は出し子の手に渡る。銀行で現金を引き出す役目だから、出し子」

「受け子」から「出し子」へ。三つの丸は矢印でつながれた。

「〈会社〉に限らないが、詐欺グループは人数比で言えば、大半が受け子と出し子で構成されている。圧倒的に逮捕リスクが高く、使い捨てにされるからだ。この二つを、まとめてＵＤと呼ぶこともある」

欽ちゃんは「受け子」と「出し子」の二つをさらに大きな丸で囲んだ。

「〈会社〉はＵＤを採用する時、身分証を提示させる。勝手に逃げられないようにするためだ。十名前後のＵＤを含むグループが〈支店〉、その監視役が〈支店長〉。出し子は手に入れた現金をいったん支店長に上納してから、後日、分け前を受け取る。ＵＤの取り分は、だいたい５％が相場と言われている」

「それだけ？」

「少ないよな。盗み取った金銭の大半は、仕切っている連中の手に渡るんだ。たとえば、複数の〈支店〉を統括する〈エリアマネージャー〉、さらにその上にいる〈本部長〉、そしてトップの〈社長〉」

「本当の会社みたいだな」

「この〈会社〉が珍しいのは、暴力団の直下ではない点だ。普通、上部組織をたどっていくと必ずどこかの暴力団に行きつくんだが、ここはどうも違う。相互の協力関係はあるらしいがな」

　欽ちゃんはアイスティーで喉を潤す。

「詐欺グループは、小さいものも含めれば無数にある。だが、〈会社〉はそのなかでもひときわ規模がでかい。宮本さんの場合は、手口もそうだし、受け子の周到さや現金引き出しの迅速《じんそく》さからも、〈会社〉が後ろにいる可能性が高い。そうだとすると、ＵＤはＳＮＳか口コミで集めた若いやつらだろう」

「宮本さんは、受け取りに来た男は二十歳前後だったって」

「裏バイトとかいう名目で集めるんだよ。日当五万とかでな。詐欺の片棒担がされるとも知らずに、応募するやつが山ほどいる」

　ＳＮＳのことならヒナが詳しいだろう。今回も協力を仰ぐことになりそうだ。

「大まかなシステムはこんな感じだ」

「捜査一課と関係あるっていうのは?」

「ああ、それな」

欽ちゃんは居住まいを正した。

「今まで〈会社〉の末端で働いていたUDや、支店長は何人も逮捕されている。大半は監視カメラや被害者の証言が元になっているが、なかには重傷で路上に転がっているところを保護されたやつもいる」

「……どういうこと?」

「傷痕から、複数名にリンチされたと推測されている」

淡々と、天気の話をするように欽ちゃんは続けた。

「元UDたちの証言から、〈会社〉では逃亡を企《たくら》んだり、警察に通報しようとした人間は集団でリンチされることがわかっている。平手打ちとかそんなレベルじゃない。鎖骨や指の骨を折られたやつがいるし、内臓に回復しない傷を負ったやつもいる。半殺し、という言葉からイメージすればだいたい合ってる」

「〈会社〉は暴力団の手下じゃないんだよね?」

「そうだけど、協力関係はある。直営じゃないってだけで、要は暴力団がケツ持ちしてるんだ。通称〈外部委託先〉らしい」

外部委託先、という呼称にロンは思わずにやついた。妙なところに感心してしまう。

「笑いたくなるよな。でも、本当にそう呼んでいるらしい」

「その、委託先の連中は捕まっていないんだ」

「目星はついているが、手がかりが少なすぎる。実行犯は被害者とは初対面で、正体がつかめないし目撃者もいない。さすがに初歩的なミスはしてくれない」

「その道のプロなんだね」

これで、捜査一課が関《かか》わっている理由が明白になった。欽ちゃんは「ロン」と言い含めるように呼ぶ。

「お前が調べようとしているのは、そういう組織なんだ。不用意に飛びこめばただじゃ済まない。会話が通じる相手じゃない」

「下っ端を捕まえるくらいはできると思うけど」

「そんな単純な話とは違う。やめておけ。絶対に後悔するから」

危険があるのは承知している。ただ、ロンには〈会社〉を壊滅に追いこむつもりはない。宮本からキャッシュカードを騙し取った受け子を捕まえて、罪を償わせることができれば十分だった。

説教を垂れる元気も残っていないのか、欽ちゃんは黙ってアイスティーを飲んでいる。

ロンの頭に疑問が湧《わ》いた。

そんなに疲れ果ててまで、なぜ警察官であろうとするのか。

「欽ちゃんって、なんで警察官になったの？」

ほとんど無意識のうちに、言葉にしていた。

「……なんだ、急に」

「いや。いまだに、話してくれたことないと思って」

高校を卒業した欽ちゃんが、警察学校へ入った時のことを思い出す。

当時ロンはまだ九歳だったが、中華街に驚きが走ったことは覚えている。何しろ、欽ちゃんは現在のロンに輪をかけた怠け者として有名だった。学校の成績は悪くなかったが、スポーツもせず非行にも走らず、中華街の子どもたちとゲームをしたり、公園に集まったりしてダラダラ過ごしていた。良三郎から「欽太みたいにはなるな」と口酸っぱく言われるほどだった。

無職一直線と思われた欽ちゃんだが、警察官になったことで周囲の大人たちは手のひらを返した。欽ちゃんと会えば褒めそやし、我が子がヒマそうにしていれば「欽太を見習え」と言うようになった。

警察を志した理由を、欽ちゃんは誰にも言わなかった。ロンもマツもヒナも知らない。尋ねたところで、毎回煙《けむ》に巻かれるのだった。

「別にいいだろ、今さら」

「教えてよ。もう十年経《た》つんだし」

そんなやり取りを何度か繰り返した。

欽ちゃんは遠い目をしていたが、やがて観念したように目を伏せながら言った。

「昔、交番にいた須藤《すどう》さんって覚えてるか。太った人」

「〝風船紳士〟でしょ」

須藤は、ロンが小学生のころ三年ほど山下町交番で働いていた巡査部長だった。四十歳くらいで、警察官としては珍しいほどの肥満体と丁寧な物腰から、子どもたちには陰で〝風船紳士〟という失礼なあだ名で呼ばれていた。

「……あの人に憧《あこが》れて警察官になったんだよ」

「風船紳士に？」

「そう。意外か？」

須藤といえば、道案内をしたり、店と観光客のトラブルに巻きこまれている印象しかない。要するに、他の交番勤務の警察官となんら変わらない。正直に言えば意外だったが、さすがに茶化すのはためらわれた。

「どこに憧れたの？」

「俺、須藤さんに救われたことあるんだよ」

欽ちゃんのまじめな顔を見ていると、冗談や誇張とは思えない。

「高三の秋に、顔見知りの先輩に呼ばれたんだ。めちゃくちゃ儲《もう》かる、いい仕事があるって。その時は、高校出た後も働く気なんかさらさらなかったけど——そんなに割のいい仕事なら一応聞いておくかって感じで、呼ばれた大岡川沿いの事務所に行ったんだ。そうしたら、監禁された」

「本当に？」

ロンが初めて聞く話だった。

「家族しか知らないからな。正確には、勧められた仕事が明らかにネットワークビジネスだったから、断ろうとしたけど帰してくれなかった。いかつい男が三人くらい、代わる代わる脅しに来る。誘った先輩もずっと横にいてさ。こっちも意地で断り続けてたら、先輩のほうが半泣きになってな。やらないと殺されるぞ、って言い出して」

欽ちゃんは怠け者のくせに、変なところで意固地だった。

「そのうち狭い部屋に移されて、両手両足に手錠かけられてさ。ヤバい、と思ったけど相手ももう止まらない。殴る蹴《け》るで、ボコボコにされて大変だった。殺される、っていうのもあながち誇張じゃなかったかもしれない」

なんでもないことのように語るが、れっきとした暴行事件である。

「事務所に来てから三時間くらいしたころに、いきなり呼び鈴が鳴った。小部屋にいる俺にはうっすら会話の声が聞こえただけだったけど、警察の者ですが、って名乗る声が須藤さんだとすぐ気づいた。必死で、助けてくれ、と叫んだ。すぐに口をふさがれたけどな」

しばらく事務所の人間たちはとぼけていたが、欽ちゃんの叫び声が聞こえたことが決め手となり、言い逃れができなくなった。欽ちゃんは男たちに「転んでけがをした」と証言するよう約束させられ、解放された。

「須藤さんはなんでそこがわかったの」

「行く前に、親に行き先話してたからな。就職するかもしれないから、喜ばせようと思って。まあ、ボコボコにされただけだったけど。帰りが遅いからって親が相談したら、須藤さんが一目散に来てくれた」

「つまり須藤さんは、頼まれたから行っただけってこと？」

「……ロンもまだまだだな」

欽ちゃんはしみじみと言った。

「あそこの交番はただでさえ忙しい。高校生の子どもの帰りがちょっと遅いからって、すぐさま探しに行ってくれる警察官はなかなかいない。でも須藤さんはそれをやった。当たり前だと言えばそうかもしれないが、当たり前のことをやるのがどれだけ難しいか、お前にはわからないだろうな」

むっとしたが、自信満々な欽ちゃんを見ていると反論できなかった。

「須藤さんは目立つ人じゃない。地味で馬鹿にされやすい人かもしれない。でも、そういう人が地道にやるべきことをやっているから、治安は守られているし、俺も救われた」

「須藤さんは今、どうしてる？」

「川崎の警察署で内勤。あいかわらず瘦《や》せる気配はない」

　今は五十代くらいだろうか。大きな身体でデスクワークをこなしている姿を想像すると、少しほほえましかった。

「それがきっかけで、警察の仕事に興味をもって調べたら、県警の採用試験のエントリー期間中だった。ギリギリ間に合ったから思いきって申しこんだら、よくわからないうちに合格しちゃったよ」

　思い出話を終えた欽ちゃんは、けだるそうに首を揉んだ。

「……満足したか？」

　ロンは「十分」と答えた。

　欽ちゃんは腕時計を一瞥《いちべつ》し、伝票を持って席を立つ。

「とにかく特殊詐欺の件は手を引け。宮本さんには、調べたけどうまくいかなかったとでも言っておけばいい」

　返事を待たず、欽ちゃんはレジのほうへ歩いて行った。その後ろ姿はいつもより少しだけ、格好良く見えた。

　ディスプレイ上のヒナは、仏頂面で正面をにらんでいる。

いつものようにオンライン会議ツールでロンとヒナの部屋はつながれている。ちょうど、ロンが事件のあらましを語り終えたところだった。

「この際、手伝うのはいいよ」

ヒナは言葉とは裏腹に、あまり納得していないようだった。

「本当にいいのか」

「もう慣れたし。ロンちゃんがやりたいっていうなら、協力するのは別に構わない」

「助かる。なら……」

「でも、欽ちゃんに止められたんでしょ。本当に大丈夫なの？」

大丈夫かと問われれば、ロンにもよくわからない。だが肩を落とす宮本の顔を思い出すと、適当な嘘でごまかす気にはなれなかった。

——あの四百万は息子家族に残す予定だったんだ。

そう口にした宮本の無念さは計り知れない。

「下っ端を一人、捕まえるだけだ。そんなに危険なことじゃない」

ロンは自分に言い聞かせるように告げた。

「それに宮本さんはキャッシュカードを盗んだ受け子の顔を覚えてる。これを公開すれば、受け子はすぐに見つかるんじゃないか」

「……さっき送ってくれたこの画像？」

宮本は記憶を頼りに受け子の似顔絵を描いて、ロンに渡していた。ロンはその似顔絵をスキャンしたデータをヒナに送っている。

「さすがに無理があるか」

「ちょっと、ね」

残念なことに、宮本の画力はあまり高くなかった。色鉛筆を駆使して描かれた似顔絵は、お世辞にもうまいとは言えない。身長もロンと同じくらいで、体型も普通だったという。唯一の明確な特徴は、鼻の右横にあるホクロだった。

「あと、SNSで似顔絵を公開するのはあんまり得策じゃないと思う」

「なんで？」

「これを見た犯人が自ら名乗り出るわけがないし、知り合いが見たとしても特殊詐欺みたいな犯罪とは関わり合いになりたくないから、積極的に連絡してこない。あと、SNSには虚偽の報告をするやつが多い。匿名だから嘘をつくハードルが低く感じられるんだろうね。そういう嘘つきに振り回されるだけで、実利は少ないんじゃないかな」

SNSに精通しているヒナが言うと、説得力がある。ロンは角度を変えて調べることにした。

「じゃあ、裏バイトの募集とか見つかる？」

「そんなのすぐだよ」

ヒナは会議ツール上で、自分が見ているウィンドウをロンに共有した。ツイッター上で〈裏バイト〉で検索した結果が表示されている。数秒キーボードを操作するだけで、目当ての投稿がいくつも見つかった。

〈がんばって稼ぎましょう！　日給5以上　DMください〉

〈高額報酬バイト絶賛募集中　稼ぎたい方からのDMお待ちしてます！〉

〈一発逆転のチャンスつかみませんか？　即日即金で保証金不要　人生変えましょう〉

ヒナが画面をスクロールするたび、似たような文面が流れていく。

「これ、全部特殊詐欺？」

「確かめたことないけど、特殊詐欺絡みが多いと思う。たまに運搬とか書いてあるのは、変なクスリを運ばされる仕事かもね」

目がくらむほど膨大な投稿数だった。アカウントもそれぞれ違っている。

「このなかから〈会社〉の案件を探し当てるのって、難しいよな」

「まさか応募するつもり？」

「潜入すれば手っ取り早いかなと思って」

「いや、下手したら前科つくから……やっぱりロンちゃんってすごいね」

ヒナに呆《あき》れられているのはわかった。頭のネジが一本外れているのはもはやロン自身、知っている。

「じゃあさ。せめて応募だけして、相手の反応見てみる?」

「いいのか? 無視してたら、それはそれでいやがらせとかあるんじゃないの」

「捨てアカ作るから平気。今、やってみようか」

ヒナは共有を解除し、五分ほど作業に没頭した。再びウィンドウが共有される。

「こんな感じ」

すでにヒナは新たなアカウントを作成し、裏バイトの募集アカウントにメッセージを送っていた。横浜在住の十八歳男という設定で、仕事内容を尋ねている。

「たぶん、すぐ返ってくるよ」

ヒナの予想通り、ものの数分で返事があった。

——はじめまして。ご連絡ありがとうございます。お仕事は、こちらが指定した場所に足を運んでもらうだけです。詳しい仕事内容は、こちらのアプリ通話でご説明いたします。ダウンロードのうえ再度ご連絡ください。

「なに、このアプリ」

「テレグラムだね。一定時間経つと、チャットが自動的に消去されるアプリ。ツイッターやラインと違って相手の履歴も消せるから、端末に証拠が残らない。テレグラムに誘導する時点で間違いなくクロだね」

ヒナは作ったばかりのアカウントをすぐに消去した。

「さすがにメッセージのやり取りだけじゃ、相手の素性はわからないか」

「そうみたいだな」

「裏バイトって口コミ経由もあるらしいよ」

そういえば欽ちゃんも、UDは口コミでも集められていると言っていた。

「じゃ、口コミの線当たってみるかな」

「わたしは〈会社〉の一員っぽい投稿がないか、探しておく」

オンライン会議を終えたロンは、フローリングに寝転んだ。そうは言ったものの、特殊詐欺の口コミが流れてくるコミュニティなど心当たりがない。

――いや、待てよ。

ないことはない。十代の若者が集まり、かつ、よからぬことを考える大人が出入りする場所。そして過去、出入りしていた人間も知っている。連絡先もわかる。

だが、ロンは躊躇《ちゅうちょ》した。相手をこの件に巻きこむわけにはいかない。ただヒントがほしい。迷った末に、詳細は伏せたうえで尋ねることにした。番号にかけると、相手は「はい」とすぐに出た。

「涼花か。久しぶり」


三月の週末。

真昼の横浜駅西口周辺は、老若男女で溢《あふ》れていた。ロンはビブレの方向へと歩きながら、内心でため息を吐いた。

――めんどくせぇな。

まさか、再びヨコ西で人探しをする羽目になるとは想像していなかった。

二日前、電話で話した涼花は期待通りヒントをくれた。ヨコ西に特殊詐欺の勧誘をしている人間がいなかったかと尋ねると、すぐに答えが返ってきた。

「いましたよ。詐欺グループのリクルートしてるって噂の人」

涼花はあっさり認めた。

「見たことある?」

「外見は普通の人ですよ。二十代くらいかな。ジャケットを着た、本当にその辺にいる会社員の人、って感じでした」

「連絡先はわからないよね」

「ごめんなさい。でも、支店長、って呼ばれてました」

聞き覚えのある肩書きだ。〈会社〉の一員で間違いない。

――それにしても。

みんな、肩書きだけは立派だ。怪しげな薬をばらまいていたヒビトがヨコ西で「管理人」と呼ばれていたことを思い出す。

「なんて言って誘ってた?」

「ものすごく稼げるバイトがあるから、やらないかって。一日五万だったか、十万だったか。怪しすぎるし、大人と話す気なかったんで、私は無視してました。でも支店長についていって、受け子やらされた人がいるって噂がありました」

「どれくらいの頻度で来てた?」

「週に一回とか……半年くらい前の話ですけど。どうかしたんですか」

探るような涼花の質問に、「くだらない用事」とごまかした。

深入りされないよう、さりげない口調で近況を聞いてみる。最近ハンバーガーショップでアルバイトをはじめたという涼花は、親しい友人もでき、ヨコ西に通っていたころよりは健全な生活を送っているようだった。

「それなら、よかった」

「また中華街に遊びに行ってもいいですか?」

「いいよ。メシはおごれないけど」

朗らかに笑う涼花の声を聞いてロンは安心した。あの時、北幸のラブホテルに飛びこんだことが少しでも誰かの役に立っているのなら、行動した意味がある。報われた、と心から思った。

それはそれとして。

ヨコ西に支店長を名乗る人物が出入りしていることはわかった。現地で捕まえれば〈会社〉について吐かせることも可能かもしれない。

そんな考えを抱いて週末のヨコ西に降り立ったロンだが、現実は甘くなかった。

真昼から夕刻まで、広場やゲームセンターにたむろしている若者たちから話を聞いたが、支店長と面識がある者は皆無だった。念のため宮本作成の似顔絵も持参したが、笑われただけだった。

支店長の噂を聞いたことがある、という者は一人だけいた。

「友達が誘われたことあるかも」

右耳に蜘蛛《くも》を象《かたど》ったピアスをつけた少年だった。ロンより少し年下、といったところか。一緒にいる仲間たちは興味がないらしく、会話に入ってこない。

「本当に。いつ？」

「二、三か月前かな」

「支店長の連絡先とか、わかる？」

「知らない。最近そいつと会ってないし。てか、お兄さん何者？　警察じゃないよね」

「善意のボランティア」

ロンは話を聞いた全員に電話番号を渡し、「支店長が現れたら電話ちょうだい」と伝えた。山県かすみの墜落事件を調査したときの経験から、あまり効果がないことはわかっている。それでも、やらないよりはましだった。

久しぶりの聞きこみは、ぐったりするほど疲れた。横浜から石川町までは三駅だが、それでも座席に座るのを我慢できなかった。こんなことを日常的にやっている刑事——欽ちゃんを含む——に少しだけ、敬意を表した。

明日からもこれが続くと思うと気が滅入《めい》る。かといって、他に妙案もなかった。

石川町から自宅へ歩いている途中、着信があったことに気が付いた。凪からだ。折り返すと、すぐにかすれた声で「ロン？」と言うのが聞こえた。

「あんた、今度は詐欺グループ探してるんだって？」

「なんで知ってんだよ」

「涼花に聞いた」

そこでロンは思い出す。涼花はライブに行って以来、凪が所属するヒップホップクルー——グッド・ネイバーズのファンになっていたのだった。その縁で、涼花と凪はよく連絡を取り合っている。凪にとっては、妹が生前仲のよかった相手でもある。

ちなみに、ロンもグッド・ネイバーズの隠れファンだが、気恥ずかしくてライブは一度しか行っていない。凪にもファンであることを明かしていない。

「またヨコ西に入り浸ってんじゃないの？」

「まさに今日行ってきた」

「やめときなって。ヨコ西キッズなんか当てになんないよ」

「他に手がない」

「……しょうがない。手伝ってあげようか？」

渡りに船の申し出だった。しかし会社員の凪は、ロンのようにヒマではないはずだ。

「助かるけど、いいのか」

「まだ、借りが残ってるから。優理香さんのこともあるし」

凪の先輩から依頼されて、その夫の素行を調べたのがはるか昔のことのように思える。実際には半年と経っていないが。

ロンは中華街をうろつきながら、事のあらましを説明した。一通り聞き終えた凪は、はじめに「似顔絵はあるんだね？」と確認する。

「うまくはないけど」

「じゃあ、絵のうまい人紹介しようか。うちの事務所にいくらでもいるよ。警察でも、犯人の似顔絵は絵がうまい人が描くっていうし。それで似顔絵の精度上がるんじゃない？」

言われてみれば、その通りだ。本人が描く必要はどこにもない。さらに凪は、「もう一つ確認だけど」と続ける。

「その受け子が誰かさえわかればいいんだね？」

「それで十分」

「ふーん」

凪の反応はどこか意味ありげだった。

「なんだよ」

「いや、ちょうどいいタイミングだったな、と思って」

ロンには意味がわからない。

凪の提案で、まずは受け子の似顔絵を描いてもらうことになった。宮本にはデザイン事務所まで足を運んでもらうことになるが、犯人を見つけるためなら協力は惜しまないはずだ。凪との通話の後、ロンは宮本の店に直接出向いた。


三日後。

ロンは新横浜のデザイン事務所にいた。午前中、凪からの電話でできるだけ早く来るよう指示されたのだ。基本的にスケジュールと無縁の生活を送っているロンは、その日の午後にさっそく訪れた。

蛍光オレンジのニットを着た凪に出迎えられ、事務所内に足を踏み入れる。凪は社員がデスクを並べて仕事しているフロアを迷いなく突き進んでいった。横目で視線を送ってくる社員たちに、ロンは会釈をする。

「今日は応接室じゃないんだ」

「応接されるような人間じゃないでしょ。前は、優理香さんのプライバシーに気を使っただけ」

ひどい言いようだが、別に異論はなかった。

通されたのは、パーテーションで区切られた打ち合わせ用のスペースだった。四人掛けのテーブルには先客がいる。ノートパソコンで作業をしていた伊能優理香が、ロンに気付いて立ち上がった。

「小柳さん。ごぶさたしてます」

「あ、どうも」

椅子《いす》に腰かけ、しばし優理香の近況を聞く。友田克志と離婚した優理香は、現在相模原《さがみはら》で一人暮らしをしているという。

「いいですよ、相模原。家賃はそこまで高くないし、駅前は栄えているし。たまに、みなとみらいの華やかさが恋しくなる時もありますけど」

そう言いながらも、優理香の顔は晴れやかだった。

ロンのしたことは、結果として夫婦の離婚を後押しすることになった。そのことに罪悪感をまったく抱かなかったといえば、嘘になる。だがこうして優理香の明るい表情を見ていると、多少は救われる。

「そろそろ本題いきましょうか」

凪が言い、優理香がうなずく。

「事情は山県さんから聞きました。私もお手伝いします」

「はあ。でも、お手伝いって……」

「これを見てください」

優理香は作業していたノートパソコンを半回転させてロンに見せた。

「……えっ？」

ロンは思わず静止し、じっくりとディスプレイを眺める。

そこには、綺《き》麗《れい》に描きなおされた受け子の似顔絵が表示されていた。顔の陰影や輪郭がはっきりとしており、写実的である。警察署の前に貼《は》り出されている、手配書の似顔絵のような雰囲気だった。

問題はそこだけではない。

似顔絵が描かれているのは、おそらくライブの告知フライヤーだった。複数のグループ名が列記されており、そのなかにはグッド・ネイバーズもある。ただし、グループ名や日時、会場といった基本情報はＡ４サイズの下半分にしか記されていなかった。上半分には、例の受け子の似顔絵が派手に掲載されている。

フライヤーというより、ほとんど人探しのビラだった。

「えーと。これ、伊能さんがデザインしてくれたんですか？」

「はい。似顔絵を描いたのも私です。宮本さん、昨日ここに来てくれたんですよ」

優理香の横で、なぜか凪が得意げにうなずいている。

「グッド・ネイバーズが出演するイベントの宣伝物は、全部うちの事務所でデザインしてるんだ。いつもは自慢できるような受注額じゃないけど、今回は相当刷るよ。ビッグネームと一緒にやるからね。ハコも過去最大。あと、ポスターも作るから」

「ちょっと待て」

どんどん話を進める凪に割って入る。

「なんでライブの宣伝物に受け子の顔が載ってるんだよ」

「だから、ちょうどいいタイミングだって言ったじゃん。グッド・ネイバーズ、過去最大級のライブなんだから」

凪は平然とした顔で、ディスプレイの片隅を指さす。

「ここに書いてあるでしょ。この顔に似ている人を見つけたら、事務局まで画像付きでメールしてくださいって。そっくりさんと認定したらライブに無料招待。事務局ってのは私のことだけど。だからこのフライヤーが世に出れば、この顔に似ている人の情報が私のところに集まる仕組みになってるの」

一瞬、肖像権とかどうなってんだっけ、という疑問が頭をよぎったが無視する。架空の人物だと言い張ろう。

「デザインの一部ってことで演者の承諾は得てるから。ポスター含めて数千枚は刷るし、神奈川県内のライブハウス、ＣＤショップ、飲食店、コンビニにこの顔が貼り出される。ウェブにも載せるから他県のお客さんも見る。宮本さんの記憶が間違ってなければ、一つくらいは正しい情報が集まるはず」

たった三日でここまで準備を整えた凪に、ロンは圧倒されていた。暴走に近い独走ぶりではあるが、たしかに凪の作戦は一定の効果がありそうだ。黙っているロンを見て、凪がかすかに眉《まゆ》をひそめた。

「なに、ダメだった？」

「いや。ここまでしてくれると思ってなかったから。ありがとう」

「言ったじゃん。ロンには借りがあるって」

優理香と顔を見合わせた凪が笑う。

「安心してよ。待ってれば、そのうち見つかるから」

ロンは改めて、精緻《せいち》に描かれた受け子の顔を見る。耳が隠れる程度に伸びた黒髪。少しめくれあがった上唇。ふくらんだ小鼻の横にあるホクロ。街で遭遇《そうぐう》してもすぐわかるよう、この顔を頭に叩《たた》きこんでおく。

名前も知らない受け子は、無表情でロンを見返している。

*

「はい。じゃ、次いこうか」

奥寺社長の声に、しゃがみこんでいたマサヤの肩がびくりと震える。頰《ほお》は赤黒く腫《は》れあがり、切れた瞼《まぶた》から血が流れている。俺もリョウも同じような顔をしていた。さっき殴られた右の頰骨がずきずきと痛む。

ワンルームの空気は張り詰めている。俺たち三人のすぐそばに奥寺。その背後に四人のいかつい男たち。男たちは煙草《たばこ》を吸ったり、スマホを見たりしているが、示し合わせたみたいに退屈そうな顔をしている。

みんな、奥寺の趣味に付き合わされているようだ。

「ほら、じゃんけん」

奥寺に急《せ》かされ、俺たちは仕方なく立ち上がってじゃんけんをする。じゃんけん、ぽん。

俺とリョウがチョキ。マサヤがパー。

「サクサク行こう。ほら、コーキくん」

最初は反射で避《よ》けたり、受け身をとったりしていたマサヤだが、もう抵抗しない。力なく、両手をだらりと垂らして立っている。

——ごめん。

内心で謝りながら、マサヤの頰を力一杯殴りつける。最初から全力だ。右手の拳《こぶし》が頰骨に当たり、マサヤが数歩よろめいた。壁を殴っているような硬さだ。殴られるほうも、殴るほうも痛い。

もう三十分近く、こんなことをやらされている。

ルールは単純だ。三人でじゃんけんをして、勝った者は負けた者の顔を殴る。手加減したと奥寺が判断すれば、やり直し。もう十発以上はお互いに殴られている。

十七歳の男が全力をこめた顔面パンチは、結構きつい。最初は殴ってきたリョウやマサヤに対してつい怒りを覚えたが、だんだんそれもなくなってきた。とにかく、痛みから意識を遠ざける。それ以外関心がなくなってくる。

痛みを忘れるためにいろいろなことを考えた。

メシひとつ作らない母親のうっとうしそうな顔。中退した高校の同級生たちが哀れむ顔。辞めたバイト先の店長の疲れた顔。何をやっても、全部うまくいかなかった。だから、このバイトに手を出した。ろくな学歴も経験もない俺が、一日五万ももらえる仕事なんて他にない。

——あの時、支店長の誘いに乗ったのが失敗だった。

棒立ちになったマサヤの前に、次はリョウが立つ。その時、背後から奥寺の声がした。

「なんか物足りないんだよなぁ」

振り向けば、奥寺は右手に金属バットを持っていた。いつの間にか男たちから受け取っていたらしい。

「これ、使ってよ」

「え……」

「思いっきりマサヤくんの頭振り抜いて。手加減しないでよ。もししたら、次はリョウくんの頭が的になるから」

金属バットで頭を振り抜けばどうなるか、わかりきっている。無事で済むわけがない。リョウは躊躇していたが、奥寺の迫力に押されてバットを受け取った。俺は恐怖ではなく、自分の番じゃなくてよかった、という安心だけを感じていた。

「勘弁してください！」

マサヤが勢いよく土下座した。この土下座も、もう何度見ただろう。奥寺は冷めた目で見下ろしている。

「なにを勘弁してほしい？」

「そんなもんで頭殴ったら、本当に死んじゃいますよ」

「うん。そうしてほしいんだよね、俺は」

畳に額をこすりつけるマサヤの前に、奥寺はしゃがみこんだ。後ろにいる男に合図をして、吸いかけの煙草を受け取る。奥寺は火のついた先端部をマサヤの首の後ろに思いきり押しつけた。言葉にならない叫び声をあげて、マサヤがのたうち回る。

「バカだね。マサヤくんも、他の二人も」

心底あきれたように、奥寺は言う。

「君たちの気持ちはわかる。特殊詐欺——あえてもう言っちゃうけど——の場合、末端の受け子がもらえるのはだいたい5％。百万円騙し取って、五万の報酬。大半は俺たちの懐に入る。その搾取構造に気が付いたのは立派だ。ビジネスでも、使われるやつは一生使われる。どこかで使う側に回るためのアクションが必要だ」

首の後ろを押さえたマサヤが、上目遣いに奥寺を見た。

「しかしねぇ。俺を殺そうとしたのは失敗だよ」

奥寺は火の消えた吸殻を捨てる。

「まず、君たちの行動にはビジョンがない。俺を殺した後、どうするつもりだったんだ？　金を持って逃げる？　誰かが後釜《あとがま》につく？　どれも現実的じゃない。そして肝心の殺害計画もずさんだった。いや、俺の自宅を特定したところまではよかったよ。一人になるのを狙《ねら》っていたんだよね。だから車から降りた瞬間を襲った。でもねえ……あれはいただけなかったね」

襲撃時のことは鮮明に覚えている。

午後九時。何日も尾行してようやく突き止めた、奥寺の自宅。奥寺が一人で車に乗っていることも確認済みだった。俺とリョウ、マサヤは、三人そろってディスカウントストアで買った目出し帽をかぶっていた。

自宅ガレージで、奥寺が車を降りる瞬間を狙ってリョウが包丁を突き付けた。俺は後ろから奥寺を羽交い絞めにした。もう一本の包丁を持ったマサヤが、カード類を全部出すよう命じた。奥寺は素直に財布ごとマサヤに手渡してから、家のなかに三億円が入った通帳があると言った。

何度考えても、あそこで奥寺を殺すべきだった。実際、リョウは反対した。「早く殺しちゃおう」とも言った。けど、マサヤは三億円という金額に目がくらんだ。事実かどうかもわからないのに。

自宅に逃れた奥寺が戻ってくることはなかった。数分後、間抜けに待っている俺たちのもとにやってきたのは人相の悪い男たちだった。不意を衝《つ》かれた俺たちは、あっという間に拘束され、車に押しこまれた。

そして連れてこられたのが、このアパートの一室だ。

「うち、妻も子どももいるから自宅で騒ぐのは勘弁してほしいんだよね。ただでさえ下の子がイヤイヤ期で、妻もイラついてるからさ。家族は俺がこういう商売していることも知らないし」

「申し訳ありませんでした！」

マサヤがまた、土下座をした。奥寺は「うん？」と聞き返す。

「なにが申し訳なかったの？」

「いや、あの、金目のものを奪おうとして……」

「違うよね。俺を殺そうとしたんだよね」

否定しようとしたマサヤの言葉をかき消すように、奥寺が言う。

「三人とも、人生をベットした賭《か》けに負けた。死ぬのは当然」

もはやマサヤは何も言おうとしなかった。リョウも沈黙している。その時、後ろに立っているセーターの男が初めて発言した。

「社長。まだやんのか、これ？」

「じきに終わらせる。待っててくれ」

男は派手に舌打ちをして、畳の上にあぐらをかいた。

「そういうわけで時間もないから、リョウくん、五秒以内にやってくれる？」
五、四、三、と奥寺がカウントする。土下座の姿勢から四つんばいになったマサヤが、怯《おび》えた目でリョウを見ている。全身が震えている。リョウは真っ青な顔で、金属バットを振りかぶった。
「二、一」

獣のような雄たけびを上げて、リョウがバットを振り下ろした。

その瞬間、マサヤは身体をひねってバットを避けた。そのまま立ち上がり、男たちのほうへ突っ込んでいく。一か八か、ドアから外へ出るつもりなのだろう。俺もその後に続こうかと思った。

けどすぐに、身体が動かなくなった。

ドアの前に立っていたセットアップの坊主が、後ろ手に持っていた警棒でマサヤの頭を叩き割った。人形の関節を無理やりねじ切ったみたいな音がした。一瞬だった。マサヤは膝《ひざ》から崩れ落ちて、そのまま動かなくなった。

「うぇっ」

今度はリョウの悲鳴が聞こえた。すぐそこに、金属バットを持ったスーツの男がたたずんでいた。足元には凶器を奪われたリョウがうつぶせに倒れている。男はもう一度、バットを振りかぶって後頭部に叩きつけた。思わず目をそむける。ごりっ、という音がした。おそるおそるリョウの様子を確認すると、耳から血が流れていた。

「ひっ」

全身の震えが止まらなかった。

「どう？」

奥寺が尋ねると、マサヤの首筋に手を当てていた男が「死にました」と無感動に言った。

スーツの男はリョウの手首に触れ、無言でうなずく。奥寺が平板な声で言う。

「あとはコーキくんだけか」

ほんの数秒のうちに、二人の命が失われた。人はこんなに簡単に死んでしまう。そして奥寺たちは、本気で、俺を生きて帰さないつもりだとわかった。逃げ場はない。俺はもうすぐ、ここで死ぬ。

一言も話せないまま、静かに涙が流れていった。

空はいつからか藍色《あいいろ》に変わっていた。窓に俺の泣き顔が映っている。頬はもちろん、鼻の横のホクロまで涙で濡《ぬ》れていた。

＊

ライブの告知フライヤーを配りはじめて一週間。

殺到とまではいかないが、凪のもとには似顔絵と似ている人物の情報が十以上寄せられた。だが、一目見て別人だとわかる代物ばかりだった。ロンに判断できないものはすべて宮本に確認してもらったが、今のところ、本人だと断言できる人物は見つかっていない。

――この方法じゃ、無理があるか。

諦めて別の手を考えようとした矢先、凪からメールが来た。自宅のノートパソコンで開くと、画像データが添付されている。フライヤーを見た誰かからの情報だ。どうせ別人だろうな、と思いながらメールを開くと、様子が違った。

いつもは本文が空欄なのだが、今回だけは凪からの一言が添えられていた。

〈これ、当たりかも〉

急に心臓が高鳴る。

画像データを開くと、ディスプレイに写真が表示された。居酒屋のロゴ入りTシャツを着た若い男女が、数名写っている。アルバイト先の集合写真だろうか。その端にいる、仏頂面の少年。めくれあがった上唇。ふくらんだ小鼻。その右横のホクロ。

一目でロンは直感した。

「当たりだ」

凪へ電話をかけると、間を置かずに出た。

「さっきの画像。これ、本人だろ。ホクロの位置もぴったり同じだ。こいつの情報、他に書いてないか」

「ない。でも応募者の連絡先があるから、直接聞いてみて。ちゃんと、事務局としてかけるようにね？」

凪から伝えられた電話番号にかけてみると、しばらくコールした後に相手が出た。「はい」と警戒の滲《にじ》んだ女性の声である。見知らぬ番号からかかってきたのだから、当然である。ロンがライブの事務局担当者だと名乗ると、「ウソ！」と興奮した声が返ってきた。

「無料招待ですか。わたし、グッド・ネイバーズのファンなんです」

「その前に、いくつか確認したいことがあるんですが」

「なんでも聞いてください」

ロンの質問に、女性は前のめりで答えてくれた。写真の少年はアルバイト先の居酒屋の元同僚。三か月ほど前に辞めてしまい、今は在籍していないという。

「名前は？」

「コーキくん……あ、富沢昂輝くんです」

彼女いわく、富沢昂輝は口数が少なく、職場では浮いた存在だったらしい。働いていたのは新高島《しんたかしま》の店舗。年齢はたしか十七歳。自宅の場所や友人関係などはいっさいわからないという。

「今、どうしているかわかりますか」

「仲良くないんで、バイト辞めてからのことは、ちょっと。あ、写真の人の許可を取らないとまずいですか。でも、超似てるんです。イラスト見た瞬間にコーキくんだと思って」

「わかりました。無料招待の件は、別に連絡しますので」

これ以上の情報は得られないと判断して通話を切った。素性はいまだ不明だが、名前がわかっただけでも大きな前進だ。

念のため宮本の自宅を訪ねて写真を見せると、「こいつだ」と断言した。

「この男だよ、間違いない。どこにいる？」

「居所はまだわからない」

「絶対に見つけてくれ！」

卒倒するのではないかと心配になるほど興奮する宮本をなだめ、ロンは帰路についた。大通りを歩いている最中、着信があった。未登録の番号だ。

「あ、お兄さん？　支店長いるよ」

挨拶《あいさつ》もなく、若い男の声が飛びこんでくる。なじみのない声だった。しかし「支店長」という単語から記憶を探り、ヨコ西で会った蜘蛛ピアスの少年だと思い出す。

「ありがとう。わざわざ連絡くれたのか」

「いいよ。ヒマだし」

「今、支店長がヨコ西にいるって？」

まだ外は明るい。午後四時を過ぎたところだ。少年は屈託なく「うん」と答えた。

「そこでリクルーティングしてる。俺もさっき声かけられた」

「受け子の志願者がいるから、そこで待っててくれ、って言ってくれない？」

「お兄さん、受け子やりたかったの？」

少年は意外そうだった。ロンは「実はね」と適当に受け流し、自宅から石川町駅へと行き先を変更する。

波が来る時は、一気に来るものだ。一週間以上何の動きもなかったというのに、この数時間で受け子の名前が富沢昂輝だと判明し、ヨコ西で支店長を発見することができた。ツキの波が来ている。

一方で、妙な感触があった。

あまりにも順調にいきすぎている。偶然の重なりといえばそれまでだが、どこか人為的な匂《にお》いが漂っているようにも思える。かといって、目の前にぶらさげられたヒントは無視できない。

——保険だけ、かけておくか。

中華街の西側、延平門《えんぺいもん》の手前で立ち止まったロンは電話をかけた。

「……ヒナか?」

「またお願いでしょ」

最近のヒナは、ロンが切り出す前に用件を見抜いていることがある。

「そんなに大変なことじゃないから」

「わかったよ。今度はなに?」

事情を話すと、ヒナはあっさり承諾してくれた。

ロンはもう一つの〝保険〟をかけるため、「洋洋飯店」へと向かう。店内には客が一人いるだけだった。厨房《ちゅうぼう》にいた店主に声をかけてから、裏の階段を上る。一階が店舗、二階が住居という構造はロンの自宅と同じだ。

インターホンを鳴らすと、「はい」というマツの声が返ってきた。

「来ちゃった」

ロンが明るく言うと、数秒の間を置いて、マツのため息が聞こえた。

「……いい予感がしない」


ロンとマツは、並んで横浜駅西口を出た。

二人は通行人をすり抜けながら、ビブレ裏の広場へと向かっている。夕刻が近づくにつれ、周辺の人口は徐々に増しているようだった。

「ナイターの馬券買ってるから、リアルタイムで見たかったんだけど」

「録画でもしとけ」

マツはぶつくさ文句を言いながらも、結局はついてきてくれた。ここに至るまでの事情はすでに話している。ヒナに頼んだ〝保険〟のことも共有済みだった。

「なあ、ロン。疑問なんだけど。宮本さんは、そのコーキくんに頭下げさせたいんだろ。支店長を捕まえたとしても、コーキくんを知っているとは限らないよな？」

「俺たちは、受け子の志願者ってことで接触する。もし支店長が富沢昂輝の居所を知らなければ、受け子はやらないと答える。コーキくんがいないなら不安です、とか理由つければいい。わざわざヨコ西でリクルーティングしてるくらいなんだから、やつらも人手は足りていないだろ」

欽ちゃんの話によれば、〈会社〉は階層構造になっている。支店長本人が知らなかったとしても、その上のエリアマネージャーあたりに頼めば、所属する受け子を調べるくらい訳はないだろう。

〈会社〉はUDを採用する時、身分証を提示させるという。ならば、富沢昂輝の身元を示す情報も必ずどこかにあるはずだった。

「そういうもんかね」

「支店長との会話は録音しておく。最悪それを警察に提供すれば、コーキくんが見つからなかったとしても、少なくとも支店長は逮捕できる」

「まあいいや。ロンにまかせるわ。俺はボディガード役だろ？」

自分から聞いておいて、マツは興味を失っていた。

ビブレ裏の広場には今日も若者たちがたむろしている。蜘蛛ピアスの少年は、一段高い場所に腰かけていた。

「あそこ。あの人が支店長」

指さした先にいるのは、ベージュのジャケットを着た二十代前半と思《おぼ》しき男だった。広場の片隅で手持ちぶさたにスマホをいじっている。ロンは少年に礼を言って、男に近づいた。後ろからマツがついてくる。

「あの、すみません。支店長さん……ですか？」

ロンはあえて、オドオドした雰囲気で話しかける。相手に侮らせるためだった。男はぱっと顔を上げ、笑顔になった。

「UDの志願者さん？」

「はい。支店長のスズキですよね」

「そうそう。支店長のスズキです」

スズキは素早くロンとマツに視線を走らせる。

「志願者は一人って聞いたけど、どっちかな？」

「電話したのは俺なんですけど、二人とも志願者です。一緒にお願いできますか」

「うーん、どうしようかな。面談は一対一でやることになってるから」

腕を組んだスズキは、「とりあえず」と言ってロンを指さした。

「キミからいこうか。後ろの人は、あとで別のリクルーターと面談してくれるかな。すぐに呼ぶから、ここで待っててくれる？」

ロンとマツは顔を見合わせる。ロンが小声で「後で合流しよう」と伝えると、マツは無言でうなずいた。

スズキはさっさと歩いていく。ビブレ裏を出て一之橋《いちのはし》を渡り、駅からどんどん離れていく。やがて、楠町《くすのきちょう》の月極《つきぎめ》パーキングで立ち止まった。黒いバンのスライドドアを開けたスズキは、おおげさに苦笑する。

「ごめんね。狭いんだけど、ここで勘弁して」

車中で採用の面談をするということか。ポケットのなかでスマホを操作し、録音を開始する。足を踏み出しかけたロンは、運転席からこちらをにらんでいる男の存在に気が付いた。

「あの……」

違和感を覚えた時には、すでに背中を突き飛ばされていた。スズキはよろめいたロンを羽交い絞めにして、バンの後部座席へ押しこむ。運転席から太い腕がにゅっと伸び、ロンの襟首をつかんで引きずりこんだ。

「おい、ふざけんな！」

ロンは懸命に暴れたが、無駄な抵抗に終わった。二人がかりで車に押しこまれ、スライドドアを閉められた。

「暴れないでほしいんだよね……疲れるから」

後部座席に並んで座るスズキは、息が上がっていた。一方、運転席の男は平然としている。片腕一本でロンを車中へと引っ張るのだから、人並み外れた膂力《りょりょく》だった。

「車、出すぞ」

運転席の男が初めて口を開いた。スズキは「どうぞ」と応じる。男はパーキングから車を出し、旧東海道を走り出した。

「どういうことですか、これ」

「こっちが聞きたいんだけど」

スズキは乱れた髪を直しながら、ロンに鋭い視線を向ける。先ほどまでの友好的な雰囲気は消し飛んでいた。

「とりあえず、スマホ渡して」

ここで抵抗するのは得策ではなさそうだ。ロンはポケットに手を入れ、手探りで録音を止めた。ホーム画面に戻してから手渡す。受け取ったスズキは電源をオフにして、ジャケットの内ポケットに収めた。

「お前、ヨコ西のガキに俺たちのこと聞いて回ってただろ。受け子志願とか嘘だよな。見た感じ警察じゃないけど、どういう目的？」

ロンはようやく状況を理解しはじめていた。利用するつもりが、ハメられた。都合よく支店長が見つかったのではない。支店長のほうから、ロンを捕まえるために近づいてきたのだ。

「人を探してるだけです」

「誰を？」

「富沢昂輝。知りませんか。受け子やってるやつなんですけど」

「知らん。なんで探してる？」

「知り合いが騙されたんで、謝ってほしいだけです。俺は別に、詐欺をやめろとか言うつもりはないんで。富沢昂輝の行方さえわかれば」

スズキは目を細めた。ロンの発言の真偽を見極めようとしているらしい。

「身分証、出せ。運転免許でも保険証でも、なんでもいい」

ロンは素直に、持ち歩いている健康保険証を出した。スズキは自分のスマホで両面を撮影して、ロンに返す。ハンドルを握っている男が後部座席を一瞥した。

「そいつ、帰すつもりか」

「身元は割れたんだからいいでしょう。興味ないっすよ、こんな一般人」

「ここで解放したら警察にタレこむぞ。上司に確認しとけ」

スズキと男がどういう関係か、つかめない。共に行動しているものの、仲間というわけではないようだ。男が〈会社〉の一員ではないとすると、〈外部委託先〉の一人なのだろうか。

男に忠告されたスズキは「確認しますよ」と苛立《いらだ》ちを隠さずに答えた。緊張した面持ちでどこかへ電話をかけはじめる。相手が出ると、「お疲れ様です」と妙に高い声で切り出した。

「お忙しいところすみません、横浜のスズキです。はい、はい。さっき確保して、車のなかにいます。はい、身分証も。えーと、氏名は小柳龍一。住所は中区山下町……」

スズキは撮影した画像データを見ながら、ロンの個人情報を電話の向こうに伝える。

「それで、この後って……はい……はい、そうですよね、わかりました。すぐに連れていきますんで。住所も……はい、後でお願いします。今ですか。今、横浜駅の西側です。できるだけ早く向かいます」

ロンに聞こえたのはスズキの声だけだが、どうやらこのままどこかへ連れ去られるらしい。解放される見込みは薄くなった。

「だから言っただろ」

通話が済むと、運転席の男が言った。スズキは舌打ちで応じ、後部座席からスマホの画面を男に見せた。

「この住所に行ってくれますか。本部長からの指示です」

「ん……ここ、リンチ部屋だろ」

「知ってるんですか」

「お前んとこの社長の、趣味の部屋」

男は身体をひねり、まともにロンの顔を見た。

「お前、社長のオモチャにされるぞ」

カーナビの操作もせず、「二十分もかからない」とハンドルを切った。リンチ部屋、という物騒な単語にロンはげんなりする。どう考えても、丁重なもてなしは期待できない。

――気づいてくれ、マツ。

頼みの綱は、ビブレ裏で待ちぼうけを食らっているマツだった。早く連絡が取れなくなったことに気づいてほしい。異変に気づいたとしても、助けに来られるかどうかは別問題だが。

想定していた以上に、まずい事態に陥っていた。


運転手の言葉通り、車は二十分足らずで目的地に到着した。廃工場の裏手にある二階建ての古いアパート。周辺は寂れており、人気がない。おそらく横浜市内だろうが、番地はわからなかった。

「降りろ」

スズキに促されたが、ロンは降りようとしない。

「……少し待ってください」

「なんだ、今さら」

「俺のスマホ、スズキさんとの会話を録音してあるんです」

「なに？」

「ごめんなさい。ここで削除するんで、一瞬返してもらってもいいですか」

スズキはロンのスマホの電源を入れたが、指紋認証でロックされている。

「変なことしないです。画面、見ててもらっていいんで」

スズキは渋々了解した。ロンはロックを解除し、スズキの目の前で先ほどの録音を削除した。作業が済むと、スマホをすぐに返す。

「クラウドとかにアップしてないだろうな？」

「この短時間で無理ですよ」

ロンは、スズキに先導される形でアパートへ向かった。背後には運転席の男がぴたりとついている。スズキは錆《さ》びた外階段を上り、奥にある部屋の前に立った。ノックしてしばらく待つと、内側から解錠される音がしてドアが開いた。

室内から若い男が顔を出した。

「本部長の指示で、小柳龍一を連れてきた」

顔見知りなのだろうか。スズキは気安い口調で言って、ロンを若い男に引き渡す。

「聞いてます。お疲れ様でした」

若い男は間髪を入れず、ロンの両手首に手錠をかけた。唖然《あぜん》としている間に背中を押され、はずみでスニーカーを履いたまま室内へ入る。

部屋のなかは八畳ほどのワンルームだった。和室で、クローゼットが一つある。家具は置かれておらず、がらんとしている。畳の上に、ところどころ赤黒いシミがあった。リンチ部屋という名称と相まって、残酷な想像がよぎる。

「これ、こいつのスマホ。じゃあ、俺らは解散するから」

「本部長への連絡だけ、お願いします」

ロンを残して、スズキと運転手は部屋を去った。ドアを閉め、鍵を施錠してから、若い男が振り返る。おそらくリンチ部屋の監視役なのだろう。スズキに敬語を使っていたところから察するに、この男は社員とみていい。

——さあ、どうする。

このまま部屋にいれば、十中八九、凄惨《せいさん》なリンチが待っている。欽ちゃんは、〈会社〉を裏切ろうとした人間は暴行を加えられる、と言っていた。

——鎖骨や指の骨を折られたやつがいるし、内臓に回復しない傷を負ったやつもいる。半殺し、という言葉からイメージすればだいたい合ってる。

半殺しで済めばいいのだが。とにかく、助かるには部屋から脱出するしかない。

監視役は部屋の隅にあぐらをかいて、自分のスマホをいじりはじめた。スマホゲームでもやっているらしい。この部屋から脱出するには、あの男を味方につけるか、うまく出し抜くしかないだろう。

「あんた、名前は?」

ロンは懐柔の第一歩として声をかけた。

「しゃべんな、ボケ」

男は視線すら動かさず、横柄に答える。話にならない。

その時、クローゼットのなかから物音がした。どん、どん、と内側から扉を叩く音だ。

ロンは反射的に飛びのいた。「うるさいな」と監視役がつぶやく。

「何か入ってるのか?」

「興味あるなら、開けていいよ」

どん、どん、という音はまだ続いている。ロンは手錠をしたままクローゼットの取っ手をつかみ、ゆっくりと手前に引いた。衣類や生活用具はなにひとつ入っていない。ただ、異様な存在がそこにあった。

手首と足首に手錠をかけられた少年が、猿ぐつわを嚙《か》まされ、うずくまっている。うん、うんとうめいているが言葉にはならない。顔や腕はあざだらけだった。全身に傷を負い、弱っていることが一目でわかる。

「誰だ、こいつ」

「目障りだからそこに入れてた」

監視役は平然と言う。まさか、リンチ部屋に先客がいるとは思わなかった。

「……待てよ」

よく観察すれば、その顔には心当たりがある。青黒く腫れあがり、輪郭も変形していたが、忘れるわけがなかった。ここしばらく毎日見つめているせいだ。鼻の横のホクロの位置も完璧《かんぺき》だった。

「お前、富沢昂輝か！」

少年は驚きを瞳《ひとみ》に浮かべて、ぶんぶんと首を縦に振った。こいつも何かやらかして、この部屋へ連れてこられたのだろう。

——ツキの波は本物だったか。

ただ、この状況は不運なのか、幸運なのかよくわからない。

「もしかして知り合いとか？」

やり取りを見ていた監視役が、けだるそうに尋ねた。

「俺が探していたやつだ」

「へえ。会えてよかったね。出るのは無理だけど」

そう。出会ったのはよかったが、場所が悪かった。ここから無事に脱出できない限り、富沢昂輝を見つけても意味はない。

その時、かん、かん、と外階段を上る足音がした。

途端に監視役が飛び起きる。コーキの目には怯えが浮かび、身体が震えはじめた。誰かがこの部屋に近づいている。

外側から、ドアがノックされる音がした。

＊

車内には煙草の臭《にお》いが充満していた。

〝裏〟の仕事には社用車を使えないため、〈外部委託先〉の車を回してもらうことが多いが、この臭いにはまだ慣れない。非喫煙者の俺にはなかなかの苦行だ。

「昨日みたいに無駄な時間かけるなよ、社長」

隣に座る、小林《こばやし》という委託先の責任者――組の幹部は不機嫌そうな面をしていた。

「わかってる」

「嗜虐《しぎゃく》趣味もいいけど、こっちはビジネスでやってんだからさ。多少は付き合うけど、こんなもん、ぱっぱと終わらせたいわけ。二日もかけてやることじゃないのよ」

――そっちの不手際のせいだろう。

詰《なじ》りたいのをぐっとこらえる。

本当なら、昨日のうちに三人とも始末するはずだった。なのに、土壇場になって小林が「死体の処理はいっぺんに二体までしかできない」と言い出した。

だから残り一人は生かしておいて、今日殺すことにした。いったん殺してしまえば、あっという間に腐敗がはじまるからだ。死体のままあの部屋に放置して、異臭騒ぎにでもなったらかなわない。

しかし今日、サンドバッグがもう一体増えたのは朗報だった。

相手は小柳という名前で、〈会社〉の周辺を嗅《か》ぎまわっていた若い男だと聞いている。警察との直接のつながりはなさそうだが、万が一、ということもあるから始末することにした。おかげでもう少しは楽しめそうだ。

プライベート用のスマートフォンが震えた。

妻からのメッセージだ。画像が添付されている。上の息子が幼稚園で制作した、粘土の置物らしい。今日は下の息子がめずらしく機嫌がいいようだ。

日中は時間があったから、来月のハワイ旅行の計画を立てていたという。観光地や飲食店のURLがいくつも貼られていた。妻は前々から、育児が一段落したら海外に行きたいと言っていた。だから、俺がプレゼントしたのだ。なんとか仕事の都合をつけて、高級ホテルに四泊。

このまますべてを捨て去って、家族で海外に高飛びしてしまおうか。一から作り上げた犯罪組織から抜け出し、暴力団とのつながりも断って、ハワイに家を買ってのんびりと過ごすのだ。

それがいかに空虚な妄想であるかは、俺自身がよくわかっている。

妻や子どもたちは、俺が浄水装置の販売会社を経営していると思っている。いや、それも間違いではない。だがそれはあくまで〝表〟の話だ。そちらで得られる利益は〝裏〟の仕事の一割にも満たない。

すべては、隣にいる小林と出会ったのがはじまりだった。

大学を卒業して、水道工事会社の営業として働いた。悪質なやり口で儲けていると知ったのは入社した後だった。正確な見積もりを出さずに高額請求をしたり、勝手に不要な工事をして料金を吊《つ》り上げるのがいつもの手口だった。五年もそんな会社で働いているうちに精神を病んで、退職した。

体調が戻ってきたころ、浄水装置の販売を希望していた顧客がいたことを思い出した。調べてみると、浄水装置のメーカーが販売代理店を募集しているのがわかった。当時まだ恋人だった妻の後押しもあり、三十歳で一念発起して販売店を起業した。

しかし、浄水装置はなかなか売れなかった。誠実なビジネスをやろうとするほど、他社の営業に契約をかすめ取られた。子どもが生まれて出費がかさむ一方、借金はどんどん膨れ上がった。

その当時、俺の願いはただ一つだった。贅沢《ぜいたく》な生活じゃなくても、家族を食わせることさえできればいい。他には何も望まない。

そんな中、飛びこみ営業に入ったのが小林の経営するフロント企業だった。俺はそれとも知らず、ヤクザを相手に必死で浄水装置を売りこんだ。小林は人の好《よ》さそうな笑顔で、うんうんとうなずきながら話を聞いてくれた。

「兄ちゃん、営業の素質あるな。口下手なところが逆にいい」

「ありがとうございます」

「浄水装置もいいけど、別のビジネス一緒にやらんか？」

思いもよらない話だった。若者たちを集めて、高齢者に片端から電話をかけさせ、一度で数百万円を騙し取る。どう聞いても、それは特殊詐欺だった。

「それって、犯罪じゃ」

「本当は俺が直接やりたいんだが、忙しくてな。取り分は俺とあんたで半々でいい。うちはあんたのやり方には口は出さん。ノウハウも多少は教えてやるし、下っ端にいくら渡すかはあんたに任せる。悪い話じゃないよな？」

気が付けば、目つきの悪い男たちに囲まれていた。やると言うまで帰してもらえず、疲弊しきった俺は詐欺に加担することを約束した。

小林に指示されるまま、若者を集め、名簿を買い、富裕層の高齢者たちに電話をかけさせた。騙しの手口はいろいろだ。孫を装って、トラブルの示談金を払わせる。役所の職員を装って、口座の暗証番号を聞き出す。最近はキャッシュカードを騙し取ることが多い。

〝裏〟の仕事はすぐに軌道に乗った。それまでは子どものミルク代を捻出《ねんしゅつ》するのがやっとだったが、週に一度は外食ができるようになり、安いアパートからオートロック付きのマンションに引っ越し、休日は気に入った服を自由に買えるようになった。生活が上向くにつれて、俺はますます〝裏〟の仕事に精を出すようになった。

末端の人数が膨れ上がり管理がしきれなくなったため、会社を模し、本格的な組織をつくることにした。目端の利く口が堅いやつに本部長という肩書きを与え、その下にもいくつかの階層をつくった。

こうして俺は、ピラミッド構造の頂点に立った。

起業から数えて七年。〝裏〟のほうでは何人もの逮捕者が出た。だが、俺にまで捜査の手が及んだことは一度もない。なぜなら、捕まったのは下っ端の連中ばかりで、俺の顔や名前すら知らないからだ。店長レベルでも、知っているのはせいぜい本部長まで。その本部長にも、奥寺という名前は口外しないよう命じている。

だから受け子の三人に自宅を襲われたのは、正直に言えば肝が冷える出来事だった。その気になれば俺の正体はおろか、自宅まで調べられる。自分の考えの甘さを反省した。今後は情報管理をさらに徹底しなければならない。

「到着しました」

運転手がルームミラー越しに視線をよこした。今日は俺と社員が一人、それに〈外部委託先〉の小林とその舎弟が一人という構成である。これから、どうやってサンドバッグをいたぶろうか。頭のなかはそのことで一杯だった。

リンチ部屋に入ると、監視役の社員が直立不動で出迎えた。

「奥寺社長！」

「ご苦労さん」

緊張しきっている彼の肩を叩く。本部長子飼いの社員で、俺の素性を知っている数少ない存在だ。部屋の隅には、昨日瀕死に追いこんだ受け子が転がっている。名前は忘れた。中央には、手錠をした若い男がいた。

「小柳龍一くんだね？」

相手は無言でうなずく。

小柳にはまったく怯えた様子がなかった。強がりであれば、すぐに見抜ける自信がある。だが、この男は本当に平気なようだった。自分の置かれている状況が理解できていないのだろうか？

「もしかして、頭のネジが一本外れているのか？」

「よく言われます」

小柳は平然と答えてみせた。面白いやつだ。すぐに殺すのは惜しい気もする。場合によっては、うちの社員として雇ってみるのもアリかもしれない。

「社長。早くしてくれよ」

思考を邪魔するように、背後から小林が釘《くぎ》を刺してくる。時間がないことは言われなくてもわかっている。俺の数少ない楽しみなのだから、少しくらいは待ってくれてもいいじゃないか。

「ねえ。そこの、転がってる子の手錠を外してあげて」

監視役の社員に命じ、受け子の手足につけられた手錠を外してやる。感触を確かめるように、少年は手首や足首をさすっていた。付き添いの社員に命じて、いつもの金属バットを出させる。色々な凶器を試したが、結局、これが最も俺の好みに合っている。シンプルにして凄惨。

「手錠が外れて、快適になったかな?」

「……はい」

丸一日飲まず食わずのせいか、声はほとんど出ていない。ぼんやりした表情の少年に金属バットを手渡す。

「じゃあ、これで思いっきり小柳くんの頭を殴ってくれるかな。全力で頼むよ。手加減したら次はキミを殴るからね」

＊

——とんでもないことになった。

ロンは言われるがまま、膝立ちになった。抵抗するには分が悪すぎる。奥寺と呼ばれていたスーツの男は、涼しい顔で指示を出している。

「うん、それでいい。それじゃあ早速だけど、キミ……名前なんだっけ。まあいいや。野球の素振りの要領で、小柳くんの後頭部を打ち抜いてくれるかな」

コーキは目に見えて震えていた。この少年にはもう、命令に逆らうだけの気力は残っていないだろう。バットを両手に持ったコーキがロンのかたわらに立つ。

——冗談じゃないぞ。

こんなもので殴られれば、一発で死んでもおかしくない。いざとなれば、コーキのバットを寸前で避けるつもりだった。だがそうなれば、今度はコーキの身が危ない。次はキミを殴る、と奥寺は明言していた。

「社長、早く」

人相の悪い男に急かされ、奥寺が「スピーディに行こう」と言う。

「はい、五秒以内に頼むよ。五、四、三」

ロンは横目でコーキの様子をじっとうかがった。振り下ろされた瞬間に頭を下げて、バットを避けるつもりだった。だがコーキは一向にバットを振りかぶろうとしない。よく見ると、うつむいて涙を流していた。

「二、一、ゼロ」

奥寺のカウントがゼロになっても、金属バットの先端は畳についたままだった。

「……すみません。俺にはできません」

コーキは嗚咽しながら、絞り出すように言った。涙が畳の上に滴り落ちる。奥寺は「オッケー」と軽い調子で答えた。

「別にいいよ。次はキミの番だ」

「やめてください！」

コーキは後ずさり、窓を開けた。そこには鉄格子がはめこまれている。逃走防止のためだろうか。ロンはつくづく、ここがリンチ部屋であることを思い知る。

「誰か！　助けてください！　殺される！」

窓の外に向かって叫ぶが、そちらには廃工場しかない。アパートの他の部屋に住人がいるとも思えない。奥寺は後ろから近づいて、首根っこをつかみ、コーキを仰向けに引き倒した。手にしていた金属バットをもぎ取る。

「うるせえんだよ」

満面の笑みで、奥寺はバットを振りかぶった。コーキが身体を丸める。ロンは奥寺の腕をつかもうとしたが、すでに遅かった。全力で振り下ろされ、風を切った金属バットが、コーキの頭部に打ち付けられようとする。

「やめろ！」

ロンの絶叫が響いた。頭蓋《ずがい》の砕ける音が聞こえる……

その寸前だった。

「警察です」

室内の空気が停止した。

ドアの向こうから、たしかに聞こえた。警察です、と。奥寺も、同行して来た男たちも、誰もが凍りついた顔でドアのほうを見ていた。彼らの表情は雄弁に語っている。こんな場所に警察が来るはずがない。信じられない。

「開けてください。警察です。今すぐに開けなさい」

毅然《きぜん》としたその声は、幼馴染《おさななじ》みのものだった。ロンは叫ぶ。

「欽ちゃん！」

「ロンか。そこにいるんだな。誰でもいい、早く開けなさい」

人相の悪い男が顔を真っ赤にして、ロンの胸倉をつかんだ。

「お前、なにかしたな？」

「なにもしてませんよ。やりようがないでしょ」

奥寺はすでに金属バットを捨てていた。開け放された窓に取り付き、身体を通せる逃げ道を探していた。しかしこの部屋の窓には鉄格子がはめ込まれている。外への出口は玄関ドア以外にない。

じきに外から鍵がさしこまれ、玄関ドアが解錠された。あらかじめ、管理人から合鍵でも受け取っていたのだろうか。開けられたドアの向こうには、鳥の巣頭にくたびれたスーツの欽ちゃんが立っていた。懐から手帳を取り出す。

「警察です。はい、動かないで。おとなしく来てください」

欽ちゃんの後ろから数名の男たちが踏みこんできた。人相の悪い男が真っ先に連れていかれたが、場慣れしているのか、平然とした態度で部屋の外へ出て行く。最後に一瞬だけロンのほうを見たが、すぐに視線を逸《そ》らした。

一方の奥寺は、青い顔でしきりに言い訳をしていた。

「違うんです、本当に。全然関係ないんです。俺は違うんです。ここにいる人たちも、さっきの人たちも、全然知らないんです。まじめにやってきたのに、どうしてこんなことになったのか」

支離滅裂な言葉をわめきながら、連れられていく。奥寺と一緒に現れた連中や、監視役の男も部屋から連れ出された。後にはロンとコーキだけが残った。コーキが重傷だとみた刑事の一人が、電話で救急車を呼んでいた。

欽ちゃんはロンの前にしゃがみこむ。間近でその顔を見ると、張り詰めていた神経が緩んだ。

「本気で死ぬかと思った」

「これでも最速だ。仕事全部放《ほう》り投げて、大騒ぎして人をかき集めたんだぞ」

欽ちゃんは、やるべきことを全力でまっとうしてくれた。今なら〝風船紳士〟に憧れて警察を志す気持ちが、少しは理解できる気がする。ぼさぼさの頭でも、スーツが皺《しわ》だらけでも、窮地から救出に来た欽ちゃんはかっこよかった。

ロンは手錠をしたまま、部屋の外に出た。アパートの前には数台の警察車両が停《と》まっている。野次馬すらいないところを見ると、この辺りは本当に寂しい地区らしい。中華街なら身動きが取れないほど人でごった返すだろう。

「ヒナから電話来た時はびっくりした」

外階段を下りながら、欽ちゃんが言った。ロンは改めて思う。

――〝保険〟をかけておいたのは正解だった。

ヨコ西に行く前、ロンはヒナに電話でこう依頼していた。

――俺のスマホにGPS追跡アプリを入れておくから、たまに位置情報を確認してくれないか。

〈会社〉の人間に事務所へ連れていかれたり、スマホを取り上げられたりする可能性があると予測しての行動だった。さすがに監禁されて殺されかけることまでは想定していなかったが、結果として役に立った。

焦ったのは、車中でスズキに電源を切られた時だった。電源を切ったスマホでは位置情報を確認できない。そのため、目的地であるアパートに到着した直後、ロンは録音の削除を理由に電源を入れさせた。作業内容自体はどうでもいい。電源さえ入れれば、位置情報は回復する。

ロンは促され、警察車両の後部座席に座った。隣には欽ちゃんが座る。手錠をしているせいで、自分が容疑者になったような気分だった。

「最初にマツが異変に気づいて、ロンがいなくなったことをヒナに連絡したらしい。ヒナが確認すると、スマホの位置情報が消えていた。慌てたヒナから俺に直接連絡があった、という流れだ」

走る車両のなかで、欽ちゃんは通報の経緯を説明してくれた。あらかじめ、マツに〝保険〟のことを話しておいてよかった。

「嬉《うれ》しかったでしょ、ヒナからめったに連絡来ないから」

「バカ。その話はどうでもいいんだよ」

「それで、すぐにここへ向かってくれたんだ」

「少し前に、ロンとは〈会社〉の話をしていたからな。止めても、どうせ勝手に調査しているると思ってたよ。危険な目に遭っているのは明らかだった。大変だったんだからな、これだけの人数集めるの」


「感謝してるって。でも、欽ちゃんの手柄にもなるでしょ」

「どうせあいつら、下っ端だろ？」

「あのスーツの男、社長って呼ばれてたよ。〈会社〉のトップなんじゃない？」

「……マジで？」

欽ちゃんは真顔で固まった。まったく気が付いていなかったらしい。肝心なところで抜けているのが、いかにも欽ちゃんらしい。

「さっき捕まえたの、〈会社〉の社長なのか？」

「そう言ってるじゃん」

同じようなやり取りを繰り返し、ようやく欽ちゃんは納得した。しばらく黙りこくっていたのは、これから警察内部でどんな展開が待ち受けているのか、想像していたせいかもしれない。手柄には違いないが、各方面への説明には苦労しそうだ。

やがて欽ちゃんは「まあいいや」と言い、ロンの肩を叩いた。

「お前、やるな」

「ツイてるからね」

「感謝したほうがいいのは、俺のほうかもな」

欽ちゃんは前を見た。フロントガラスの向こうに信号機が見える。赤から青へ。一時停止していた車両が、再び動き出す。

「ところで、頼み事があるんだけど」

欽ちゃんは無言で振り向いた。できるだけ簡単な頼み事にしてくれよ、とその顔には書いてあった。


四月、ゴールデンウイーク直前の夜。

中華街有数の高級店に、ロンはいた。店の存在は当然知っていた。だが、この店で食事をするのは初めてだ。ディナーコースは最低でも一人七千円から。そんな高級店で食事をするほどの経済的余裕はない。

小さな個室には、円卓と四つの椅子が用意されている。入口に近い席にロンが、その左隣にはマツが座っている。右隣には、ロンが持ちこんだノートパソコンが置かれていた。モバイルルーターでネットにつないである。

ディスプレイに映ったヒナが「ねえ」と不機嫌そうに言う。

「例のフィメールラッパーはまだ来ないの？　もう五分過ぎてるんだけど？」

「凪って呼べよ」

ロンが言うと、ヒナはさらにへそを曲げたように「はいはい」と応じた。

「ロンちゃんお気に入りの、才能ある美人アーティストの凪さんね。グッド・ネイバーズの女性MC凪さんでしょ。この間のライブも満員だったらしいね。アンコール三回やったとか」

「詳しいな」

「ライブレポート読みこんだからね。粗探してやろうと思ったけど見つからなかった。今日は絶対に本性を暴くから」

「別にいやなやつじゃないって」

鼻息荒く待ちかまえるヒナを、ロンはやんわりと諭す。

「普通に仲良くすればいいじゃん。そんな敵対視する必要ないだろ」

「……ヒナ、かわいそう」

マツが同情の視線をヒナに送る。ロンはただ困惑していた。

「どこがどう、かわいそうなんだよ」

「そういうところ」

ロンにはよく意味がわからない。

今夜は特殊詐欺事件の打ち上げという名目で集まっている。きっかけは、ロンが宮本から事件解決の謝金を受け取ったことだった。警察からロンが殺される寸前だったと聞いた宮本は、ロンに謝金兼慰謝料を支払うと言って聞かなかった。ただでさえ四百万円の被害に遭った宮本から金をもらうわけにはいかず、当初は断っていた。

それを最終的に受け取ったのは、宮本の息子に直接頭を下げられたからだ。

「親父《おやじ》は、俺たちに遺すはずだった金がなくなったと言ってひどく落ちこんでいた。でもロンが犯人を捕まえてくれたおかげで、元気を取り戻しはじめている。あれだけ怖い目に遭ったんだし、お礼をしないとこっちの気が済まない。どうか宮本家からの謝礼として、受け取ってほしい」

良三郎の勧めもあり、結局ロンは謝金を受け取ることになった。協力してくれた人々へのお礼に使うのならばいいだろう、と自分を納得させたのだ。そのお礼の場が、高級店でのディナーコースであった。

「そういえば欽ちゃんは呼んでないの？」

マツが思い出したように言った。

「誘ったけど、忙しいからって断られた」

あの日以来、特殊詐欺グループである〈会社〉は壊滅に追いこまれたという。トップの奥寺はもともと浄水装置販売会社の代表で、暴力団関係者と組んで特殊詐欺にも手を染めていた。グループによる被害総額は数十億円にも上り、明らかになっていない大量の余罪があるとみられている。

捜査一課の欽ちゃんは、奥寺たちによる暴行、殺人事件の捜査に追われていた。奥寺は他人をいたぶるのが趣味で、何かと理由をつけては末端の人間に集団リンチを働いていたらしい。なかには殺されてしまった者もおり、遺体の処理は暴力団が請け負っていたという。

妻や子どもは奥寺の詐欺行為について何も知らなかったようだが、それ以上に、過激な加害癖が明らかになったことのほうがショックかもしれない。

個室のドアの向こうで足音がする。三人の会話が止まった。

「顧客対応で遅れました。ごめん！」

個室に入ってくるなり、凪は頭を下げた。今日は原色の私服ではなく、珍しくグレーのスーツを着ている。ロンは思わず「そういう服、着るんだ」と言っていた。

「お客さんのところに行ってたからね……あれ？」

凪は円卓の上のノートパソコンに気づくと、ディスプレイを覗きこんだ。

「えっ……どういうこと？」

「説明しただろ。幼馴染みの菊地妃奈子。店には来られないからネットでつないでる。食事は全部、テイクアウトさせてもらうことになってるから」

ヒナはカメラ越しに、むすっとした顔で凪を見ている。凪はもう一度「えっ」と言いながら、くっつく寸前までディスプレイに顔を近づけた。リップを塗った唇が震え、両目が見開かれる。

「待って。すっごい美人じゃん！」

その瞬間、凪の顔に満面の笑みが浮かんだ。ロンが初めて見る表情だった。

「え、ちょっと待って。無理、無理。ものすっごいタイプなんだけど。ロンの幼馴染みってこんな綺麗な子だったの？　勘弁してよ。知ってたらこんなスーツじゃなくて、着替えてきたのに」

予想外の反応に、ロンとマツは唖然としていた。誰より、本性を暴くのだと意気込んでいたヒナが動揺している。さっきまで正面をにらんでいた両目は、左右に泳いでいた。興奮する凪にロンが声をかける。

「とりあえず、落ち着いてくれ」

「あ、ごめんね、いきなりしゃべりまくって。後で連絡先教えて？」

ナンパでもしているかのような軽さである。本当にナンパなのかもしれない。

とにかく参加者は揃《そろ》った。ロンがスタッフにコースの開始を伝えると、早速前菜と飲み物が運ばれてきた。マツと凪の前にはビール。ロンにはウーロン茶。

「そうだ。聞きたいことあったんだ」

早々にビールを飲みほした凪が、ロンに言った。

「なに？」

「あの、被害者の人……宮本さんの希望は叶《かな》ったの?」

ロンは箸《はし》を置き、「叶ったよ」と答えた。

宮本がロンに依頼した時のことを思い出す。

――うちにカードを取りに来た、あの男。あいつだけは謝罪させないと気が済まない。

もともとは、それが依頼されたことだった。

あの男とは、すなわち富沢昂輝である。

例のリンチ部屋で、コーキは仲間内で殴り合いを強要され、さらにその後男たちから暴行を受けていた。重傷のため入院を余儀なくされていたが、四月に入って退院し、改めて逮捕、勾留《こうりゆう》された。その時点で、県警はコーキが受け子だったことをとっくに把握していた。

ロンから欽ちゃんに頼んだのは、「できるだけ早く、富沢昂輝を宮本と面会させてほしい」ということだった。その甲斐《かい》あってか、留置施設での面会はすんなり実現した。当日は宮本とロンが二人で警察署に出向いた。

面会室に通された二人が待っていると、分厚いアクリル板の向こうに、警察職員に連れられたコーキが現れた。手錠や腰縄はしていなかった。顔にはまだ青あざが残り、瞼は腫れていた。

コーキはロンを見るなり、目に涙を溜めた。しかし宮本のことはロンの付き添いか何かだと思っているのか、見向きもしない。

「富沢さん。私のことを、覚えていますか？」

宮本は名乗る前に、そう問いかけた。コーキは気まずそうに宮本の顔を見ていたが、やがて「わかりません」と言った。

「あなたにキャッシュカードを騙し取られた、被害者です」

コーキの顔が明白にゆがんだ。奥寺に殺される寸前よりも強い怯えが、瞳に浮かんでいた。まるで怪物を目の当たりにしたかのようだった。

一言も発さないコーキに、宮本は淡々と語りかける。

「私は四百万円を失いました。中華街の一角で、数十年かけてコツコツ貯《た》めてきた大事な蓄えでした。このお金を息子家族に遺すことが、最後の仕事だと思っていました。でもあなたのせいで、その機会は失われました」

「……俺のせいじゃない」

コーキのつぶやきに、宮本の顔色が変わった。

「今、なんと言いました？」

「俺のせいじゃない。全部、指示されたことなんです」

黙りこくっていたコーキは、急に饒舌《じょうぜつ》になった。

「俺、被害者ですよ。お兄さん、一緒にいたからわかるでしょ。ボコボコにされてたの。

別に俺は、誰かを騙そうと思って受け子をやったんじゃないんです。上の人からそうしろって指示されて、従っただけなんです。個人情報も知られていたから逃げられなくて。お金をなくしたのはかわいそうだと思うけど、ただ言いなりになっただけで、騙し取るつもりもなかったし。実際、俺のところに入ったのは二十万くらいだったし」

宮本の横顔が、見る間に赤みを増していく。ロンは胸のうちでコーキに語りかけた。

――自分がやったことをよく考えろ。

コーキには、自分の意思で謝罪してほしい。それがロンの望みだった。謝罪してくれ、と言えば、そうさせることは可能だろう。だがそうではなく、みずから宮本に対して反省の念を示してほしい。

しかしこのままでは、宮本を怒らせるだけの結末になりかねない。

「……富沢さん」

長々としたコーキの言い訳を聞いた宮本は、静かに言った。

「私は一点を除いて、あなたの話を否定しません。あなたのやったことは誰かの指示だった。それは事実なんでしょう」

「わかってくれましたか。被害者ですよ、俺」

「そこです。そこだけは違う。あなたは私の前で、被害者だと言ってはいけない」

宮本はまっすぐにコーキの目を見ていた。

「あなたにどんな事情があるかは知りません。グループの人間に脅されていたのもわかる。でも、どんな経緯があろうとも、あなたは私のキャッシュカードを盗んだんだ。トランプとすり替えるという、卑怯《ひきょう》な手段を使ってね。その事実はどうやっても曲げられない。この件に関して富沢さんは加害者であり、私は被害者です。私の前で、自分は被害者だと口にしてはいけない」

コーキはうつむき、宮本の言葉を噛みしめているようだった。それでも腑《ふ》に落ちないのか、「でも」と言いかけたコーキを宮本は遮った。

「やったことを真摯《しんし》に見つめる。すべてはそこからじゃないですか。その先にようやく、許すとか許さないとかいう議論がある。あなたが自分の加害性を認めるまで、私は決して許しません」

今度こそ、コーキは沈黙した。

ロンは祈る。少しでも申し訳ないと思っているなら、頼むから口にしてくれ。器用でなくてもいい。心からの、謝罪の言葉を。

誰も話し出さないまま、一分が経ち、二分が経った。

突然、コーキはパイプ椅子から立ち上がった。宮本はゆっくりと見上げる。

「……申し訳ありませんでした」

深々と頭を下げたコーキのつむじを、宮本はじっと見ていた。これでようやく、ロンは当初の依頼を果たすことができた。もっとも、謝罪を引き出したのは他でもない、依頼人の宮本自身だったが。

「人間ができてるね、宮本さんは」

話を聞いたマツはしみじみと言う。

「俺なら相手の心が折れるまで罵倒《ばとう》するけどね」

「私も」と言ったのは凪だ。

「でもさ、宮本さんも直前まではそのつもりだったのかもしれないよ」

ディスプレイ越しにヒナが言う。

「そういうことって経験ない？　すごくムカついていたのに、相手に会ったら違う感情が芽生えちゃったり。面と向かって会うって、いい意味でも悪い意味でも、こっちの感情をかき乱されることだと思う」

「ヒナちゃんが言うならそうかも」

凪はあっさり同調する。

「ロンちゃんはどう思ったの？」

「なにが？」

「受け子のコーキくんが、本心から謝ったと思う？」

ヒナの問いに、ロンは「わからない」と即答した。

「わからないけど、あの場で謝罪するという判断をした点は信じていいと思う」

他人の心は読めない。だからこそ、見た目や態度、言葉といった外面的なものに頼るしかない。コーキの反省の度合いは見えないが、アクリル板越しに被害者へ頭を下げたことは一つの事実だった。

これ以上、ロンが望むものはない。


宴会は盛り上がった。

途中から凪は露骨にヒナへすり寄るようになり、ヒナのほうが押されっぱなしだった。そのせいか、二次会へ繰り出そうとする三人を前に、「今日は疲れた」と言い残してウェブ会議ツールから退出してしまった。

「ちょっと、ヒナちゃんがいなくなっちゃったよ」

「今からあいつの家に乱入する?」

ロンは深酔いしたマツを制止し、泣き上戸になった凪を引きずって、「洋洋飯店」へと連れて行った。マツの母親は「金も使わない酔っ払いばっかり連れてきて!」と怒りながら、卵とトマトの炒《いた》め物を出してくれた。

「凪は終電とか大丈夫か?」

「電車乗らないから」

ロンやマツと同じ高校に通っていただけあって、凪の家は中華街から歩いて帰れる距離にあるらしい。酔った赤い目で、凪が言う。

「ねえ。二人は善隣門の裏側に、なんて書いてあるか知ってる?」

ロンは「親仁善隣」と答える。善隣門は中華街のシンボルであり、山下町で生まれ育ったロンにとっては飽きるほど見た言葉である。

「誰に聞いてんだよ。俺ら中華街の子どもだぞ」

マツが言うと、凪はなぜか笑った。

「そうだよ。親仁善隣。いい言葉だよね。すべての隣人に等しく、仲良く。究極、それ以外に守るべきルールなんてなくない?　うちのクルーの名前もそこから採ったんだよね。グッド・ネイバーズ。善き隣人《よ》たち」

「そうか」

親仁善隣。すべての隣人に等しく、仲良く。

あまりに親しみすぎた言葉で、意識したことすらなかった。ロンが目指している世界は、その一言で表せるのだとようやく気がついた。

「ロンはこれからどうすんの、仕事」

凪がトマトを口に運びながら尋ねる。

「仕事ってわけじゃないけど」

ぽつりと答えると、凪とマツの視線が集まった。柄にもなく緊張を覚えながら、ロンは咳払いをする。

「誰かの悩みを解決するために、全力で動ける人間になりたい」

働くことは虚《むな》しいことであり、満ち足りることでもある。それを教えてくれたのは、ロンのもとに持ち込まれた数々のトラブルだった。儲かるわけでもないし、危険な目にも遭う。それでもロンは、誰かの苦悩を解決するために動いている時しか、生きている実感を得られない。そういう性分だった。

思いきって内心を吐露したつもりだったが、凪もマツも涼しい顔をしていた。

「ロンって、すでにそういう人間じゃないの?」

凪が言うと、マツも「思った」と続く。

「……そうかな」

「じゃなければ、私たちも協力してないし」

「もっと面白い答えを期待してたんだけど。てか、それより」

マツはロンの告白をあっさりと流した。

「ロンのスマホにGPS追跡アプリが入ってて、ヒナが位置情報を見られるようになってたのって、なんか引っかかるんだよな。そういうのって普通、恋人同士の間でやるもんじゃないか?」

それを聞いた凪が「嘘！」とおおげさに叫ぶ。

「もしかして……二人、付き合ってんの。ショックなんだけど」

ロンはすぐさま「違う、違う」と応じる。

不毛な会話は深夜まで続いた。ロンは泥酔したマツと凪を置いて、夜風を浴びるため外に出た。頭上には、満天の星が広がっていた。横浜でもたまにはこういう景色を見ることができる。横浜駅の少年少女も、みなとみらいの男女も、黄金町の住民たちも、今ごろ同じ空を見ているだろうか。

なぜだか、ロンは亡くなった父――孝四郎《こうしろう》のことを思い出した。家族に優しく、まじめな料理人だった父。あの事故で亡くなってから、もう十年以上が経つ。

自然と母のことまでが記憶の底から引きずり出される。あの女はまだ、この世のどこかで生きているのだろうか。もし生きていれば、この空を見ているかもしれない。湧き上がる憎悪をやり過ごし、ロンはもう一度星空を見上げる。

山下町の名探偵は、すべての隣人《ネイバーズ》たちに幸あることを願った。

＊

静かな部屋で、キーボードを叩く音だけが聞こえる。

ツイッターのアカウントを次々に切り替えながら、それぞれの人格で短いコメントを投稿する。高ぶった気持ちを落ち着けるための儀式みたいなものだ。

いわゆる飲み会に参加したのは初めてだった。あのラッパーは、前々からロンちゃんに色目を使っているんじゃないかと怪しんでいた。けど、実際に色目を使われたのは私だったから驚いた。「ヒナちゃん、連絡先教えて」と連呼するのにはうんざりした。

家族やロンちゃん以外の人と話すのは久しぶりで、すごく疲れた。

私だけオンラインだったから、雰囲気がちゃんと伝わっていたのかわからないけど、とにかくみんな楽しそうだった。ロンちゃんも、マツも、凪さんも、達成感に満ちたいい顔をしていた。

私はどんな顔だっただろう。

ずいぶん長い間、心から笑った記憶がない。たぶん、十六歳のころから一度も。

私が家から出られなくなった理由。そして、SNSで多重人格を演じている理由。それを知っているのは、両親だけだ。これは幼馴染みにも話していない。誰より信頼しているロンちゃんにすら。

いや、違う。信頼しているから、話せない。嫌われたくないから。知られたら、もう今までみたいに接してくれないかもしれない。もし見捨てられたら、これからどうやって生きていけばいいのかわからない。

でも、いつか話さなきゃいけないと思う。死ぬまでこのままじゃ、いられない。

キーボードを叩く手が止まった。

ロンちゃんたちに打ち明ける時のことを想像するだけで、身体が固くなる。呼吸が浅く、早くなって、胸が苦しい。

――怖い。

目をつぶると、視界が真っ暗になる。ここには私の他に誰もいない。誰も傷つける心配がないし、傷つけられる恐れもない。このままずっと、暗闇のなかにいたほうがいい。そうだ。死ぬまでここにいればいいんだ。黙っていれば、傷つかずに済む。

だって――

本当の私を、みんなはまだ知らないから。


（第2巻に続く）

Haruki Bunko
ハルキ文庫

い 27-1

横浜《よこはま》ネイバーズ

著者 岩井圭也《いわいけいや》

2023年4月18日第一刷発行

発行者 角川春樹

発行所 株式会社角川春樹事務所
〒102-0074 東京都千代田区九段南2-1-30 イタリア文化会館

電話 03(3263)5247(編集)
03(3263)5881(営業)

印刷・製本 中央精版印刷株式会社

フォーマット・デザイン 芦澤泰偉
表紙イラストレーション 門坂 流

ISBN978-4-7584-4553-5 C0193 ©2023 Iwai Keiya Printed in Japan
http://www.kadokawaharuki.co.jp/[営業]
fanmail@kadokawaharuki.co.jp[編集] ご意見・ご感想をお寄せください。